全球限量版 100 本：032 of 100

歐陽昱・著

乾貨…詩話（下）

這一冊跟上一冊的不同之處在於，寫作期間，適逢我先後在翻譯休斯的《絕對批評》（已出版）和勞倫斯的詩集（尚未出版）並在編輯我自己的詩歌原創全集（不大可能出版），其中收錄了我70年代和80年代寫作的詩。因此，寫作過程中，我便隨時就地取材、就地取詩，植入本書的文本之中。必須說明的是，我80年代不認識一個「著名的」中國詩人。我身邊的詩人，也沒有一個是「著名的」。我讀的詩歌，也主要是西方詩歌、中國死人的詩歌，中國活詩人寫的詩、發表的詩，我基本不看，也不屑看。我的詩，都是自產自不銷的，即使放到現在，發表可能也極小。那麼這本書有相當大的篇幅，是談自己寫的詩，就像談一個好像不再存在，實際上已不存在的人的詩一樣。

目　次

創舊

多年前，我就對「創新」這個詞產生懷疑。事物無所謂新或舊，作為人這種所謂的「高級」動物，實際上很多方面都是低級動物，每日的吃喝拉撒與幾億年前的人相比，沒有一樣是新的，只不過用了微波爐而已。速度快了，營養可能更差。

後來通過創作實踐領悟到，其實不僅可以創新，也可以創舊。不是推陳出新，而是從陳出新，從陳舊的事物中，推出新的東西來。凡是已經發生，但被忘記的東西，重新發掘出來，就可能呈現新的面貌和新的氣象。就看你怎麼玩。

我寫了一部詩歌集，標題就是《創舊集》，其中有一個「唐詩三十首」，舉一例如下：

《精液斯》（外衣首）

李白

床簽名月光
儀式地上雙
巨頭亡命月
低頭四故鄉

（2001年2月3號按拼音鍵入，一字未動）

其中第二部分是「改寫系列」，如把孔子的三十而立那句話改成了下面這個樣子：

《孔子如是說》

吾十有五而志乎學；三十而立；四十而不惑；五十而知天命；六十而耳順；七十而從心所欲，不逾矩。——孔子

1.

五十油污而至虎穴；

三十而立；

四十二捕獲；

五十而知天命；

六十二而順；

七十二從新所於，哺育具

              ——空子

第三部分是「成語翻新系列」，第一首詩如下：

《新編成語》

滿招益

謙受損

（寫於2002-12-05從SF飛回墨爾本的飛機上）

    我之所以今天大發感想，談起「創舊」，是因為看了戴望舒早年寫的《詩論零箚》中的一段話而觸發的。他說：「不必一定拿新的事物做題材（我不反對拿新的事物來做題材），舊的事物中，也能找到新的詩情。」[1]

    必須指出，我寫出《創舊》這個集子，是在2000年前後。他說出上述這番話，可能早在我的「創舊」之前，但我只是在2014年1月16日從上海飛回墨爾本的班機上才看到的。英雄所見略同也好，詩人所見略同也好，反正我沒受他影響。

朗誦

    2012年3月，我隨澳大利亞作家代表團，去北京參加「澳大利亞作家

---

[1] 戴望舒，《流浪人的夜歌》。雲南人民出版社，2013，p. 237。

周」，開幕式晚宴時，做了一個詩歌朗誦，一下來就有一個自以為是的女性跟我說：你的詩要是由我朗誦就好了。我問何故。她說：你的朗誦缺乏表演性，沒有好好發揮。我告訴她：朗誦就是朗誦，與表演無關，更與發揮無關。最要緊的是，要讓文字本身通過詩歌說話，反過來說也行，要讓詩歌本身通過文字說話。而且，必須由沒有表演技巧的詩人本人來讀，任何他人代讀都是枉然。她受矯情的中國文化影響之深，當然聽不懂。我也懶得跟她理論。

我後來（2013年下半年）在給研究生講授詩歌翻譯課時，給他們放了不少Youtube上西人朗誦詩歌的片段，這些大都是名詩人，包括波蘭詩人辛波斯卡和美國詩人布考斯基等。他們有一個共同的特點，就是朗誦時絕不裝A。這是我不說裝B的委婉語，實際上是一個意思。不抬高嗓門，不東張西望，不矯揉造作，不裝詩，讀著讀著還會開小差讀錯，讀錯了就讀錯了，也不改，繼續往下讀。如有口音，也不會努力去改正口音。

這種現象不僅是Youtube上那些片段有，我一生經歷的無數次澳洲朗誦和其他各地朗誦上看到的，也都是如此，中國那些幹嚎或叫床似的朗誦令我作嘔，不想再看除外。

近看梁實秋文，談到在美國聽弗洛斯特的朗誦時這樣寫道：「英文詩的朗誦，情形不同。一九二五年我在波士頓聽過一次美國詩人弗洛斯特朗誦他自己的詩。……聽眾只有三二十人，多半是上了年紀的人。……弗洛斯特……這時候應該是五十左右，……他的聲音是沙啞的，聲調是平平的，和平常說話的腔調沒有兩樣，時而慢吞吞的，時而較為急促，但總是不離正常的語調。……我想其他當代詩人，即使不同作風的如琳賽德，如桑德堡，若是朗誦他們的詩篇，情形大概也差不太多。至少我知道，莎士比亞的戲劇在臺上演出時，即使是詩意很濃的獨白，讀起來還是和平常說話一般，並不像我們的文明戲或後來初期話劇演員之怪聲怪氣。」[2]

他說的是1925年，跟我在2013年7月從中國返澳後一次朗誦中碰到的情況頗似。當時，我把在行車途中手寫的一首詩朗誦之後，引發眾人哈哈大笑。我發現，這次朗誦的聽眾跟以前不同，他們幾乎人人拿著一瓶酒，有紅的，也有白的，不是自斟自飲，就是給同伴或女伴倒酒互飲。唯一的遺憾是，席間休息時，並沒有人給我免費地斟一杯酒喝。這種情況在中國應該不會發生，令我討厭中國詩歌朗誦者裝A作風的同時，又懷念中國人在吃喝方面的大度。在這個方面，澳洲人實在是小氣得不行。

---

[2]　梁實秋，《雅舍精品》。山東文藝出版社，2013，pp. 155-156.

Koraly Dimitriadis

　　Koraly Dimitriadis是一位澳大利亞女詩人，從未聽說過，只是有天逛書店，看到一本題為*Love & Fuck Poems*（《愛情和日屄詩》）的詩集，是她寫的，引起了我的注意，當即買下，半年多之後再去，想推薦朋友買一本，就已經找不到了，顯系脫銷。

　　這本書購於2013年7月28日，8月1日開始看，8月24日讀畢。開始看後的第三天，也就是8月3日，我找來一首翻譯如下：

《你的雞巴》

柯拉麗・迪米特裡阿迪絲（著）
歐陽昱　　　　　　（譯）

　　我從來都不想吸雞巴
　　因為這太不像話
　　再說，我是個很好的希臘女孩
　　只能跟丈夫日B
　　再不就是夾緊雙腿，坐教堂裡
　　最近，我已經不在乎義務
　　因為迷上了你的雞巴
　　老想著它

　　我要把你推到牆上
　　扯掉你褲子
　　把你雞巴拉出來
　　精赤條條的
　　在我面前
　　打定主意

　　我要充滿感情地撫摸
　　你妙不可言的發燙肉雞雞
　　用我的眼睛

盯著看你的眼睛，我要小聲耳語：
我喜歡你舔我的樣子
但我不想要你藏在
我大腿之間
我要你把雞巴
塞進我口裡

我要跪下雙膝
把你放進我嘴巴
順帶著我一口的話
因為我嘴裡能放很多東西
我要吸你雞巴，寶貝
從頭吸到尾
同時摸你卵子
然後我要舔你，舔你
把我腦袋、我臉蛋、我嘴唇
都在你棍子上擦
頭髮甩得到處都是
就用你手在那兒打結
把我腦袋往回拉
到你的蠶繭邊

再不我就去你辦公室
不管你願不願意，一路喊著：
不行，不行，不行
鑽到你桌下
你置身一大堆文件中
曲起拳頭
把不讓你靠近
我的短褲
揉得皺巴巴的

再不就等到

在你媽家吃過晚飯之後
我們一起走進你公寓
邊談工作和休息
我的手就一邊
往下走到那裡
嘴裡開始「噓」了起來

但是，我們最好還是濕淋淋的
一起沖個澡
你呢，就日我嘴巴
滿手抓住我頭髮
控制著一抽一送
我最想感覺你雞巴，寶貝
你別溫柔了，粗野一點吧

快到高潮時
我雙手就要去抓
我的B，因為
我得摸自己
我被日得濕乎乎的
你會失去控制
又是咕咕噥噥，又是喃喃低語
說要是我再不停下
你就要射了
但我不在乎
我不會停下
我只想
把你吸幹
聽你叫喚
大喊又大叫

來了來了來了

全部射進我嘴裡
然後我要

全部吞下去

再把你舔幹
直到我們再度安靜為止

在澳洲看詩，類似的性愛詩很少見，原因主要還是主流社會—也就是以盎格魯－撒克遜為主要組成部分—的白人男女詩人視性愛詩如洪水猛獸，而視已經空到無的那種無情無義無物的所謂詩歌為正宗（往往就是這種白到空無的東西可在澳洲拿最高詩歌獎），令人恨得咬牙切齒又無可奈何。只有來自少數民族的詩人，如我，如迪米特裡阿迪絲（名字一看就是希臘人），才敢打破樊籠，沖出一片新天地。

她有些短詩很有意思，比如《化妝》，[3]就三句：

我還是把妝化起來的好

　　　　否則，他就會看見

我

她還創新地、動詞化地使用英文的名詞，把stiletto（高跟）這個名詞動詞化，寫道：…you can stiletto their hearts[4]（……你可以高跟他們的心），也就是說，用高跟戳穿他們的心臟，但加了「戳穿」，就沒有直接把「高跟」用作動詞更有力，也更形象，可惜的是漢語有時候就沒法這麼玩。

可以想見，這樣的詩拿到中國去，可能在任何正式刊物上都無法發表，再次證明雜誌刊物這類東西，在任何一個文化中，都是一種裝門面的飾物，一種社會潤滑油，把真實的東西掩蓋起來，為強權唱讚歌，這樣一來，沒有人買沒有人看也就理所當然，誰受得了那種粉飾呢？

---

[3]　參見Koraly Dimitriadis, *Love & Fuck Poems*. Outside the Box Press, 2012, p. 42。歐陽昱譯。
[4]　同上，p. 49.

Voices

　　一段時間以來，我把一個大信封裡裝的碎片找出來，其中大部分是詩，小部分是片段的思緒，極少一部分是評論，均為手寫，有很多都沒有日期，基本上都寫在背面，正面不是傳真，就是信件，或者是電郵列印，偶爾也有背面什麼都沒寫的，如現在我今天（2014年2月11日星期二）要寫的這張。

　　這是一封來自坎培拉雜誌Voices的信，日期為1997年4月29日。加了複數的Voices，是聲音、多重聲音、多個聲音的意思，在這封信中，它特指當年坎培拉澳大利亞國立圖書館主辦的一個轉發詩歌、小說、評論的文學雜誌，叫它《聲音》也行。

　　自我1991年來到澳大利亞這個國家，就一直不停地給這個雜誌投稿，也一直不停地被這家雜誌退稿，以致我一看Paul Hetherington這個人的姓名，就知道他是該刊退我稿的主編。這些稿件很多後來都在別的雜誌發表，但直到這封信來之時，他們硬是連我一個字、一個標點符號都沒有發表。

　　這封信的內容，是告訴我，以及其他人，該雜誌壽終正寢，辦不下去了，決定正式於1997年7月的冬季刊發表之後永遠停刊。

　　如果我死了，如果我不寫，誰都不會知道這段歷史。如果我沒有偶爾發現這封信，我也早就忘掉這事，這段minor history（小歷史、微歷史）就肯定會被歷史失落和忽略。一個詩人成長的過程中，不為什麼，就因為一個編輯的好惡，便可以決定他的命運。好在澳大利亞國家雖小，但雜誌不少，我在這個雜誌活不下去，還能在別的雜誌搵食。

　　2007年，我與John Kinsella合編《當代澳大利亞詩歌選》，看到投稿人中有一個名叫Paul Hetherington的人的名字。我沒有採用他的稿，讓別人選他的稿和譯他的稿吧，我沒有這種福分。這個細節，major history（大歷史）是不是也需要記一筆呢？

文學

　　文學越來越無用了。雖然還有那麼多人在出書，但看書的人似乎比寫書的人還少，而最近在一篇英文書評中，已經有人在用「post-literature age」（後文學時代）（這篇文章找不到了，記憶中還有印象），甚至「post-narrative age」

（後敘述時代）[5]來談論文學了。

　　不僅是我教過的80、90後學生不看書或少看書，就連自己看書雖多，卻也越來越不認真，越來越不仔細了。一本五六百頁的厚書拿在手裡就發愁，不知利用碎片的時間能看到何年何月。剛剛拿起一本厚書，有789頁，拂去灰塵打開後，發現是「2006年10月14日購于武昌」，「2008年5月25日星期日開讀于武漢大學402室」，今天又在下面添了一筆：「2014年2月11日星期二下午重開讀於Kingsbury家中後院。」這本書是《中國皇帝全傳》，裡面字小得不行，我一目十行、百行地掃描，看到有趣的劃一下，無趣的就翻過去，如果有漏掉，那就讓它漏掉唄，不看我也活到了58，看了也不一定就是多好的養料。

　　這種想法真可怕，但事實就是如此。自己的孩子在家幾乎從來不看文學，小時候還敦促他，有了工作，能夠負責任地生活後，我就再也不說一句。如果不看文學，還能一年拿十萬澳元的年薪，你再跟他談文學的用處又有何用？

　　想到這兒，我想起老舍談讀書的重要性了。他借英國姑娘的話說：「英國的危險是英國人不念書，……可是，英國真有幾位真念書的，真人才；這幾個真人便叫英國站得住腳。一個人發明瞭治霍亂的藥，全國的人，全世界的人，便隨著享福。一個人發明了電話，全世界的人跟著享受。……中國人的毛病也是不念書，中國所以不如英國的，就是連一個真念書的人物也沒有。」[6]

　　那時講這樣的話，也許騙得了幾個人，但現在講這個話，誰都騙不了。美國有讀書的，比如Facebook的發明人，80後的Mark Zuckerberg，但要說他那個Facebook造福人類，我就不信。那只是一個培養自戀情結的溫床。在上面呆久了，是會生出越來越無聊的病的。

　　不過，我相信文學不會被「後」掉，只是書寫文學的方式會變得越來越多元化、放射性化、互動化，而已。

---

[5]　參見：http://cualumni.carleton.ca/magazine/winter-2012/cooking-up-new-literature-for-the-post-narrative-age/

[6]　老舍，《二馬》。譯林出版社，2012年，p. 105.

留客

老舍的《二馬》寫的是1920年代或1930年代英國倫敦的事,卻讓我想起中國上海1994年的事。其中有個細節說,幾個人在外面酒館喝酒,但到了晚上11點就不得不走,因為「政府有令,酒館是十一點關門。」[7]

為何11點,而不是12點,好像12點有淫邪之意。我1994年年底去上海,為寫一本英文書而搞田野調查,在旅館房間跟來自美國的女同學見面,但被酒店提前告知,她須於11點之前離店,否則後果自負。

從時間的角度看,時代的確前進了,其實不過是從11點前進到12點或任何點。反正該發生的都會發生,不該發生的永遠也不可能發生。但11點的禁令撤銷之後,很多不該發生的事可能都會發生。

W／D

祕密是不能分享的,哪怕技術先進到有微博、微信、twitter、Facebook也不能,否則就是傻逼。如果共產主義就是共錢主義、共性主義和共心主義,那就不必活下去了,就此就地休矣。

不過,有些祕密還是可以分享乃至共用,比如我自創的「W／D」。它是「誤讀」的簡稱,我看過的書中,凡是產生誤讀現象並同時迸發詩意的地方,都會留下這個記號。

Elizabeth Bishop有句詩說:「And this river.../has adorned itself with stars」,[8]卻被我「W／D」成「And this river.../has stoned itself with stars」。誤讀前,那句詩的意思是:「而這條河……/以星星裝飾了自身」。誤讀後,它產生了兩種意思,一個是「而這條河……/以星星麻醉了自身」,另一個是「而這條河……/以星星石擊了自身」。

好玩嗎?好玩吧。

---

[7] 老舍,《二馬》。譯林出版社,2012年,p. 112.
[8] 參見Elizabeth Bishop, *Poems*. Farrar Straus and Giroux, 2011, p. 159.

The art of losing

記憶中，生活中好像有這樣一種人，東西丟了也不太發愁，只淡淡一笑。和女友分手了，還能玩笑依舊，從來不見滿面愁容。雖然從來與「得」－得獎、得益、得意－無緣，失多於得，但也從來不見氣餒，似乎生活就是一種不斷的失去，早已習以為常，「失」來順受。

我怎麼想，也想不出一個能跟這種形象完全對上號的人，但似乎認識的人中，總有那麼幾個具有這類特徵。

這就是我在Elizabeth Bishop的詩中看到「art of losing」[9]這幾個字時所產生的共鳴。一個寫作的人，他所實踐的，就是「失落的藝術」，不是失落到無的藝術，而是體會失落的藝術。我是到出了70多本書時才知道，寫書是無錢可賺的。在此過程中，所經歷的基本上都是失落：失去了在其他領域賺錢的機會，失落了時間，失落了為打發時間而泄欲的機會，等。這個「失落」的藝術，甚至是「失敗」——因為英文的lose，也有失敗之意——的藝術，值得詩人細細品味。

細想一下，詩歌就是一種「失落的藝術」、「不得的藝術」。

我沒有朋友

最近看一本英文詩集，是一部英聯邦國家詩人的詩集，出版於1960年代後期，其中有一首詩歌，題為「I have no friends」（《我沒有朋友》）。讓我感慨良多，一下子想起另外兩首詩，一首中文，一首英文，用的都是同一個標題。

先說「朋友」這個字。我觀察過各國人等，發現中國人，尤其是男人，特別愛把「朋友」二字掛在嘴上，大有天底下人人都是朋友，都可以成為朋友之勢。說起自己朋友很多，就像說自己很富有一樣。漸漸地，我發現，誇口自言朋友多的人，好像朋友並不多，即便有，無非也是酒肉朋友，而且說翻臉就翻臉，說反目就反目的大有人在。顯然嘛，如果朋友很易交，朋友也很易斷。所以老舍當年在英國發現得頗不錯：英國人不易交朋友，但一旦交上，就是一輩子的朋友。跟中國人，我不知道有沒有這種可能。相反的例子

---

[9] 同上，p. 198.

太多了。

　　今天下午接觸到一個澳洲白人，說起自己平生受到的攻擊和打擊，一般都來自「friends」（朋友）。他不憤激，他只是敘述著自己的經歷，但我能想像出他內心的不平。有時我想，與其有一個動輒撕破臉的所謂「朋友」，不如一輩子沒有。能夠直爽地面對自己，面對人生，坦誠地語人說：我沒有朋友，那其實不需要勇氣，只需要真誠，就像我認識的老徐那樣。他當年在我對他的一次採訪中就說：我在墨爾本沒有朋友。

　　好了，先把我想起的那首英文詩放在下面：

"I don't have any friends"

you said
"not even my wife
in fact wives are the least friends the least friendly"

"I have friends though"
you said
"in the stars although they're so remote
and in a little while I'll become one of them"

"crickets are also my friends"
you said
"they sing for free all night
although their voices weaken a little towards the end of march"

"my parents have long gone"
you said
"they're now side by side in a grave yard
although they weren't even sleeping in the same bed
towards the end of their life"

"ah, well"
you said

"life is much easier without any friends
you're alone with your self, alone with your books
books by the dead who are the only ones that you can speak to"[10]

我的譯文如下：

《「我沒有任何朋友」》

你說
「連老婆都不是朋友
事實上，老婆最不朋友，最不友好」

「我還是有朋友的」
你說
「朋友都在星星中，只是都太遙遠了
再過不久，我也會成為其中一個」

「蟋蟀也是我的朋友」
你說
「它們整夜免費歌唱
只是在三月末聲音才逐漸微弱起來」

「父母親早就過世」
你說
「在墓園相挨
但在生命將要結束的時候
他們甚至都不再同床。」

「嗯，」
你說
「沒有朋友，生活更簡單

[10] 參見Ouyang Yu, *New and Selected Poems*. Applecross, WA., Salt: 2004, p. 13.

你與自己獨在，與你的書獨在
書都是死人寫的，他們是你能唯一與之說話的人」

我想起的另一首詩，是用中文寫的，如下：

《我沒有朋友》

我沒有朋友
我的朋友都在遠方

就是在遠方
我的朋友也不多

這不多的朋友
沒有一個是知心的

就是把我自己算上
我也不敢說我知我心

離我最近的地方
在我寒冬偎著被子取暖的邊上

是我唯一的兩個朋友：
一杯熱茶和這首即將完成的詩

最開始提到的那首詩，作者是Mohamad Haji Salleh，是一個馬來西亞詩人。[11]他的英文詩我就不摘引了，只是把我的譯文呈示如下：

我沒有朋友：
別憐憫我

---

[11] 參見Mohamad Haji Salleh原詩，「I have no friends」，原載Howard Sergeant所編 *Commonwealth Poems of Today*. London: John Murray, 1971 [1967], p. 187.

也別試圖同情。
我們都在同一座乾燥的沙漠
等待停在大海之上的
同一片雲。
祈禱都是個人的事。

我用雙手攏成一個杯子
用來接雨，
那是水的
透明穀粒。
你為你自己祈禱。
我們沒有足夠的話，
我們的呼吸太短。

記憶只記得起自己，
被水拋棄的一個幹人；
在這個地區之外，任何事情都不重要。
我的眼睛被灰塵封幹；
視力是不需要的。
夜已黑
而雨還沒有來，

　　不知大家注意到沒有，這首詩的最大特點是什麼？就是它的結尾用了一個逗號。

　　而另外兩首「沒有朋友」的詩，據我所知，英文作者是Ouyang Yu，中文作者是歐陽昱。後面一首是2005年寫於武漢的。前面一首已經忘記了寫作日期。無所謂了。

Mind's genesis

這兩個字「Mind's genesis」[12]來自新西蘭詩人C. K. Stead的一首詩，但不好意思的是，我看錯了，看成「Mind's genitals」。前者的意思是「大腦的起源」，後者的意思是「大腦的生殖器」。稍微改一下，就是「大腦生殖器」。

我覺得，還是看錯了好，更有詩意。而且，這種詩意的看錯，不是一件很容易的事，越是偶然的看錯，就越難。

似可更簡潔一點：腦生殖器。

Lapkin

看美國詩人Billy Collins（詩如大白話，不好看）的一首詩，出現napkin（餐巾）字樣，[13]我看錯了，把它看成是lapkin（膝巾），反覺更應如此，因為所謂napkin，就是那種搭在膝頭的餐巾，但nap跟膝頭lap毫無關係，除了別的意思外，還有睡午覺的意思。

沒想到的是，這個本來是錯的lapkin，卻已被扶正，收進了Urban Dictionary，一本很有用的網上俚語詞典。[14]

過去正確的東西，把它弄錯後，有朝一日可能會變正確，從這個角度講，我鼓勵詩人多犯錯誤。詩人一旦正確，詩歌就糟糕了。

認識

從前對西方人有個認識，覺得他們至少都不愛家。後來在上海讀研究生，有個加拿大人有天托詞說，他不能來上課，因為：My wife and my daughter came（我老婆和女兒來了）。這事被我和其他同學當成笑話說了很

---

[12] 參見C. K. Stead原詩，「Night watch in the Tararuas」，原載Howard Sergeant所編 *Commonwealth Poems of Today*. London: John Murray, 1971 [1967], p. 203.

[13] 參見Billy Collins, *Aimless Love: New and Selected Poems*. New York: Random House, 2013, p. 70.

[14] 參見該詞條：http://www.urbandictionary.com/define.php?term=lapkin

久，不過是說，西方男的，也很把老婆孩子當回事的，並非一切不在話下，不管家庭瑣事的英雄。

還有一個認識，即西方人特別喜歡性，家人之間都不避諱。看了一首Elizabeth Bishop的詩，才認識到，其實無論白人黃人，其實都是相同、相通的，並不是好像另一方就特別怎麼樣。那首詩講一次鄰家失火後，

> I picked up a woman's long black cotton
> stocking. Curiosity.　My mother said sharply
> *Put that down*!　I remember clearly, clearly—[15]

我的翻譯如下：

> 我撿起一條女式黑色棉長
> 襪。很好奇。　　母親厲聲說
> *把那東西放下*！　我清清楚楚地記得—

這樣一幕，我想，即使發生在中國也不美國。我的意思是說，如果發生在中國的話，任何孩子的母親都會「厲聲說」，要他或她「把那東西放下來」的。

詩歌的好處在於，它不是什麼玩弄辭藻，嘩眾取寵的玩意兒，就像我們今天在中國幾乎所有的文學雜誌上看到的那樣，而有時就是真實生活的具體寫照。在中國，已經無法從發表的詩歌中認識生活。在美國還有這種可能。在澳大利亞，也有這種可能，而我自己的詩歌中，就充分地提供了這種可能。

黑白

澳大利亞華人作家Brian Castro有一部長篇叫*Drift*（《漂流》），封面用的是荷蘭畫家M. C. Escher的一幅名畫，荷蘭文叫Dag en Nacht，意思是《日與夜》，全篇以黑白二色構成，黑在白上，白在黑中，是此非彼，難分難解，看黑鳥時白鳥為背景，看白鳥時黑鳥為背景，互為彼此，得以分身，只

---

[15] 參見Elizabeth Bishop, *Poems*. Farrar Straus and Giroux, 2011, p. 319.

在眼珠的一轉之中。

　　有意思的是，塞拉里昂60年代末有一位詩人寫的一首詩，以黑白鋼琴琴鍵也傳達出了這種況味。該詩開頭幾句是這麼寫的：

《鋼琴琴鍵》[16]

你白色的肉體
和我黑色的肉體
手牽著手，和諧地
行進
隨著你白色的肉體
和我黑色的肉體
產生的音符，充滿了空氣
震顫著空氣
隨著人們傾聽
是的，人們在傾聽
隨著你雪白的琴鍵
和我燈黑的琴鍵
敲打著和諧的音符。
……

　　這首詩寫得很美，但柔弱無力，似有粉飾之嫌。非洲黑人和白人直到今天都沒有達到如此「和諧」的程度，更不用說1960年代了。能選入這本白人編的詩集，應該歸功於它的歌功頌德。

寫什麼，就不寫什麼

　　這應該是多年前的事了。在上海。周思（Nicholas Jose）教我們。讀研究生。有天寫了首詩，還沒有標題，也不知道用什麼標題。周思建議說：那

---

[16] 參見Gaston Bart-Williams原詩，「Piano Keys」，原載Howard Sergeant所編 *Commonwealth Poems of Today*. London: John Murray, 1971 [1967], p. 235.

就想個跟本文完全沒有關係的標題吧。我心裡動了一下，沒吱聲。這麼多年了，應該快三十多年了吧，我的詩也一直沒有吱聲。

最近看美國桂冠詩人Billy Collins的一首詩，標題是《色情》（Pornography）。[17]一個「桂冠」詩人，以「色情」為題寫詩，膽子也夠大的，全篇讀完卻至為失望。其實也不應該感到失望，因為這樣的詩人筆下，是不會寫出什麼驚世駭俗的東西來的，甚至驚世駭不俗都不可能。

《你》

你給我離群索居
你給我百煉不成鋼，也不成仁
成人就行
你給我一生一世
湮滅在自己不屑與人為伍的
自傲中
你給我在死亡中創生
你，作家
你好好不為任何人地活著
而寫作
吧

（2014年3月6日7.59 am寫于金斯伯雷家中）

剛才這首詩來得莫名其妙，因為它來得莫名其妙，就在我寫完「甚至驚世駭不俗都不可能」這句話後就來了，於是我就當場寫下來了，而沒有再打開一個檔，標上標題，做那些七七八八的事等。就這麼簡單。

記得看完《色情》那首詩，我在旁邊注了一筆，說：寫而不寫的藝術。Cf. Jack Gilbert那首。[18]我現在就去把Jack Gilbert那本書找來。

原來，Gilbert有首詩，標題叫「Michiko Dead」，[19]我的隨譯如下：

---

[17] 參見Billy Collins, *Aimless Love: New and Selected Poems*. New York: Random House, 2013, p. 94.
[18] 若要查找我的手跡，須找到我手中上述這本書。
[19] 參見Jack Gilbert, *Collected Poems*. Alfred K. Knopf, 2012, p. 181.

《美智子死了》

他硬撐著，像一個，搬箱子的人
箱子太重，先把雙手
扣住下面。力氣不夠用時，
就把手移到前面去，鉤住
箱角，把重量往回拉
抵住胸部。指頭開始感到累時
就微微動一動拇指，讓不同的肌肉
接管。過後，
他把箱子扛在肩上，直到伸出去
穩住箱子的那條膀子
上的血都流幹，膀子麻木為止。但此時
那人又能從下面抱住箱子了，這樣
他就可以永遠繼續下去，而不放下箱子。

（2014年3月6日早上9.09分譯于金斯伯雷家中）

　　這首英文詩看完後，我就在該頁寫了下面一行字：這就是詩歌，寫什麼，不說什麼。14.2.13。」如果你想知道的話，可以告訴你，這首詩是在拉尿時讀的。如果你不想知道，就從大腦中把這句話刪去。每個讀者都是最好的審查官，永遠都在幹著刪除的事。

日常生活中的神祕

　　我記得，這是朋友Alex跟我聊小說時說的一句話。那天也好玩。走之前，我建議給他讀兩首詩。他不要，說唯讀一首就行，因為詩人很煩人，在朗誦會上一首首地讀下去，不知道聽的人早就厭煩，詩的效果不因讀多而增加，反因多讀而遞減。我想他的意思是說，唯讀一首就夠了，把你打死，就這樣！

　　好吧。我讓他選。他看也不看，拿起我的書，把指頭插進去，打開就是這首「Go Away」。我早就忘記是寫什麼的，但拿起來一看，就有點小猶

豫，一眼溜完，甚至有點不想讀，但他一揮手，很堅決要我讀的樣子，我就讀了。現在我也不想把這首詩整個兒亮出來自譯，只把其中一句show一下：「See the world, make love with as many nationalities as you love」。[20]（去見世面，你想愛什麼國籍的人，就跟什麼國籍的人做愛）。

回到家後，我寫了一首英文詩送給他，第二天，他回了我一首英文詩，這個寫小說的，如下：

> Give me my book
> And I will read you one of my poems
> He said.
>
> His own words confronted him:
> Go home and never come back.
> His voice shook as he read them.

我就不譯了。看得懂的看，看不懂的拉倒。我不負有免費教英文的責任。

笨笨的

參加福建那個詩會，在該地一首詩也沒寫，回來卻寫了一大堆。緊接著就跟學生上了一課詩歌評論課，讓他們選詩並呈示，說出理由並加以朗誦或加以朗誦並說出理由，中英文詩均可，中英文評論均可。

介紹中，我針對陳仲義評價詩歌的「四動」－哪四動我早已忘記，也不擬找出他那個文本進行甄別－標準，提出了我的「一動」標準，即「反動」，也就是詩歌不是「for」，而是「against」。一同學說：那「love」呢？難道不「for」嗎？我說：love也是可以against的。

這時，我想起了20年前主編《原鄉》時碰到的一件小事。那時，我準備把一個作者投來的詩稿退稿，但參與編輯的另一個丁姓朋友不同意，理由是，她覺得可用，因為該詩給人感覺「笨笨的」。把這個作為詩歌的選拔標準，我還是第一次聽說，並沒有覺得有何不妥，當時就同意了。

---

[20] 參見Ouyang Yu, *The Kingsbury Tales: A Complete Collection*. Otherland Publishing, 2012, p. 11.

導致我想起這事的，還有今早發現的一首詩，作者是英國詩人Frances Darwin Cornford，被澳大利亞詩人Susan Hawthorne認為是一首「odd poem」（怪怪的詩）。[21]

　　全詩我的譯文如下：

《致火車外看見的一位女士》[22]

　　噢，你幹嗎戴著手套穿過田野，
　　那麼迷失，那麼迷失？
　　噢，誰也不愛的胖胖的白女。
　　你幹嗎戴著手套穿過田野，
　　草軟得就像鴿子的胸脯
　　甜蜜地在撫摸下顫抖？
　　噢，你幹嗎戴著手套穿過田野，
　　那麼迷失，那麼迷失？

　　的確有些怪怪的，特別是那重複的兩句：Missing so much and so much。被我譯成了「那麼迷失，那麼迷失？」

橡樹

　　也是在這次課上，有一位同學選了舒婷的《致橡樹》並說她如何如何喜歡。我求證了一下其他同學，他們也一致地都說喜歡。這些80後末期或90後早期或中期的學生，居然帶著中國幾十年不變的特徵。我只有誠實地告訴他們／她們：這首詩並不是我的最愛，從來就不是。

　　我沒有原因。也不需要原因。當一首詩成為所有人的最愛時，我當之無愧地要說不。

　　昨天路過校園一處，有一女生在那兒伴著音樂，大聲而矯情地朗誦著什麼，其中數句立刻讓我想起，那一定是那首關於「橡樹」的詩。

---

[21] 見此：http://patrosierblog.wordpress.com/2014/06/01/what-we-remember/
[22] 該詩英文原文地址同上。

在漳浦時，我正好與陳仲義同桌吃飯。我問他，福建最常見的樹是不是橡樹。他說是木棉樹。我又跟進問是不是橡樹。他說不是。

這一問一答，證實了我長期以來的一個看法：如果說中國存在著自我殖民的過程，它應該始於該詩。

當年詩人歌頌的對象，不是木棉，不是任何獨具特色的中國樹種，而是一般中國人不多見，只在英國或澳大利亞才常見的橡樹，你不覺得奇怪嗎？

絲毫也不奇怪，在福建尤其不奇怪，那是一個大地上至今仍舊遊走著基督教陰魂的地方。現在那首詩還很符合中國人外向、西向的心情，也是不奇怪的。那就繼續致橡西之樹吧。反正我是永遠也不會臣服的。不讀，也不聽。

別人的詩

其實我的意思是說，別人選的詩。某種意義上說，別人選的詩，就是別人的詩，哪怕是自己寫的。

有年在深圳，晚上喝酒時，送了NF一本《詩非詩》。我這邊喝酒吃肉，他那邊信手翻詩。翻著，翻著，他突然停下，也讓大家停下，說，他要朗誦一首詩，於是就朗了，就是《富人》這首，見《乾貨：詩話》（上冊，318頁）。

過後，他說了真話，以否定來肯定。他說，他以前讀我的《二度漂流》，沒有什麼感覺，但這次，這首詩把他給征服了。記憶中，他用的詞比這還高大。因為太喜歡了，他至少當眾朗誦了三次，每次都加以盛讚的評語。讓我十分不好意思。其他的人也隨聲附和，看得出來，並不一定完全贊同。隔了若干年，我在山西大同，送了一個當時不在場的朋友這本書，他後來打電話，也不約而同地提到了這首詩。

還有一次，在山西大同，RY請我喝酒。我送了他一本《詩非詩》。他也是且喝且看，忽然停下，說：我能讀一下這首詩嗎？大家都說好，他就讀了：

《坐》

坐在這裡

時間就會把你打死

不為什麼

坐在這裡

無聲的聲音就會把你打死

不為什麼

坐在這裡

沒有人就會把你打死

不為什麼

坐在這裡

剩下的牙齒就會把你打死

不為什麼

坐在這裡

槍燒成灰的概念就會把你打死

不為什麼

坐在這裡

喝的茶是毒藥就會把你打死

不為什麼

坐在這裡

遠方的非親人就會把你打死

不為什麼

坐在這裡

永遠都不可能入詩入紙的人就會把你打死

不為什麼

坐在這裡

天就會把你打死

　　讀完後，我對他說：如果你沒選這首讀，我早就忘記這首詩了。放在別的場合，還以為不是自己寫的。需要指出的是，RY稍帶山西腔的讀法，每次讀到並重複「不為什麼」時，都會引來笑聲。

　　剛從福建漳浦開會回來，就收到在那兒認識的一個詩人LXM發來的短信，說他看了我的《詩非詩》後，很喜歡其中的《英文》。我把書找到，想看看是怎麼寫的，因為我已經忘記了。找到了，在這兒：

《英文》

親愛的
英文是一個女人
的語言
她不像漢語
那樣直接
例如
說溺愛誰，就直接溺愛誰
而不用在溺愛和誰之間
插一個on字，如：to dote on somebody
有些學生老愛說
My grandma dotes me
那是因為他們不懂得這個簡單的道理：
英文是一個女人
的語言
她是需要配件的
從一個動詞
到它動過的對象
絕不像漢語那樣
赤裸裸地完成
例如「錯過什麼」這句
很多人就直接地漢語起來
把它說成「miss something」
有些人比較老練，會加一個小配件，如墨鏡：
「miss out something」
但他們忘了，墨鏡上如果不再加一個小配件
如一個半遮眼的Gucci商標，那就不酷
更不性感了
這最末一個小配件
就是英文的on字，也就是：
「miss out on something」
記住，親愛的

英文是一個女人
的語言
她很需要
這些小小的配件

我「哦」了一聲，好像明白了什麼，我說「明白」，是有道理的。他看中這首詩，一是他可能體悟到了某種祕密，二是讓我稍感憂慮：我發給他的其他風格的詩，他一定不會用了。

也是在這次會議上，我被安排與一位歌詞作者同住一室，隨手也送了他一本《詩非詩》。他可能在看，但沒說什麼，直到要走的那天早上。他忽然說：你的那個「趙說」很好玩。於是，我們談起了跟「胡」有關的話題。大意是，這個詞從一誕生，就帶上了貶義，所組之詞，無一不壞：胡說、胡扯、胡唚、胡說八道、胡言亂語、胡攪蠻纏、胡作非為，等，無非就因為最開始都是胡人始作俑的。乃至姓胡的，是否也要考慮改姓。當然，這是笑談。他走後，我翻了翻書，沒找到那廝、那詩。回來後通過電腦關鍵字搜索找到了，原來不是「趙說」，而是：

《胡》

趙扯

錢臭

孫匪

李話

周攪

吳來

鄭亂

王鬧

馮說

陳說八道

褚思亂想

衛塗

蔣謅

沈作非為

呵呵，hulus, hulus

最後那個「hulus, hulus」，其實是我在墨爾本認識的一個土耳其人的名字。我們所說的胡人，大約應該就是突厥人，而「突厥」二字，應該就是Turk（土耳其人）的變音。「胡魯斯」既是姓，又是名，但不管是什麼，它的第一個音節是「hu」（胡），這大抵是不錯的。

話又說回來，此書送給的人多了去了，一如詩沉大海，連個屁的響聲都沒有。大約早就嫌累贅，扔到垃圾堆裡去了吧。

涼快

正如前面所說，評斷詩歌好壞的標準，並不是某個或某幾個批評家說了算的。前面說過的「笨笨的」，是一種標準。昨天上課是讓學生點評他們最喜歡的中外詩歌，有一女生選了沈浩波一首，標題我忘了，是寫寺廟的。她的評語是：這首詩很涼快。

我當時就表示，這種評語很好，可以放到博客上。

誤讀之妙

林忠成早上給我發來一組「髒詩」。看到一處說：「為第三次世界大戰趕制原子彈」。我以為我看到的是「為第三世界大戰趕制原子彈」，就又看了一眼，不覺稍感失望，還是覺得我的不錯。

兩次世界大戰，都是在白人之間展開的，後來把日本人這個假白人也卷了進去。第三世界捲入不深。如果真發生第三次世界大戰，我想應該是在「第三世界」發生，如中國跟越南、跟菲律賓、跟印度，跟長期以來與它做假朋友、真敵人的那些第三世界國家幹。

總之，誤讀就是創讀。沒什麼多說的。

吃一生

那是多年前，我跟北京一個詩人ZD吃飯，他談起中國的一些詩人如何如何時，引發我說了一句：怎麼這些人終其一生，就吃那一首成名作。他說：是的，有些人一首詩可以吃一生。

我不無感慨。在澳大利亞，不說一首詩，就是一百首、一千首，哪怕多頭得獎，也不可能吃一生。每寫一首新詩、每整理好一部新詩集，你就是名聲再大再響，投出去被退回的可能性依然就像你是一個初出道的新人一樣。

昨天，我又再次體會了當年那句話的真諦：當推介者盛讚《致橡樹》，當我問及的幾乎所有學生，包括男女，都說喜歡時，我就可以毫不遲疑地指出：這就是一首詩吃一生、可以吃一生的典例，也是中國歷經三四十年，仍在統一詩想的圈子裡走不出去的詩想一致性的典例。

不過，我還是要說我的想法：我不喜歡這首詩，從最開始就不喜歡。更不可能把它翻譯成英文。沒興趣。

詩歌黑手黨

我想，詩歌黑手黨在任何一個社會都有。參加中國詩歌節，就會聽到關於詩人在評獎拿獎過程中的種種醜態和惡行，此處按下不表，反正我知道，你知道就行。

「Poetry Mafia」（詩歌黑手黨）這個詞，是我今天在Facebook上看到的。大意是說，澳大利亞有個詩人去參加一個詩會，看到幾個詩人，他點了名，但故意不說其姓，只用一個大寫字母代替，明眼人一望而知說的是誰。據他說，這幾個詩人跟政客混在一起。這都是幾個非常令人噁心，名聲又非常大的詩人。

看來，凡是有詩人的地方，就有詩歌黑手黨。幾乎可以根據其名聲的高低來判斷了。

詩評

教學生用英文進行創作，學生卻偏用中文寫詩，有一些還相當不錯，我便推薦給YX。他昨天（2014年6月10日）用了一首，在微信上是這麼評價的：「有一種毛茸茸的美好。」

用對動物的感覺評詩，好。

還是昨天，一位網友這麼評價我的詩歌說：「特別震撼的感覺：原來詩可以如此寫實。突然想到描述中國功夫的套語：不是花拳繡腿，是真功夫！」[23]

用武術的語言評詩，這個好。

今天，另有一位署名「山水江南918」的網友，如此評論我的詩道：「一直以為詩離我們很遠，其實詩就在我們身邊。只是我們缺乏詩人的慧眼，發現不了周圍詩的存在。讀了歐陽先生的詩，我才發現，我們每時每刻就生活在詩裡面。」[24]

趁此機會，我回評了一下，說：「是的，每詩每刻，詩詩刻刻。」（網址同上）

美

關於美，我懶得多說，只引用我自己剛才通過電子郵件，給一個朋友回信中的一段話：

> 剛剛有個學生把她「老爸」評詩的文章發出來了，有點意思。其實就是一種新的審美原則。過去以晦澀為美，現在以直白為美。以後還不知以什麼為美。但對我們來說，幼稚是美，拙笨也是美，不美也是美。就看你怎麼看。我反倒厭惡美。

就這樣。

---

[23] 見署名「露西」的評論：http://i.blog.sina.com.cn/blogprofile/profilecommlist.php?type=1
[24] 見此：http://i.blog.sina.com.cn/blogprofile/profilecommlist.php?type=1

關於詩歌投稿

近受一詩人朋友的啟發，開始在投稿時，對編輯進行教育了。這是我今天投稿時，在信中對這位從不採用我稿的編輯，說的一番話：

〔××〕你好！

返澳之前，想給你投點詩歌稿件。
請見我的原創詩投稿，附件中，請查收。

我的東西，題材和寫法都與大陸詩人迥異。儘管我幾乎完全看不進大陸詩人發表的詩歌（99.99%的詩歌是如此），同樣的情況也可能發生在大陸編輯和詩人對我詩歌的態度上。這沒有關係。畢竟國際空間的拓展，需要我們不斷擴大我們的審美界限，超越我們自身的局限。我個人從一寫詩開始，走的就是先鋒的路。那是朦朧詩普遍占上風的時代，但我痛恨朦朧詩，絕對不寫那種東西，這在當時，就等於判了自己的死刑。因此1991年出國時，僅在正式刊物上發表了一首詩。有意思的是，三十多年前，也就是那時寫的詩，後來還在國內發表。說明詩歌越入流的，經時光淘汰之後越不入流。倒是逆著時光而反動著寫的，反而歷久而保持力量。我們寫詩，就是要在文字的膠囊中，凝聚這種很可能一寫出，就被判死刑的巨大能量，使之成為好酒一般的定時炸彈。

先說這麼多，詩用不用都無所謂。你有時間就看，沒時間就扔。作為投稿人，我可是每隔一段時間，就要定期投稿的。

祝好，
歐陽

回答

　　我從前在武大教的一個女生，後來寫了一首詩，是談戀童癖的，在此：
http://blog.sina.com.cn/s/blog_12b11e5560102uxcy.html 。

　　發給一個朋友看後，她表示驚奇，沒想到居然能用詩歌表現這樣的題材。我的回答是：

> 這個國家的詩歌問題很大，就在於它把詩與生活絕對化地、美化地分
> 開了，所以已經死掉了，不必看了。只能讓詩歌從別的地方長出來，
> 開出只有下個世紀、下下個世紀、下下下下個世紀才能感受到的活力
> 之花。

　　正因如此，如前所述，我在不久前的一次投稿中，告訴一位編輯說：中
國99.99%的詩，都不值一看。

Arranged by

　　先把今天寫的這首詩放在下面，再談其他：

　　《伊肯斯》[25]

Arranged by歐陽昱

　　伊肯斯不是理論家，
　　但他也不是一個虛張聲勢的傻瓜。
　　他從一開始，
　　就清楚地知道，
　　他想要畫什麼。
　　這個想法來自他自己的個人經驗和胃口，

---

[25] 此為歐陽昱的譯文，經歐陽詩意地改編。原文請見Robert Hughes的*Nothing if not Critical*第121頁。

並由於他和老師讓-里昂・傑洛姆（Jean-Léon Gérôme）
所實踐的法國現實主義發生接觸
而得到了擴大。
作為賓夕法尼亞州美術學院的學生，
他不喜歡根據古董塑像的石膏模型畫素描。
他對理想的美不感興趣。
意義重大的是，
他得以存活的最早一幅素描，
畫的是一台車床。
這類東西之前沒有籠罩著一重「光環」，
沒有「藝術性」，
你要麼畫對，要麼畫錯。
「在一幅大畫中，」
伊肯斯從巴黎寫信給父親說。
「你能看出幾點鐘，
是下午還是上午，
熱還是冷，
冬天還是夏天，
畫裡面都是些什麼人，
在幹嗎，為什麼幹。」

過後，與一朋友聯繫，提到此事，引起了對方興趣，要求看一下，就發過去了。事後，對方並未提出問題。還是我事先發問：你難道對「arranged by」這幾個字沒有任何問題嗎？之後才問是什麼意思。

經常的感覺是，中國人對事物已經相當不敏感，相當麻木，他們只對肉、對物質感興趣。這很沒意思。這也就是為什麼我說，回到中國生活了一段時間後，我只有一種感覺：廣林。

下面是我給朋友發的一段解釋性電子郵件：

音樂方面，一個作曲家的作品，可以不斷地被後世的作曲家進行
改編。例如，俄國作曲家莫索斯基（Mussorgsky）的著名作品《展覽
會之畫》（音樂作品，卻以畫為題），就曾被世界各國的作曲家改編
不下十五次。我認識的一個澳大利亞華人作曲家，曾請我參加他改編

的這出音樂會，據說是第16次。他因為是中國出身，竟然在這部交響樂中加入了二胡等中國民樂的樂器，使之出現了殊為不同的氣象。

英文的改編一詞，就是「arrange」。看上去像「安排」，其實不是。

美國有位畫家叫惠斯勒，常以音樂為題畫畫，其最著名的一幅畫是《灰黑色的改編曲：畫家母親的肖像畫》（1872），即採用音樂改編方式，以畫對音樂進行改編。

我的這首詩，就是借用這種方式，以詩歌方式，對非小說文體的文字進行改變。曾寫過很多，這只是最近一首，在翻譯該書中進行。

由此反觀中國詩歌，依然在960萬平方公里的土地上徘徊。以為自己大，其實不大。自大而已。

我意識到，上面「對非小說文體的文字進行改變」中有誤，應該是「對非小說文體的文字進行改編」，但我沒有修改，因為我認為，錯了就是對的，改編實際上就是改變。

改詩

成語有不刊之論之說，意思是說這個論點或論調，是不能修改的。對於詩，好像這句成語還可以改成「不刊之詩」，道理是同樣的，即詩歌是不能修改的。

記得當年我的英文長詩*Songs of the Last Chinese Poet*（《最後一個中國詩人的歌》）被企鵝出版社的詩歌編輯Judith Rodriguez接受時，她說過一句話：別人的詩歌是無法修改的。（It's impossible to revise someone else's poetry）。這是不是她的原話已經不太重要，只要我還記得她似乎說過這話就行。那時大約是1996年還是1997年，她到我當時住的那間很小的flat來，手裡還拿著合同。

事實上，我當《原鄉》編輯時所發的詩歌，從來都是不好的不接受，好的接受後，哪怕有瑕疵，也從來不改或建議改。修改別人的詩歌，有點像建議別人把臉上的老年斑或疣子或不堪之痣等去掉。不完美就是不完美，甚至是一種完美。

廢話少說。卻說昨天有位作者發來兩首詩，建議我修改。第一首中有句

雲：「整棟大樓被裝飾成褪色的或更華麗的殿堂」，我不太喜歡，建議把「華麗」改成「花麗」，把「裝飾」改成「裝修」。當然，這是我帶玩耍心的修改。

第二首詩如下：

《夏天最熱的時候》

太燙了。
沙子蒸騰為塵土，飛翔著，很快消失在半空。
烏鱧和蝸牛鑽進了深深的洞穴。
太燙了。烈日在恐懼和忘卻中交織。
將要改變逃離的我的命運的是：
一隻蜥蜴。它小小的身子伏在荊棘下，死一般安靜。
那難看的、突出在頭頂的兩隻眼睛，看眼前的世界。看，一片巨大的

要我修改的時候，這邊已近午夜。我看了看，刪去了一些「的」（我的理論是：必須消滅「的」），斷了幾個句（我的理論是：詩歌必須在該割斷的地方割斷），隨後、隨手改成：

《夏天最熱的時候》

太燙了
沙子騰為塵土，飛著，很快消失在半空
烏鱧和蝸牛鑽進了深洞

太燙了。烈日在恐懼和忘卻中交織
將要改變逃離我命運的是
一隻蜥，蜴。它小身子伏在荊棘下，死一般靜
那難看的、突在頭頂的兩隻眼，看眼前的世界。看，一片

巨大
的
空

第二天早上，收到對方來信，頗贊，又看了看自己的修改，還是不太滿意，便又改了一下：

《夏天最熱的時候》

太燙了
沙子騰為塵土，飛著，很快消失在半空
烏鱧和蝸牛鑽進了深洞

太燙了。烈日在恐懼和忘卻中交織
將要改變逃離我命運的是
一隻蜥，蝪。它小身子伏在荊棘下，死

一般靜
那難看的、突在頭頂的兩隻
眼，看眼前的世界。看，一片

巨大
的
空

如是而已，其他就不多說了。

半

我是在很多年前讀高博文的*After China*這部長篇時，對他一個提法感興趣的。他說，他追求incompleteness（不完整），也就是說，不求完，也不求整。追求的是一種不完整感。書中那個建築師，設計了一座水面上無底的飯店。也許我記錯了？但為了不完整，不想就此去查是否與記憶中的一樣。

我在讀研究生期間，看中了一個英國一戰時期的詩人，名叫Wilfred Owen，很喜歡他的詩，邊看還邊譯，遺憾的是，現在翻譯手稿找不到了。此人在中國並無介紹，但毫不妨礙我對他的喜愛。記得印象最深的是，他的

詩也押韻，但不是完整的韻，而是押的半韻，比如以「音」押「鷹」，或以「煙」押「央」，等。

我怎麼會想起這些？是因為剛剛翻譯休斯談梵古的一段話。休斯說：

> 梵古在普羅旺斯待得越久，就覺得他與其「精髓」越接近：其高度溫柔的色彩，有時以暴力成型的形式，其猶存之古風，以及超乎一切之上的光線。在阿爾，風景最初以圓佛手柑和鉻黃色之影響而帶來的震驚，主宰了他的調色板。但一旦住進了聖雷米精神病院，代之而來的便是看周圍風景的一種迥然不同，更加沉思的方式。「我在最佳時刻所夢想的，」他寫道。「不是鮮明的色彩效果，而是半色調。」

就是這個「半色調」，讓我想起了這些，以及更多。比如詩，很多人追求完美，熱衷於完美，但他們在追求和熱衷的過程中，全然忘記了這一點，即完，就是完蛋的完。所謂完美，就是完蛋之美。任何有獨創的藝術家，必須衝破完美的牢籠，勇敢堅決地走向半。

這段完後，又譯了很多，再囉嗦兩句。休斯評論高更的作品時，也特別提到了他的「半」。他是這麼說，而我是這麼譯的：

> 如果高更有絕對的原創性，這原創性就在其色彩中，再怎麼大量複製，你也無法有心理準備。它是飽和的，無限含蓄的，充滿莊嚴的半諧音和對比，其情感的暗示範圍是闊大的，從《拿扇子的女人》（1902）中昏暗的海灘和赭色，到《永遠不再》中微帶毒意的壯觀，黃色的枕墊就是以這種微帶毒意的壯觀，入侵了該畫暗奶油色的棕色和藍色。（Hughes, *Nothing if not Critical*, p. 152）

作為一個藝術家－詩人也一樣－能夠保持「半」吊子狀態，是很好的。

清潔劑

朋友在微信上轉給我一則文章，是張維迎寫的，題為《語言腐敗拖累中國》。文章並沒有什麼好看的地方，但提出「語言腐敗」四字足矣。作為一個寫字者、一個寫詩者，永遠要小心語言的腐化墮落。

我回覆說：「謝謝，但未提詩，詩才是語言清潔劑。」我是在昨晚6.04分搭乘地鐵，前往徐家匯去上海交響樂團看德國廣播愛樂木管獨奏家音樂會的路上，發這條回覆的。

朋友立刻回覆說：「說得好！」

泥灣

英文有個說法，叫「bathos」，被我音譯成了「卑瑣舐」。根據英文字典的解釋，它是一種突降法，即從一種崇高的狀態，突然無意間轉變成諧謔或滑稽甚至下流的狀態。一般的英漢字典碰到這個字，都無法很好地解釋。

生活中處處充滿這種「卑瑣舐」。就說昨夜我去上海交響樂團音樂廳看德國廣播愛樂木管演奏團的演出時，在那麼美好動聽的音樂演奏下，卻忽然瞟見觀眾中有一人伸出小手指頭，旁若無人地深入自己的鼻孔，就在裡面自由轉動地掏了起來。我無需多看，因為接下去即將發生的情況，絕不是我想看到的，也是我絕對能夠想像出來的，但因此而產生的「卑瑣舐」效果，竟導致我隨手在半黑暗中寫了一首詩。就此從手稿上打字如下（標題是後加的）：

《Bathos》

音樂真美啊
人人都恨不得
生出四隻耳朵
四隻眼睛
四隻鼻孔
Oh, no
在德國音樂的伴奏下
一個中國
人
把小
手指伸進
他的小

鼻孔

認真地掏

了起來

多麼美，妙的時刻，啊

（2014年10月3日星期五手寫於上海交響樂團音樂廳演奏時的半黑暗
狀態下，次日晚上9.36分打字並修改於禦上海×××室）

　　音樂會中，我常注意到這樣一個事實，即一段音樂演奏完畢，下一段還
未開始，台下就會響起咳嗽聲、清嗓聲、擤鼻子聲、腳步在地上躁動地拖曳
聲、交頭接耳聲，等等不雅也不美的聲響，與前後美妙的音樂聲形成強烈對
比。一個寫詩的、寫作的人，置身其中，卻意識不到這些，後來寫文寫詩，
也不去寫它，那只能說是一個盲人，不，盲心。他一味刻意構制出的那種強
求的美，是沒有生命力的。

　　說到這時，我正好翻譯了一段休斯的文字，如下：

　　「我願藉助一個簡單的裸體，」高更就這幅畫跟一個朋友寫道：「暗
　　示出某種早已失落的野蠻的奢侈。它完全淹沒在有意畫得昏暗和悲傷
　　的色彩之中。創造出這種奢侈的不是絲綢，不是天鵝絨，不是平紋細
　　布，也不是黃金，而是藝術家使之變得華美的簡單材料。」超越了自
　　身的彩色泥濘。（Hughes, *Nothing if not Critical*, p. 152）

　　是的，彩色的泥濘。

自論

　　因為無以名之，只好暫時用「自論」這個字。有一年，我擬參加澳大利
亞文學年會，提交一篇論文，由 "歐陽昱" 談 "Ouyang Yu" 的作品，其中
心思想基於這樣一個想法：莎士比亞或海明威或福樓拜（還可以舉出很多其
他的名字）還活著，如果讓他們自己寫一篇討論自己創作的文字，一定會道
出很多再好的批評家、評論家、文學史家即使再怎麼發揮想像，也寫不出的
東西來。現在有些搞評論的，人家作者還沒死，就把其作品隨便加以發揮，

自說自話，讓作者本人看了只能一個勁地搖頭，覺得根本不是那回事。

我昨天跟丹麥一位印度裔的教授談起此事，他問結果怎麼樣了。我賣了一個關子說：你先告訴我，假如你是該文學年會的組織者，你對這篇論文會怎麼看？他說：我覺得很有意思呀！我會讓你來講的。

我告訴他：但那些保守得就像古老但尚未坍塌的城堡一樣的澳大利亞學者一聽就搖頭，說：文學批評沒有這個傳統，借此而將這個論題給休了。[26]

也許我以後還會重提舊事，再寫一篇此類文章，但今天翻譯休斯的《絕對批評》，覺得他下面這段評述（是我翻譯的）比利時畫家馬格利特的話（p. 156），也可用來關照我的詩歌，其他就不說了：

> 馬格利特的轉捩點是1927年，這時，他去巴黎生活。在那兒，他浸潤在超現實主義運動之中，不再是外省一個看稀奇的人了，而且很快就意識到，他能為之貢獻的地方在哪兒：不是馬松（Masson）和恩斯特探索的偶然性和隨機效果，更不是達利的那種異國風情和神經官能症，而只能是幻覺叢生的庸常。超現實主義迷戀的東西之一，就是無可名狀之物入侵日常生活的那種方式。馬格利特以其乾巴巴的、就事論事的技法，畫出了如此庸常凡俗的東西，看似就像這些東西直接取自一本會話手冊：一隻蘋果、一把梳子、一頂常禮帽、一朵雲彩、一隻鳥籠、一條循規蹈矩的郊區房屋的大街、一個身穿黑色夾大衣的生意人、一個麻木不仁的裸體。在這座一張張畫下來的圖庫中，沒有多少東西是1935年一個普通的比利時辦事員在普通的一天過程當中看不到的。但一旦馬格利特把這些東西結合起來，就完全成了一種別樣的東西。沒有這種經過加工，又加以吃透的平庸，他的詩意是無法想像的：他的詩意顛覆了庸常的命名。

批評家也許是醫生，但他們不是母體，也不能取代孕育作品孩兒的母體。由母體來敘述孕育和創作的過程，並從醫生／批評家的角度切入，是不能被這些澳大利亞人隨便以一句「沒有這個傳統」這樣的話否定的。

---

[26] 今年（2017）7月份，我在一年一度的澳大利亞文學年會上，終於提交了一篇這樣的文章，題為「『Ouyang and Yu』：Ouyang in Yu and Ouyang on Yu」。

不像

多年來，我早已厭倦詩歌中的「像」，不是像這個，就是像那個，就是不像自己本身。最後走得遠一點的，就是把根本不像的東西生拉硬扯到一起，說黃昏像手術臺上的什麼什麼（艾略特的貨，我一點也不喜歡他）。這麼一來，說月亮像太陽也行，說天堂像地獄也可，說像像xiang或like都行、都像。

比利時畫家馬格利特早就通過一幅煙斗的畫，把畫得像的概念顛覆了。說實話，畫得像哪裡有照得像，照得像又哪裡有對面看著像，對面看著又哪裡有夢裡夢見像，夢裡夢見又哪裡有記憶中的像，記憶中又哪有想像中的像？

休斯關於馬格利特有這樣一段話，我剛譯好，放在下面：

> 如果馬格利特的藝術自限於僅僅為了製造震撼效果，那就會跟超現實主義的其他蜉蝣一樣短命。他的關切要比那深。他關切的是語言本身，亦即象徵物傳達意義或挫敗意義的那種方式。關於這個的宣言，就是他那幅著名的煙斗油畫：「Ceci n'est pas une pipe」（《這不是煙斗》）。正是這樣：這是一幅油畫，一件藝術品，一個表示物體的符號，但不是物體本身。（休斯，Nothing if not Critical，157頁）

我從自己的英文原創詩歌開始，探索「不像」的可能性，後來逐漸擴大，進入中文詩，如下面這首：

《瓶中嬰》

咭，你看，我指著裝蠟燭的小瓶子，對她說
她不屑一顧，繼續把臉朝向別處
小瓶子漂浮著，有的亮著蠟燭，有的沒有
我讓她把浮到手邊的一隻拿起來，心裡有點生氣
那瓶，小得比想法還小，裡面有一個baby
細若蟲卵，旁邊支著一支形狀像蠟燭的蠟燭
她這時才如夢初醒，驚訝地看著浮游的baby
「啊」了一聲，接著又「啊」了一聲
幾隻裝baby的瓶子，朝下方漂去

那麼多baby，她說，是誰生的呀
瓶子沒有聲音，baby也是無聲的
只有幾隻亮著，什麼都不像[27]

對詩歌，是不能附加任何限制的。它就是一個天空，任你從任何角度、以任何方式開發。

不正確

詩歌，一言以蔽之，就是不正確。即便用成語，也要不正確地用。即便有想法，也要不正確地表達。即便想引用，也要不正確的引用。現以我最近一首詩為例：

《來》

來吧，都來吧
就像高爾基說的那樣
讓什麼什麼來得更猛烈一些吧

什麼霧霾呀
什麼地震呀
什麼埃博拉呀

來呀，都來吧
反正要來的、總要來的
那就一起都來吧

不是我幸災樂禍
不是我巴不得
未平一波，又起一波

---

[27] 2013年7月17日星期六9.48am寫于金斯伯雷家中。

而是我覺得

我們欠地球太多

我們對天空太薄

我們把所有生物斬盡殺絕

我們把所有植物用來吃喝

為了把我們自己：罪魁禍首養活

現在讓我，像一個久別故鄉的國王

俯身吻吻，中毒的大地

仰面吸吸，不良的空氣

說一聲：來吧，要來的，請都來吧

就在今夜，在你們突發的冤屈中

醒來時看到自己死去

我是翻譯到下面這段文字時，想起上面那段話和那首詩的：

> 經常有人說，德・契裡柯的圖畫中，使用了文藝復興的空間，但正如
> 魯賓所指出，這是一個神話。德・契裡柯的透視畫法，用意不在把觀
> 畫人置於一個安穩的、可量度的空間，而是一種歪曲視圖、令眼睛不
> 安的方式。在他的建築傑作《離別的憂鬱》（1914）中，沒影點不是
> 一個，而是六個，沒有一個是「正確的」。[28]

詩歌的時間

  儘管我曾在某大學一次講座上談到，作品一旦發表，就跟作者脫離了關
係。它等於就是一塊豬肉，評論者買回家後，可以燉湯，可以炒菜，可以紅
燒，可以醃制，可以－總之，想怎麼烹調都可以，都是評論者（我不說批
評家，因為這些人遠夠不上）的人為刀俎，作者是沒有掌控的，但話又說回

---

28 參見Robert Hughes, *Nothing if not Critical*. Penguin Books: 1990 [1987], p. 162.

來，有些評者選取材料時，沒有時間觀念，為了說明他或她的某個觀點，或為了證明某些理論家的理論（後者居多），就來了一個大雜燴和羅宋湯的做法，一鍋熬了拉倒，反正讀者不知道，要混過去是很容易的。

我2012年在墨爾本出了一本《自譯集》，裡面左中右英，收集了歷年來我發表的中文詩和自己用英文譯成的英文詩，可以兩兩對照，互相參照。近有一人寫了一篇關於我的英文文章，談及其中一首詩，評論起來顯得頭頭是道，不瞭解的人還以為真是那麼回事，但因未做最基本的調查工作，犯了一個時間錯誤，自己卻完全沒有意識到。

何謂時間錯誤？一個詩人一生，在可能持續幾十年的各個年齡段和時間段，都寫下了不少詩歌。若把二十來歲寫的詩，不加注解、也不加日期的放入五十多歲發表的集子中，可能會給讀者和評者造成這就是他五十多歲時發表的作品。對那些恨不得把某詩寫完之後，連年月日小時分秒都記下來的詩人，這個不是問題。對那些像我那樣，寫作時標示日期，發表時隱去日期的人來說，這就會成為一個問題。最沒有知覺，最不敏感的人，就是那種抓來就是材料，評起來就能說事的所謂評者。試想：二十來歲在中國寫的東西，能跟五十多歲在澳大利亞寫的東西混同在一起「說事」嗎？！就是買回家做菜的肉，也要看是醃肉還是鮮肉呀。

走鍵至此，不能不評論一句：如果詩人尚在，還有可能像我這樣在此不抗議地抗議一下。如果詩人已故，那他的作品就真的是一塊豬肉，鹹肉當鮮肉做，鮮肉當鹹肉做，鮮肉鹹肉一塊做，都由不得他自己了。可憐、可悲、也可恨。

Raw（1）

我在坎培拉上的一次英文詩歌寫作課中，強調了詩歌的新鮮，它必須新鮮到當時產生感覺，就要當時寫下來的地步，一分鐘也不能耽擱，就像新鮮果蔬要直接到果園和地頭去採買一樣，就像龍蝦、魚蝦和牡蠣等，一定要吃活的一樣。

所有這些，都可以一個英文字囊括之：raw。這個字的意思是「生的」，與「熟的」相對應。有年有人看了我的《憤怒的吳自立》後評價道：生猛！是的，這個生，就是「生猛海鮮」的「生」。也是所有含有粗礪之感、不雕琢之感、直接之感、未經加工之感的作品所具有的特質。

引起我說上面這段話的，是我剛剛翻譯的下面這段話：

畢卡索急迫感的摩擦，使岡薩雷斯忘掉了金屬製品要「拋光擦淨」，
而把他1930年代的鐵制雕塑，賦予了一種不同凡響的生糙、直接、活
力和自足之感。[29]

岡薩雷斯是誰？他是加泰羅尼亞的雕塑家。

順便說一下，我向來厭惡那些所謂極盡雕塑之能事的作品，無論是哪個
大家寫的。不買、不看，別人送了也肯定扔掉。所以，千萬別送這種東西給
我。浪費你的錢，也浪費我的時間。

Raw（2）

上完一天課回來，十分疲勞，打開電視文藝頻道，同時譯書，算是眼腦
同時得到休息。無移時，我發現自己連續說了幾個「fuck」。原來，舞臺上
那個自以為朗誦得「聲情並茂」的人的聲音，讓我聽之欲嘔，視之欲吐。跟
著又出來一個趙什麼祥的人，一樣的拿腔弄調，一樣的裝模作樣，一樣的不
改從前那種－寫到這兒趕快停筆，因為實在不想在他身上浪費筆墨，而且聽
了兩句就把電視遙控關掉了。

這時，我的譯筆下出現了這樣幾行字，是談德國畫家Max Beckmann的：

貝克曼對表現主義的超驗野心——對崇高世界的渴望、對現世下界的
怨訴、遁入「神祕事物」和「原始之物」，將其作為逃避直接經驗的
政治的方式——不感興趣。對他來說，正如對柏林的達達派來說一
樣，那都是些腦中空無一物的人搞的東西。「我的心為生猛、普通的
粗俗藝術而跳動，」他在一本內容豐富的日記本裡寫道。「我的心不
在昏昏欲睡的童話情緒和詩歌之間生活，恰恰相反，它承認，它要進
入的是生活中那個可怕、庸常、輝煌而又普通的古怪平庸狀態。」[30]

---

[29] 參見Robert Hughes, *Nothing if not Critical*. Penguin Books: 1990 [1987], p. 166.
[30] 同上，p. 167.

我注意到，其中被我譯成「生猛」的英文字，還是那個我喜歡的「raw」。凡是不「raw」的，就很「弱」，跟英文那個字的發音居然是一樣的！我之所以喜歡這段譯文，就是因為我的詩歌也是這種狀態和感覺。

我還注意到，他這句話是1909年說的。中國人喜歡吃生猛海鮮，但他們的藝術卻很難下嚥，一點也不生猛。

趁鮮

還想就鮮味這個詞再多談一點，這主要是剛剛譯到馬蒂斯這段，是說他到尼斯後，很多人對他不滿，認為他背叛了他自己的藝術，無非是之前畫得抽象，後來則變得具體。關於這一點，休斯是這麼說的：

> 掃描一眼馬蒂斯的幾個房間，就像閱讀在尚未要求作家和盤托出一切的那個時代寫成的一本沉默寡言的自傳。這些房間放射出的沉靜感，表現的不是志得意滿，而是對付焦慮的一種手段。尼斯使馬蒂斯得以穩定一切，可以一連數日保持同樣的心境。「努力工作，沉思默想了半個世紀之後，牆壁仍在那兒，」他寫信給一個朋友說。「自然－或者毋寧說我的自然－始終保持著神祕性。與此同時，我相信，我在我的混亂中，恢復了一點點秩序。……：我並不智慧。」當然，馬蒂斯在尼斯也畫了他的那一份馬馬虎虎的作品，但給人壓倒一切的印象是掙扎與合成，是一個成熟的藝術家在1916年之前取得里程碑式的措辭之後，決定要趁印象還未凝固起來，就將其立刻記錄下來，重新投入到那個措辭之中。[31]

這段話的後面無非就是說，馬蒂斯不再等印象在腦中發酵、釀酒、成熟，而是一抓住就畫下來。這倒跟我近似了。

我之趁鮮，就是不分場合，不管時間，在任何情況下都寫詩。現在看起來，我寫詩－也就是說詩產生的現場－有：廁所、床上、高速公路上開到每小時一百公里時、計程車裡、開會時、音樂會上、路上行走時、給學生上課時、翻譯和寫作的空隙之間（就像此時）、法庭做翻譯時、監獄做翻譯時、

---

[31] 參見Robert Hughes, *Nothing if not Critical*. Penguin Books: 1990 [1987], p. 172.

廚房炒菜時、飛機機艙、機場候機廳、咖啡館、巴黎香榭麗舍大道、瑞典的旅館（幾乎凡是住過的所有旅館）、里斯本的海邊，無非就是要趁「印象還未凝固起來，就將其立刻記錄下來，重新投入到那個措辭之中。」

沒什麼了不起，我不是到現在都未成名嗎？可是，對我來說，詩歌不是我的進身之階，而是我本人，「我的自然」啊！

新聞

何謂創新？就是根據新的東西來創，而不是根據舊的、已有的東西來創。例如，讓李白、杜甫在詩中寫乘坐飛機的感受，那是不現實的。創新的另一個特點，是材料的轉換，例如，畫家根據攝影材料來創。先看我今天翻譯的下面這段譯文：

> 最出乎意料之外的事情，也可能在英國藝術中發生。幾年前，正當人們以為，瓦爾特‧西克特已經一錘定音地有了定論，是愛德華時期德加的一個關心敘事、多嘴饒舌的追隨者時，他們卻面對了一次展出他非同凡響的後期畫作的畫展，這些畫作此前在很大程度上，已為他的仰慕者所忽略，但似乎含有任何藝術家對敘述性大眾媒體源材料進行「挪用」的第一批作品：就這樣，西克特1936年為愛德華八世畫的那幅雖屬大型，但明顯並非官方，表現他一步跨出小汽車，準備戴上他那頂毛皮製高帽子的肖像，就像瓦霍爾三十年後為傑基畫的肖像一樣，依據的也是一張新聞照片。[32]

詩歌也能這樣做嗎？當然能。我就做了，而且做得很多。下面只舉我寫的一例，是根據報載一個小孩子被挖眼的消息創作的：

《空》

天空不是空的
充滿了掉不下來也不想掉下來的星星

---

[32] 參見Robert Hughes, *Nothing if not Critical*. Penguin Books: 1990 [1987], p. 179.

天空不是空的
五千多年的霾都集中到了這裡

天空不是空的
那是一個可以隨時下載無數記憶的U盤

天空不是空的
看一眼它就滿得讓你頭暈

天空不是空的
東西多得就像床上睡著後的形象

天空不是空的
你把用光後的醬油瓶子打開看看，就跟那兒一樣擠

天空不是空的
滿滿的都是那個中國孩子被挖掉的眼睛[33]

就這麼簡單。

影響

暫時不談別人對自己的影響來自何處，而是直接摘抄一段剛剛翻譯的東西：

史密斯在雕塑中的身分和成就，與構成主義的切割和建造的組裝模式有著密不可分的關係：平面與平面焊接起來，而且，不做封閉的塊體，而做敞開的交叉件。「我更喜歡我的組裝件，」他1951年用了一句華麗的短語說。「而不是基本圖案組成的野蠻偶像。」他為之神魂顛倒的是變形，是畢卡索能從一個給定的形狀中展開身分的次序：骨

---

[33] 2013年12月24日星期二9.29pm寫於松江臥室泡腳時。

頭變成牙齒，又變成陰莖，再變成頭，再變成豎琴。這種形象繁殖的感覺，在史密斯作品的所有層面上，都得到了證實。他畫畫，不是為了生產「畫得很好」的素描，而是為了讓他的呼吸管道保持暢通。他素描的特殊價值不在完成的結果，而在過程的證據中─他如何構思，如何感覺，如何就形象、內容和形狀做出決定，最後又如何通過切割和金屬焊接而表現出來。他草草記錄、他做筆記、他又把這些記錄或筆記拋棄，然後把體內只有一半使用價值的想法排除出去，免得浪費鋼材。因此，他的素描反映了時而不太連貫的形象理由，他的雕塑就是根據這種理由進行加工的。「你都受了一些什麼影響？」人們反覆不停地問他這個問題。五十年代的某個時候，他以一首散漫的詩歌作答，該詩部分解釋了這個影響來自何處：

來自吊車吊臂懸掛的樣子
來自帳篷的繩子和樁子
來自俄亥俄州鄉間集市的演出
來自火車頭側身而行，穿過印第安那州時，單位關係的赤腳記憶
來自跳上開動的貨運火車，把這些貨運火車放在一起，在斯克內克塔迪
做這些貨運火車的零部件
來自轉圈時發生的一切
來自女人文化的形體和山花的自由生長[34]

史密斯是美國雕塑家，58歲死於一場車禍。

我的小理論

跟朋友聚會，朋友把詩歌交給我，要向我「請教」。過去遇到這種情況，我會三言兩語談我的看法。這次拿回來看過之後，產生了一個想法，那想法就是，如果我這次飛機航班失聯，要我後悔的話，我會後悔沒有把我關於詩歌的「理論」歸總一下。那這次，我就用利用這個機會，把我的詩歌非

---

[34] 歐陽昱（譯），原文參見Robert Hughes, *Nothing if not Critical*. Penguin Books: 1990 [1987], pp. 210-211.

理論小歸總一下。於是，我給朋友寫了下面這封信：

〔××〕兄：你好！

　　前日去貴處參觀飲宴，十分開心，特此再表感謝。回後事情繁多，又要上課，又要翻譯，又要寫作，一直想給你回信，談談看詩後的想法，一直找不到時間，遲複為歉。

　　你的詩我每首都看了，總的來說都很好，我比較喜歡的是《一對酒杯》、《衣服》、《槍彈》和《意外事件》。

　　詩之難改，猶如寫詩之人詩性之難移，因此要我提修改意見，這簡直是無法辦到的事，但我可根據讀詩過程中，看到並隨手寫下的標示，談談自己的看法。

　　我有個理論：消滅形容詞。如果詩歌是女人，那當今的這個詩歌女人，就是一個濃妝豔抹，渾身擦滿了形容詞化妝品的女人。我寫的詩歌，就是裸呈，讓詩歌一絲不掛，脫掉所有形容詞，天然去雕飾地自呈出來。這就是為什麼，我看到你用「淒淒青」、「柔柔的」、「滔滔地」這類詞時，會有某種不良反應。也就是說，至少我本人是不會這樣寫的。古人說：陳言務去。我說：形容詞務去（也包括副詞）。

　　我還有個理論，就是詩從標題開始。我們現在看到的中國詩歌，不太講究標題，很多看了標題，就知道詩要寫什麼。標題之標，是標新立異之標，而不僅僅是標題之標。正如做人要從我做起，作詩也要從標做起。這個地方，可能也有一個陳言務去、陳「標」務去的問題。例如，《搖過外婆的小橋》這類標題，不是不好，但它太讓人想起同題類的標題了，一看標題就知道，可能要講什麼。

　　我還有個理論，就是必須重造成語。任何詩人在詩中居然—我用居然，是有我的道理的—用成語，起碼說明對那個成規老套的語沒有新的認識。何謂創新？在我就是創舊，從舊的裡面創出新的東西來。我99年曾寫過一首《成的語》，網上可以找到。你要有興趣，不妨找來看看玩玩。比如你用的「不勝酒力」，要在我，可能就玩成了「不勝詩力」。又比如上次我念的《跳》那首，就從」跳樓「，玩出了跳心、跳腦、跳眼。詩歌，簡言之，就是創新的工具。你的《長風》，你的《海平面》，你的《雪峰下》，這些標題，要在我，是不

會用的。非要用的話，我可能會用《短風》、《海不平面》、《雪的峰》。這是我個人的想法和做法，不一定適用於你。但你的《衣服》，這樣一種日常得沒有詩意的東西，卻最能出詩意來，是個很好的標題。

還有，你的《創傷》，也是我可能要回避的標題。上海這個詞，每次打字，都會出現「傷害」。而上海這個詞，如果進入英文，成為shanghai，就有一個特別的貶義，指誘拐，在澳大利亞英文中，還指用彈弓打人，如果要我，可能用《傷海》這樣的標題。

時間關係，無法一一談我的想法。假以時日，我們還可以慢慢聊詩。

再次對你的盛情和禮物表示非常感謝。

祝好，
歐陽

詩評

這天，除了上面那位詩人給我看詩，另一個初交的詩人，也給我看了他的詩。今天，我看了幾次之後，給他回了下面這封電子郵件：

〔×〕先生：您好！

前次在貴鎮認識很高興，謝謝你對我的信任，把詩交給我看。

這幾天極忙，抽空全部看了一遍。總的來說都很好。可以看出，你對當代題材很能切入，如電子帳單、微信、手機等，且頗善以詩說理。以我一孔之見，這都是你的優點。

我邊看詩，邊在一些地方用紅筆標出痕跡。你有些詩題不錯，如《電子帳單》、《微信搖一搖》等。這兩首結尾也都不錯。

個人的一個感覺是，還不光針對你，而是我看其他中國詩人的詩的一個總體感覺，那就是，本來詩歌是要出新意的，更要出新詞，但很多情況下不是這樣。例如，詩歌中充滿大量成語。所謂成語，在我看來，就是現成之語，在詩歌中是要避之惟恐不及的。你的詩歌中，

成語的用量似乎多了一點。能否加以改造？不才的《成的語》（網上有），可能作為一個參照點。

其次，有些詩似乎未能出新意，如《浴女》（讓人想起鐵凝的《大浴女》，這也是標題如何出新方面一個需要思考的問題）和《少婦與乞丐》。我在想，後面這首詩是給誰看的？少婦？還是乞丐？乞丐之所以成為乞丐，可能有很多其他的成因，是否值得詩人更進一步的探討？關於乞丐，我總想寫，卻總找不到切入的角度。假如自己也是一個乞丐，我想，我要說的話就多了。作為詩人，我們能否寫出令乞丐看了也能說：嗯，說出了我想說，卻沒有說出的話。畢竟乞丐也是人，而且是有著一般人所沒有的經驗和經歷的。

以上是一些不成熟的想法。不當之處，不必認真。

謝謝並祝好，
歐陽

小詩男、小詩女

從Northland開車回來，一路上都是灰色的天空，在轉過那個通常的roundabout，進入Dunne Street的時候－這個Dunne，不少人把它讀成「當呢」，那是讀錯了，正確的發音應該是「當」－我想起了詩人，尤其是那些女的，女的詩，女的詩的人。這些人都可稱之為小詩女人、小詩男人。一進入詩歌狀態，這些人立刻就開始裝起來，裝逼、二逼得一塌糊塗，彷彿詩歌是另一種性愛狀態，他們開始亢奮，到處用眼睛尋找音樂，找不到就到手機的網上去找，於是一邊朗誦，一邊用不知誰的軟不拉幾的歌聲在旁邊配著，到了誰都不知道念的是什麼東西，文字被聲音沖掉了，就像水被馬桶沖掉了一樣，詩歌終於澈底失去了意義。

我想起了小腳，想起了裹足。也就是說，這些詩人的大腦依然還是小腦，像小腳一樣，被裹了足、裹了腦。他們還在那兒用文字風花雪月的時候，詩界早已進入了別樣的世界。詩歌終於沒人要讀了，主要罪責在這些小詩男和小詩女身上。

Mark Strand

馬克・斯全德前幾天剛死，他名聲很大，就用不著我介紹了，上網關鍵字一下，就能查到相關的一切。有篇悼文是那兒來自前南斯拉夫的現美國詩人寫的，名字我忘了，但不怎麼喜歡那人的詩。家裡有一本他的，看完了沒有任何感覺，還有一本是他翻譯的，總的來說還行。我此時忘了他名字也好，就用不著指名道姓了。

他提到Strand時有個細節有意思，說Strand有一陣子特別「obsessed with money」（迷戀金錢）。其實我調查了一下，是「money-making schemes」（來錢的計畫）。[35]這使我想起Robert Frost從前說過的一句話，大意是詩人比一般人都忙，因為他本來就窮，也賺不到多少錢，所以就喜歡把自己的生活安排得滿滿當當。

他還提到另一個細節，說每次朗誦時，發現只要詩中提到跟吃飯有關的句子，聽眾的臉上就會出現微笑，於是他和Strand決定寫一系列有關食物的詩。

我是二十幾歲發現Strand的，在上海。那時，我因為喜愛，隨手就翻譯了他的一些詩，特別是他的《吃詩》（「Eating Poetry」）。跟著我就在自己電腦譯詩檔案中找他，卻沒有找到。現在正利用電腦的搜索功能全面尋找。

如果找不到，我就不放這兒了。如果找到了，我就把那首多年前的譯詩放在下面。

逗號

從前有一種不好的文風，也是一種不良的文學習慣，凡是想表達意猶未盡的感覺時，就來一個意猶未盡號（因為我也忘記那叫什麼號──哦，我想起來了，應該叫省略號，我的這種短時失憶現象，是不是老年癡呆症即將到來的先兆？），也就是這樣：……。

其實，表示省略的方式很多，比如逗號。今天讀以色列的Yehuda Amichai，看到一首詩的標題是：「Farewell, 」。[36]

---

[35] 參見：http://blog.bestamericanpoetry.com/the_best_american_poetry/2015/01/in-the-nyrb-mark-strand-living-gorgeously-by-charles-simic.html

[36] 參見 *The Selected Poetry of Yehuda Armichai*, trans. by Chana Bloch and Stephen Mitchell,

我先以為看錯了，再看時逗號還在，便以為是印錯了，很想用筆把它勾掉，最後想想還是令其存在的好，就那種很不完成的一種樣子，有一點讓人發煩的意味，稍感不安的感覺。

如果譯成中文，那就應該是這種樣子：《告別，》

似乎遠比那種意猶未盡號（省略號）好，我覺得。

如夢令

早晨起來，吃早飯，把用過不要的大號廢信封，鋪在飯碗的右邊，拿筆寫詩，記下昨夜的一個夢。詩寫完後，還沒有標題，不想用「夢」加號碼這類陳腐的方式來做標題。正想到這兒，「如夢令」三字浮出腦海面，覺得不錯，隨手就用了。

吃了之後，就是拉了，邊拉，邊看新浪微博，往下一拉，出現24條新的消息。第一條消息居然是關於《如夢令》的。原來是條拍賣新聞，跟詩歌毫無關係。

我吃時、寫時看到的如夢令，是在拉之先，拉時卻居然也出現了「如夢令」，真是令人匪夷所思，不可思議。

大概應該改為匪夷所詩，不可詩議吧。

Wank vs Root

有個朋友這麼說：「A good wank is better than a bad root」。是什麼意思，看了下面我這首詩你就明白了：

《義大利》

他告訴我，不對
這些孩子不是搞gay的
他們從小到大到老

---

published by University of California Press, 1996 [1986], p. 31.

都住在家裡

永遠都是爸爸媽媽的good boys

爸爸媽媽小時候把他們養大

他們把爸爸媽媽養老、送終

這是一種沒有文字簽約的親情合同

「那他們怎麼解決性的問題？」

我這個始終參不透的人問

我的義大利

朋友說：那你是不是認為

婚姻就能解決問題？

要是那個法律上屬於你的女的

不想跟你性交

怎麼辦？

我從他的臉上

看出了比但丁還要絕望

的絕望

And從那一刻起

我覺得他說的那種希臘人的生活

方式

簡直好過幾億個

中國

　　那句話的意思是：相比較而言，好好的手淫，比糟糕的做愛要好。換言之，做愛做得不好，還不如自己手淫自己。也頗富詩意。

阿多尼斯

　　總聽人提起這個名字，也總在這兒那兒看到他的中文譯詩，但總不如意。這回去悉尼，到Kinokuniya—澳大利亞最大的書店，日本人開的—買了一本Adonis的詩集，除了別人的之外。

　　打開看後，覺得確實不同凡響。必須說一下，現在我忙到這種地步，已經沒有時間躺下來或坐下來看詩，而是在拉尿的時候站著看，一般一泡尿一

首詩，如果是長詩，那就一泡尿數行詩。這不是不敬，而是很敬。

今天拉尿時看的這首覺得不錯，完後就譯，這是我平生譯的第一首他的詩，應該值得放在這兒：

《對話》[37]

阿多尼斯（著）

歐陽昱　（譯）

「你在哪兒？
你眼中哭出來的這種光是什麼？
你在哪兒？
你寫了什麼？給我看看。」

我沒回答她。我一句話也沒說
因為我已經把紙撕了
因為我穿過墨水的雲彩
找不到一顆星星。

「你眼中哭出來的這種光是什麼？
你在哪兒？」

我沒回答她。黑夜是貝都因人的
帳篷，蠟燭是一個部落，
而我是一個瘦削的太陽
下面的大地改變了皮膚
迷路的人遇見了他無盡的路。

這首詩譯完後，發給了一個朋友看，但沒注明是譯的，答覆是很喜歡，跟著我就講明瞭出處。隨後，我講了一下我的標準，在電子郵件中說：「是的，而且還在選擇上。不是名人寫的都是好東西。我只譯動了我心的，像這

---

[37] 參見Adonis, *Selected Poems*, trans. Khaled Mattawa. Yale University Press, 2010, p. 37.

首就是。」

　　現在想起有個詩人朋友建議，我應傾畢生精力，譯某個名詩人的詩，這樣，自己也就出名了。我明白他的好意，也明白個中道理，但我做不到。

　　我的道理很簡單：我只譯「動了我心的詩」，就像我只愛動了我心的女人，盡管後面這一條越來越難以做到，已經幾乎不可能了。

　　這篇已經寫完了，我才發現，原來這不是我翻譯的第一首阿多尼斯的詩，其實還有一首，我早在2014年11月26日就翻譯了，只是當時不是翻譯，而是創意、創譯，通過English-Chinese Dictionary那個網站來翻譯的，即機器翻譯，得到了如下的結果：

《歌》

通過阿多尼斯

　　　　我們的睫毛鐘聲
　　　　和文字的垂死掙紮，
　　　　我演講的領域之中，
　　　　在馬騎士製成的污垢。
　　　　我的肺是我的詩，我的眼睛一本書，
　　　　而我，文字的皮膚下，
　　　　對泡沫的喜氣洋洋的銀行，
　　　　詩人誰唱死了
　　　　離開這個被燙傷的挽歌
　　　　前詩人的面孔，
　　　　鳥在天空的邊緣。

　　該網站網址在此：https://www.google.com/search?q=english-chinese%20dictionary&rct=j，任何人都可以把任何文字放進去玩一把。

痛

有一年，詩人——是的，以後我就不用別的名字，而用「詩人」二字，來稱呼這本書中的敘事者或敘事者之一了——去做翻譯，驚奇地發現，那個澳大利亞白人醫生，居然能聽懂「痛」這個字，而且能發出音來。他問病人說：「痛？」引得病人和詩人翻譯同時哈哈大笑起來。

這就是我看到以色列詩人Armichai一首詩的結尾時想到的。那首詩的結尾有兩個字：「torn, *torn*。」[38]後面一個強調地加了斜體。

這個字的發音，跟中文的「痛」字幾乎一模一樣，唯一的不同，是在「or」這個地方要小轉彎一下。它的意思是「撕了、撕破了」。這與中文的「痛」有著某種詩意的關聯，特別是與性愛。

風塵

風塵這個字，若譯成英文，中間要加個塞，變成「wind and dust」。陰陽也是如此：yin and yang。男女也是如此：man and woman。夫妻也是如此：husband and wife。

好了，不說了，還是回到風塵。它最容易讓人想起的是「風塵女子」這個詞。敘利亞人是不是也有這種說法，我不知道，但我看到敘利亞詩人阿多尼斯的詩中有風塵的說法時，我開始疑心，他們的語言中是否有。

他那首詩叫《七天》。[39]我承認，跟余華那部我並不覺得怎樣的書是同名的。全詩經我翻譯後如下：

> 對我的愛和鄙視
> 進行嘲笑的母親
> 你也是在七天裡做成。
> 波浪也是那時做成，地平線也是
> 還有歌之羽，
> 而我的七天曾一度受傷、離異。

---

[38] 參見*The Selected Poetry of Yehuda Armichai*, trans. by Chana Bloch and Stephen Mitchell, published by University of California Press, 1996 [1986], p. 90.

[39] 參見Adonis, *Selected Poems*, trans. Khaled Mattawa. Yale University Press, 2010, p. 38.

那你當時為何那麼不公平，
當我也是風塵做時？

我猜想，也許，在敘利亞，詩人跟風塵有關，也許就像中國有風塵女子的說法，敘利亞也有風塵詩人的說法。

有何關係呢？不都一樣嗎？

負能量

在普遍大講正能量的時候，我卻著意於負能量，甚至還寫過一首以其為題的詩，如下：

《負能量》

正，以＋號表示
也可以說呈陽性
一個過於講＋能量
呈陽性的地方
正在公開地謀殺黑夜
公開地，把假，變成真
公開地不提，埋葬的淚水和真理的記憶
與此同時
負能量正在蓄積
在一個坐牢的人，逐漸衰朽的大腦裡
在麻木已極的珠
峰裡
負能量，一朵只在夜間曇詩一現的
後庭
花

14年年底在上海，聽一個畫家朋友講，巴黎有位姓嚴的畫家，把人往醜裡畫，越畫越有人喜歡，便在心裡留下了印記。

今天中午去FH那裡吃飯，又想起這個人，又提了一下，但只記得他中間那個字：培。E於是查了一下，一查就查到了，說是有口吃的毛病，畫的肖像都很冷峻，等。

回來後就查了他，很快來了詩意，寫了下面這首：

《YPM》

上海人
出生下只角
老爸是殺豬的

自己說話
口齒不清
口吃，成了動力

正所謂負能量
畫的肖像：醜陋
冷峻、消極、憤怒、仇恨

不浪漫到放棄色彩
不浪漫到給死者畫像
不浪漫到只畫孤兒

「很少應酬」
「相對隔絕」
「最不妥協」

「把自己想像成一個悲劇的人
已死的，吊死的
還有化作骷髏的」

不要問他是誰
他的別名是

FNL

　　跟朋友提到我這個觀點時，朋友贊同，說：暗能量。我也查了一下，真的有！

　　我喜歡負能量，是因為只有它，才能造就藝術、造就詩。請大家回憶一下，濟慈當年最推崇的一款詩歌原則就是：「negative capabilities」（消極感受力），其實就是我說的負能量。

　　為什麼那些醜畫會受人吹捧？道理很簡單，在這個幾乎人人都富得流油、閒得流油的時代，心中感到不幸福、很灰暗的人卻比比皆是。表面一片陽光，心裡全是黑夜。

裝A

　　最近又結識了一個新朋友，聽說我是寫詩的，一下子自己也好像進入了狀態，搖頭晃腦起來，慷慨激昂起來，詩意起來，大約那就是他想像一個詩人應該的日常狀態。

　　我本想告訴他，詩人離這個遠著呢，最不詩、也最不詩人的人，往往就是詩人，但想想又放棄了。人們已經把詩弄壞掉了，你怎麼可能通過隻言片語，改變一個早就污染的空間呢？

　　立刻想起不久前在中國某處的一次飯局。那裡，來了數個詩人。說起要朗誦了，立刻激動起來，不僅不讓詩人讀，要當著詩人的面代讀，還忙著在手機上找相應的音樂，被詩人當場謝絕了。詩人沒說什麼，但背後說：太裝逼了。一提詩歌二字，人們立刻裝逼，女人尤甚。

　　我說：其實不是裝逼，而是裝A。

信封

　　在我書房的一角，有只很大的紅色紙袋，裡面裝滿了信封，都是右上角印有「POSTAGE PAID AUSTRALIA」那種，乾乾淨淨，沒有蓋過郵戳，意思就是說，你還可以再度啟用，只要把寫了你自己姓名的收信人名字和地址，用一張寫有別人姓名和地址的小紙條覆蓋就行了。

我曾一度這麼做過，無論寄書還是寄信，對方也都能夠收到並的確收到。後來，這種信封積累得越來越多，堆起來像座小山，而我的信卻越寫越少，到了幾乎不寫的地步。

我必須想出一個處理它們的方式。不久我就想出來了，那就是在這些信封的反面寫東西，或者寫詩，或者記事，而不是像最先那樣，如果不用，就丟到垃圾桶裡。

這不，剛剛在拉屎時，就用信封的反面手寫了一首詩，頭兩句便是：

如果西方是天堂
中國就是地獄

五選一

前天BC來信說，她選了我一首英文詩，擬在*Cordite*雜誌上發。這首題為《L》的詩，是連同其他四首詩不久前應她之邀發給她的。那時我還在中國，現在我已經回到澳洲了。

不久前，另有一個詩人，寫信約我投稿，我問他五首詩是否合適，他說：再好不過。

最近，我給美國一家雜誌投稿時問多少合適，他說：五首吧，我就五首了。

現在想起來，基本上每次投稿五首，被選中的大約都是一首，或者乾脆一首不選。

這種五選一現象，並不說明詩寫得有多麼不好，畢竟那是自己選了又選，挑了又挑的，但拿到白人編輯那兒，總會變成萬一，或五選一。這是因為他們的苛刻，已經到了神經病的地步。個人認為，被選出來的，不一定比未選出來的好。

跳樓

他們說：就從這個地方下去。

我走到窗邊一看，倒吸了一口冷氣：窗下有個陽臺，離窗臺有五六米，

人可以先跳到陽臺上，再從陽臺往下跳。下面是一片開闊地，稀稀朗朗地長著灰綠色的草皮。

我正在那裡趴著看，一個人從身後過來，就上了我旁邊的窗子，還沒等我仔細看是誰，他就擦著陽臺邊跳了下去，身上還挎著書包。他跳下去後，成了一個很小的點子，隨後沒事人一樣，大搖大擺地走掉了。

耳邊一直有人催著說：跳吧，跳吧，大家都是這麼跳的。我遲疑著，猶豫著，害怕著，想像著跳下去的恐懼和可能。最後還是沒跳，轉身走掉了。

接下去的情境，現在已經記得不太清楚了，很擁擠，很多人，很煩躁，曲裡拐彎，繞來繞去，走到哪兒都碰壁，跟誰在一起都糾結，總有點遺憾當時沒跳，也需要節約很多時間，如果跳了的話。但現在再也回不去了，再也不可能返回到那個視窗和那座陽臺，因為那是一個夢。

朋友

總說直面人生。可我問你，你敢直面，敢說真話嗎？比如：你朋友多嗎？多年前，採訪一位從中國到墨爾本定居的富人時，他說：我在這個地方沒有朋友。

那句話，我直到現在都記得，是因為他有勇氣說真話。沒有朋友，是很丟面子的事，當人面直陳自己沒有朋友，是更丟面子的事。他沒有說謊，他直陳了，他直面了。值得記取。

在兩個國家長期生活過就知道，有些國家是交不了朋友的，比如澳洲就是如此。我來這個國家24年，交的朋友絕對沒有24個，可能10個不到。其他都是生意上的往來。還有的，只是認識而已。

兒子最近告知，他認識的幾個來自其他國家如南非的人，都抱怨說，在這個國家沒法交朋友，來了十多年，一個朋友都沒有交到，因為這個國家的人對交朋友沒興趣，尤其對交來自外國的朋友沒興趣。他們內向，他們只跟自己玩，他們一點都不想在不認識的人身上花時間、花精力、花錢。

最後的結果是，比如我，把平日的時間用來寫書，而不是交友，因為交友在這個國家，基本上是不可能的。友誼這個詞，在這個國家不是褒義詞。一切用錢說話就得了。

人也怪，習慣了之後，覺得反而比中國好很多。想想也是，與其交一大堆假朋友，一大堆互相利用的朋友，一大堆動輒翻臉的朋友，不如不交。

情詩

正在譯Jack Gilbert的一首詩，叫「Love Poem」。第一反應就是《愛詩》，跟著就自動改成《情詩》。若想兩者都有，還可譯成《愛情詩》，但最後還是決定用《情詩》，這就有點意思了。

活到這把年紀，對「愛」這個字越來越謹慎，越來越警惕，越來越小心，也越來越不以為然。人們把性交稱作「做愛」，那等於是說，愛本來沒有，是做出來的。現在的人乾脆不稱「做愛」，直接把二者疊加，稱作「愛愛」。

後來我逐漸意識到，「愛情」這個字，越活得久，就越向後移，經歷了從愛到情的遷移過程、移民過程，一如老夫老妻，早已不做愛、不愛愛，但依然胼手胝足，相依為命，不是「愛」將其hold住，而是「情」使其久處。

漢語說「情詩」，而不說「愛詩」，光就這種習慣，就已說出了一切，用不著我囉嗦。

標題（1）

有一年，應該是三十多年前，還在上海讀研究生時，跟澳大利亞作家NJ談起一首自己寫的英文詩，覺得標題有點頭痛，他說：Just give something that has nothing to do with the title（隨便起個跟本詩毫無關係的標題也行）。原話是否這樣，早已無法對證，但至少記憶是如此。

今天我翻譯美國詩人Jack Gilbert的一首詩，標題就是這樣：

《老女人》

傑克・吉伯特（著）

島上的每一位農夫，都把他的
蜂箱藏在山上很高的地方，
知道如果不藏，就會遭劫。
他們死後，或者再也無法
艱苦地攀登上去時，失落的蜂窩年
複一年地越來越重，都是蜂蜜。

而且蜜的甜味，也越來越具
那種銳利的野味。[40]

　　現在你再回頭看，原詩標題「Older Women」跟全詩一點關係也沒有，但仔細想想，又似乎有。比如，那些人爬不動（「爬不動」三字，似乎還跟性愛有關）或死掉之後，比他們活得久的老婦呢？
　　其他，我就不想多說了。多說了也是廢話。

什麼都沒發生

　　來自中國文化的人寫東西，儘管他們老講留白，但他們的筆下，總是充塞著東西，用文字堆砌的東西。我過去並非例外。我記得，有一年跟AM通話，他說他在寫一部長篇。我問他寫的什麼，他說：「Nothing. In my fiction, nothing happens。」（什麼也沒有。在我的小說中，什麼都不發生。）這段簡單的話，給我留下了深刻印象。
　　上面的回憶，是因為剛剛翻譯Gilbert的詩而引發的，這首詩如下：

《精彩和縫隙》

傑克・吉伯特（著）

歐陽昱　　　（譯）

我們想起一生時，想到的大多是特別突出的事
和憂傷之事。還是孩子時，我們想起婚姻
度假和突發事件。那些非同尋常的部分。
但最好的時候常常是啥事都沒發生時。
像母親幾乎什麼都不注意的，就把
孩子抱起來，走過瓦勒大街
一邊還跟其他女人聊天。要是她能把這一切都
保留下來呢？我們的生活，就發生在兩邊值得記憶的

---

[40] 參見 *Jack Gilbert Collected Poems*. Alfred K. Knopf, 2013 [2012], p. 173.

中間。我已經丟失了兩千次跟美智子一起
習慣共進的早餐。我最想念她的
就是，我再也回憶不起來的庸常。

　　當然，美智子是他的妻子，早于他而去世。我寫這段話時，雨已經下了
很久，還在下，雨的這種庸常，不是因為他的詩，我早已忘記去注意了。這
是墨爾本的雨，金斯伯雷的雨，凱西大街的雨，我筆下的雨，與我的敲鍵聲
共鳴的雨。

風高

　　記得，我曾把「月黑風高」這個成語，直譯成英文的「moon black and wind
high」。多年後的今天，我卻在翻譯阿多尼斯的詩時，發現了另一種風高。
　　他那首《讚美詩》中最後一句頗佳：「He walks the abyss, tall as the
wind」。[41]
　　譯的時候，我想到了高風：「他走於深淵，風一樣高。」
　　哈，我想到了「高風亮節」。以後，這個「高」，可以「tall」來解
了。很舒服的一個字。

Rape

　　昆德拉在我最近買的他一本書Encounter中，談到他曾有一次想強姦一個
想保護他的女孩子說：

> ...and I suddenly had the urge to rape her. I know what I'm saying: 'rape
> her', not 'make love to her.' I didn't want tenderness from her. I want to
> bring my hand down brutally on her face and in one swift instant take her
> completely, with all her unbearably arousing contradictions...[42]

---

[41] 參見*Adonis Selected Poems*, trans. by Khaled Mattawa, published by Yale University Press,
2010, p. 23.

[42] 參見Milan Kundera, *Encounter*, trans. from French by Linda Asher. Harper: 2010 [2009], p. 5.

譯過來便是：

> ……突然，我產生了一股想強姦她的衝動。我知道我在說什麼：「強
> 姦她」，而不是「跟她做愛」。我不需要她的柔情。我想把手野蠻地
> 砸在她臉上，在迅速的一刻中把她完全拿掉，哪怕她有著讓人難以忍
> 受的喚起人欲望的種種矛盾……

看到這兒，我想起了我寫的一首英文詩。這首詩的標題我已經不記得
了，但我記得曾在美國雜誌*Antipodes*上發表過，也記得，裡面用過「rape」
一字，但後來因一位澳大利亞白人女詩人的批評而把它改成了別的什麼，究
竟改成了什麼，我也不記得了。

很快，我就從我的發表記錄中調到了細節。原來，這首詩原發於
*Antipodes*的1996年的一期上，標題是「Diary of a Crazy Contemporary
Convict」（《當代瘋子流犯的日記》）。跟著又發現，它收在我的英文詩集
Foreig Matter（《異物》）中了。我立刻找到了它並找到了那段文字：

> sometimes I'd love to make love to a genuine australian woman
>> right in front of mayer or katie or david jones
> just to hear her say that i'm loved[43]

果不其然，我採納了那個女詩人的意見，（她說：Why 'rape'？）把「I'd
love to rape a genuine australian woman」改成了上面那個，譯文如下：

> 有時，我很想跟一個貨真價實的澳大利亞女人做愛
>> 就在瑪雅、凱蒂或大衛‧鐘斯的大門口
> 只想聽她說：我有人愛了

昆德拉兄，原來你這種想強姦人的感覺，我也有過。看來我們都不瘋，
也都一樣瘋。

---

[43] 參見Ouyang Yu, 'Diary of a Crazy Contemporary Convict', *Foreign Matter*. Otherland
Publishing, 2003, p. 69.

浪

剛剛small時，看完了A的書，這才真正地瞭解到了他的身世。此前都是片段的。原來，他雖然早年沒上學，只是背誦《可蘭經》和古老的阿拉伯詩歌，但他讀了大學，學的是哲學。後來又讀了博士學位。一個從來沒有被人提及的事實是，他雖然得獎多多，但他的出生國敘利亞，沒有給他任何獎。他的獎來自黎巴嫩、挪威、土耳其、美國、法國和比利時。一個澈底的流亡詩人。

剛翻譯完的那個受訪人的話又回來了：只有在流放中，才能擺脫本土的腐敗，達於某種程度上的精神純度。

也許，這已經是經過我加工過的話。那麼，就讓我繼續加工下去吧。我雖然回到了生我養我的國家，但仍繼續過著流放的生活。在心靈中流浪，在流浪的夢裡流浪，在詩歌的小說中流浪，在小說的詩歌中流浪，在無所事事中流浪，在星期日沒有任何人可訪、亦無任何人來訪、只有布滿大地灰塵的陽光陪伴中流浪，在只屬於自己的英文和中文中流浪。

浪，浪跡天涯的浪，浪跡詩涯的浪。

A

他的詩裡，經常大量地出現這些字：玫瑰、天空、喉嚨、地平線、抹布、血、火、死亡、鄉村、子宮、混血、眼瞼、皮膚、頭髮、日、夜、鏡子、雲、袋子、舌頭、忍、苦難、沉默、阿拉伯、貝魯特、脈搏、跑、燒、肉體、水、耳語、肩、倚著、花粉、回聲、玫瑰、天空、葉子、歌、成為、嘴、田野、難民、機器、書、脊背、歷史、墮落、語言、但丁、alibi、距離、瞎、洪水、手、綠色的語言、深度、抹去、旗幟、幻象、愛情、幻象、火、葉子、淚水、閃電、空間、根須、雨、燕喙、行星、眼睛、沙子、海、焰、肚臍眼、泥、夜色－

他的詩從不出現這樣的字：糞便、屎尿、精液、仇恨、唾棄、嫉妒、關係、錢、米、鹽、菜、豬肉、廁所、牙齒、政府、黨、總統、性交、orgasm、蛇、虎、狼、豹、腐敗、貪官、China、派對、吃喝、地溝油、有毒食品、有毒空氣、臭水、狗－

他叫Ali Ahmad Said Esber。

陰莖（1）

我站在廁所拉尿，看詩。拉屎不看詩，因為影響效果。過去拉尿，一般一泡尿看一首。現在能看三四首，均一頁為限。現在看的這本，是John Berryman的*The Dream Songs*。剛看的這一首是第221首。其中有句云：

> ... 'I paint'
> (Renoir said) 'with my penis.'[44]

要讓我譯過來麼？好呀，如下：

> ……「我用我的陰莖」
> （雷諾瓦說）「畫畫。」

哈哈，陰莖，哈哈，雞巴（注意，我這個蘋果機上沒有「雞巴」這個組詞，每次總要打雞蛋，刪去蛋，打巴巴，刪去巴，才能得到這個詞，真無聊，應該找蘋果公司退貨索賠才好，像我在《B系列》的《找B》一詩中所寫的那樣。

「陰莖」二字，立刻把我從上海松江租房的廁所，帶回到四十多年前我在上巴河下放的那個村莊裡。那時，我在看一本關於戈雅的書，書中寫道，戈雅曾把他的一個敵人的像，畫成了一副巨大的陰莖。當時我把這個故事講了出去，誰聽誰笑，那本書過了四十多年，我唯一記得的，就是這個細節。

後來，幾年前，在墨市的一個畫家朋友家聚會。他當時畫了一個芭蕾舞演員的畫，那人在空中起跳，雙腿成一字形，中間那個部分是癟癟的，於是大家開玩笑，讓他把那兒畫得凸起來。他還真畫了，僅僅不過兩三筆，就使那兒腫大如牛，「一」軍突起，讓大家樂不可支。聚會結束時，畫家謹慎起見，又把那突起的一軍給消掉了，也不過就是那麼擦了一兩下，東西就神奇地消失了。

同樣神奇的是，其他一切都忘掉之後，記憶中唯一留下來的，就是那個凸起的部位。

---

[44] John Berryman, *The Dream Songs*. New York, Farrar, Straus and Giroux: 2014, p. 240.

陰莖（2）

　　次日譯書，又出現了跟陰莖有關的情節，那是第一艦隊甫抵澳大利亞悉尼的植物灣時，為了滿足土著人的好奇心，菲力浦下令讓軍中一人脫褲子亮相的一幕，看得我哈哈大笑，我的譯文如下：

> 隨著他們〔土著人〕越來越好奇，他們還去拉扯軍官們戴的帽子和假髮，並開始去摸海軍陸戰隊員的胸脯，越摸越低，這顯而易見是想看看這些人的性器官長個啥樣。儘管這麼撫摸讓海軍陸戰隊員很噁心、很抗拒，但土著人仍然堅持這麼做，直到菲力浦下令讓威妥爾把褲子脫掉，因為他大名鼎鼎，雞巴是所有歐洲人中最大的。他極不情願地把褲子退下，露出了一堆火紅的陰毛，烘托出一根巨大無比的白雞巴。（*The Botany Bay Scourger* by Ian Hayes）

　　不同的人類第一次見面，居然最好奇的就是這個。我又想起下放時，曾逗弄當地農村青年說，我們第一次見面不是握手，而是握雞巴，於是大家互相去握對方私處，剛開始還好玩，多了就有點煩人了。後來在澳洲看到一本書裡說，太平洋島民似有這種遺風。原來，人哪怕再想像，都不是空穴來風，都能在某個未知的地方找到出處或註腳。

Contrappasso

　　這是一家悉尼的文學雜誌，最近選發了我翻譯的4首耿翔和3首路也的詩。耿通過微信問我，該雜誌名字是什麼意思。我也不知道，只說是義大利語，無解。雜誌主編是義大利人，拿過文學博士學位。

　　上網查了之後還是無解，因此乾脆給耿了一個音譯：孔特拉帕索，算是一個無解之解。

　　隨後又給主編Theo發了一個電子郵件，說：

Hi, Theo,

Can I ask what 'Contrappasso' means please as Geng Xiang is asking me about it but I don't really know?

Best,
Ouyang

此文只能等待他來信解釋後再說了。

拾得詩

　　夜于床上看鬱達夫的《閒書》，其中一篇題為《浙江今古》，怎麼也看不下去，但若不細緻看，一眼朦朧地看去，倒非常富有詩意。於是，根據我瞭解到的「found poetry」（拾得詩）的做法，把那一段「拾得」而來，稍稍加工，成了下面這首：

《浙江》

歐陽昱

其源有二
一出徽州婺源縣北七十裡浙源山
名浙溪

一名漸溪
東流，經休甯縣南，率水入之
（率水出休甯縣東南四十裡率山）

至徽州，名徽溪，揚之水入焉
（揚之水出績溪縣東六十裡大郭山
西流至臨溪，經歙縣界，抵府城西，入徽溪）

為灘三百六十
至淳安縣南，為新安江

又東，軒駐溪從北來注之

（軒駐溪在淳安縣東五十裡）
又東，壽昌溪從南來注之
（壽昌溪在壽昌縣六十裡）

經建德縣界
至嚴州府城南
合衢水

一出衢州，金溪北注，文溪南來
（金溪源出開化縣馬金嶺，西北流，繞縣治，名金溪
又轉而東南流，經常山縣，東流，文溪入之

文溪出江山縣之石鼓山
東北流，永豐水注之
至江山縣南，名文溪

下流合于金溪）
會於衢州府城西二裡
名信安溪

環城西北，東流入龍遊縣界，號盈川溪
又東經蘭溪縣，東陽水入之
（東陽江其源出東陽縣大盆山

一出處州縉雲縣
雙溪合流，至府城南為穀溪
西流為蘭溪

至嚴州府城東南二裡，入於浙）
又東至嚴州府城南
與歙江合浙水

又東至富春山，為富春江
又東至桐廬，桐江北來注之
（桐江源出天目山

經桐廬縣北
三裡入於富春江）
又東，浦陽江南來注之

（浦陽江源出金華府浦江縣西六十裡深嬝山
經浦江縣界，北流抵富陽
入於浙江）

又東至杭州府城東三裡，為錢塘江
又東，錢清曹娥二江入之
（錢清江在紹興府城西五十五裡

曹娥江在紹興府城東南七十裡
錢清曹娥二水入於浙江
三水所會在紹興府城北三十裡

渭之三江海口）
浙水又東
而入於海

（2015年4月19日星期天10.46pm開始，10.55pm結束，於××××××
室床上，根據郁達夫《浙江的今古》，原載《閒書》，譯林出版社，
2015年，36頁）

何謂「拾得詩」？簡單說來，就是把任何地方，包括報紙、雜誌、產品
說明書、課本等上的文字拿來，略略加以改造，如刪節、調整行距、分段
等，重新加工為詩，這有點像民國時期三十年代文人看了外國影片之後，
根據影片內容，重新翻寫短篇小說，也有點像成龍的武打電影，不用專業武
器，而是隨手抓到什麼，什麼就是武器。我現在上海，而不在墨爾本，否則

可以把米沃什的一首詩拿來舉例。根據詩後的解釋，那首「詩」他一字不改，是從報紙上「取」下來的，光從形式上看，頗像一首方方正正的散文詩。當時看後，我對這種創意極為佩服。

關於拾得詩，懂英文的朋友不妨查看一下這兒：http://en.wikipedia.org/wiki/Found_poetry

這是一種很有創意，也很好玩的寫詩方式，只是需要注意提供出處，否則就有剽竊之嫌。

兩年前，我看一本古書時，忽地產生了詩意，寫了或者說「拾得」了下面這首：

《在船諸人》

時而驚
時而喜
時而慨歎
時而氣悶
時而點頭會意
時而稱是
時而憐
時而哂
時而咄詫
時而如身入其境
時而揣測
時而凝神聳聽
時而疑
時而快
時而起敬
時而代為惋惜代為危
時而不覺失笑
時而眉一揚
時而鼓舞

時而癡坐若有餘詩[45]

其實，各位如果有參加音樂會，聽改編的交響樂的經歷，就知道，任何一部交響樂，在不同的時代，都會由不同的作曲家進行改編。例如，俄國作曲家Modest Mussorgsky的管弦樂*Pictures at the Exhibition*，據說到2000年為止，已經被改編70多次，該曲到了澳大利亞華人作曲家于京君（Julian Yu）手中再度改編時，竟然把二胡和其他中國樂器也放了進去。[46]注意，我說的「竟然」在我這兒是褒義詞。

英文的「改編」二字，是「arrange」，不是「安排」，而是改編。從這個角度講，我的這種做法也是一種詩歌的「arrangement」。

回憶詩人

剛剛看電視聽到老習訪問巴基斯坦，中有一幅標語說：「巴基斯坦和中國是鐵哥們」時，不覺哈哈大笑，想起2011年在青海詩歌節上見到的那個巴基斯坦醫生兼詩人，對中國敬佩有加，言談中不禁流露出來，還特地朗誦了一首歌頌中巴友誼的詩，結果遭到一個白人詩人的白眼和微詞。足見他們對此十分嫉妒。看來，中國無論做什麼，都會給西方人難以接受的印象。跟著又想起那個個子極矮的匈牙利詩人，還是個什麼國家大獎的獲獎詩人。我跟他還比較聊得來，看演出節目時坐在一起。那些節目都被他鄙視為kitsch，不過，當我表示我很喜歡那個藏族女子唱的歌時，他並未拂逆我意，只是勉強地表示首肯。後來他表示要去各地旅遊，我主動給他介紹SC，讓他找他，隨地給他介紹幾個可以接觸的詩人。沒想到一見SC，SC就立刻推脫掉了，然後急匆匆地藉故走掉，從中我體會到，他對該詩人是有看法的。這也很奇怪，一個人如果對人有歧視，似乎從外表上都能察覺出來。我後來跟他有過幾次電子郵件來往，但總顯得好像是我有事找他，而他永遠也用不著主動找我，這就沒有什麼意思了。於是後來再也不來往了。昨天新聞報導時，提到發現並鑒定裴多菲遺骨之事，我的第一個反應，就是把消息發給他，但又立刻決定不發了，因為該消息想必已在匈牙利發佈，我用不著多持一舉。

---

[45] 2013年10月18日中午12.27分於××××××室，直接抄自《清代筆記小說類編：煙粉卷》，黃山書社1994年出版，第254頁，僅改動最後一個字，把「思」改為「詩」。
[46] 參見：http://www.move.com.au/disc/pictures-at-an-exhibition-reflected-and-refracted

由一個詩人，我想起另一個詩人，此人是土耳其詩人。記得我跟他同桌時，因為說了一句什麼，他竟然口裡帶著渣子起來。我並未翻臉，但覺得此人尤其傲慢不遜。還有一個克羅地亞詩人，跟我電郵聯繫，想看我的英文小說，我寄去四本書，有小說和詩歌，結果這個鬼人不看門口那個有我書在內的包裹，導致無人領取，而被郵局取回，不久，這個包裹又原封不動地退回澳大利亞墨爾本，真他媽的！花去了我四十多個澳元。我再也不跟他來往了，真是一個詩人！我還想起一個希臘詩人，此人有個不好的習慣，喜歡在大巴上，把他的詩歌秀給旁邊座位上的詩人看。結果，GR－澳大利亞女詩人－頻頻皺眉，當場便把詩歌還給他，不想看，還對我表示了她的不滿。她不滿的另一個物件，是宴會當晚一個自以為老子天下第一的德國人Kubin。當GR要在首席的長條桌邊坐下時，K不讓她坐，說這裡沒有安排她的位置。她立刻表示不服，坐了下來。老K也拿她沒有辦法。這些往事，今天晚上居然都回到記憶中來，大約是為了明天啟程，去參加穀雨詩會而做前期心理準備吧。我倒是與那個丹麥詩人處得不錯，很談得來，我們都同意，世界上最好的生活方式，就是賣掉一切家當，找一家小旅館住起來度過餘生。

拉黑

　　Rodger Martin，一個美國詩人，對我說起一件往事。他主持多年的 *Worchester Review* 雜誌，曾擬發一篇文字，其中談到Elizabeth Bishop早年一首只在小地方發表，但未見於詩集或大雜誌的詩。他擬連同該文，把該詩也一併發表出來。不料《紐約客》的詩歌編輯，一個叫Alice什麼的人，當時正要出版一本她編輯的Bishop詩集。打的旗號是unpublished poetry（從未發表過的詩歌）。聽說Rodger這件事，便通過律師寫信來威脅說，如先行發表可能涉及侵權，將繩之以法云云。Rodger並不害怕，依然決定發表，但文字作者卻已膽寒。猶豫間，Rodger想出了一記妙招：文章照樣發表，詩歌照樣發表，只是詩歌發表時，做了一個小手腳，把全詩拉黑，告知讀者是什麼詩，但一個字也看不見。

　　我哈哈大笑，想起一件舊事，便與Rodger分享了。1993年前後，我寫了一首英文詩，題為「Fuck you, Australia」（《操你：澳大利亞》），以一個身無分文的賭徒口氣，寫了他在離開澳大利亞之前，對那個國家的感受。詩出有因。當其時，有位名叫邢建東的中國留學生，兩次自殺未遂之後，仍被

澳洲政府逼著用擔架抬上飛機，強行遣返回中國，之後鬱鬱不樂，住進精神病院，一生從此消停。該詩投稿之後，被兩家澳大利亞文學雜誌刊發。十多年後，我寫了一篇英文文章，專門談及這首詩，以及寫作該詩的時代背景，也被刊發，卻不知道刊發時，該雜誌背後做了手腳。

什麼手腳呢？我這篇文章刊發時，同時以另一篇文章領先，對我那首「Fuck you, Australia」進行了抨擊。文中凡是提到我名字Ouyang Yu的地方，全部一律拉黑。讀者知道是提我，但就是看不到我的名字，看到的只是一抹黑跡印，有點相當於中國某人死後，在其姓名周圍圈上一道框子的做法，表明該人已故。

我有點生氣，但也僅只是生氣而已，因為我知道，這是小心眼的澳大利亞白人的典型做法：報復，而且要陰心地報復。因此，我沒有去信編輯部，只當此事被以眼還眼、以牙還牙、以文還文而到此結束了。

Rodger聽後大驚，覺得不可思議。後來我們就談別的事情去了。

The Angry Chinese

跟研究澳大利亞文學的H教授吃飯閒聊，談起我在澳大利亞背了二十多年的黑鍋，被指是個「the angry Chinese」（憤怒的中國人），在幾乎所有的公共場合被採訪，總要舊話重提時，H教授立刻指出，這樣稱謂有種族主義之嫌，只差沒有說「the angry Chinaman」（憤怒的中國佬）罷了。他的道理是：你的憤怒是用詩歌形式，而不是以種族身分表現出來的，因此不能用「中國人」來指代，只能用Chinese poet（中國詩人）的稱謂才較為合適。

斯言極是。寫此片段時，我又去網上查了一下，結果發現，最先出自澳洲W教授的那句話，倒還真是用的「the angry Chinese poet」（憤怒的中國詩人）。看來，她倒並沒有種族主義，而是我的記憶出現了偏差。不過，在我自己看來，這個偏差也值得就此錄下。

發表、得獎，等

晚上吃飯，應該不是我喝多了，但我說的話現在想起來（包括當時說出來），都似乎有點喝多了的味道。我說：寫詩，最要忘記的兩件事，就是發

表和得獎。凡是為了寫出來能發到雜誌，發到大雜誌上的，無非是為了建功立業，但如果能把這兩樣東西踩在腳下，超越過去，你就進入了從心所欲的狀態，正所謂詩由詩在，而跟那些所謂詩的東西沒有任何關係。自由了，心靈自由了，文字自由了，才能飄逸。好詩是不能附著於肉體的，沾不得那些發表和得獎，一沾就臭氣熏然，肉體之臭氣，肉體之未拉空的臭氣。

　　我說了，也正朝這個方向努力。讓我死吧。

選詩

　　辦了一期《原鄉》2015年英文版後（在此：http://blog.sina.com.cn/s/blog_737c26960102vsp5.html），緊接著又辦了一期中文版（在此：http://blog.sina.com.cn/s/blog_737c26960102vtum.html），沒發幾天，截至今日點擊率竟已達到646，這是我辦博客以來取得的最高成績。這大約應該歸功於一個朋友把它放到了微信上。

　　朋友發來回應消息後，我有意問是否有中意的，居然男男女女的選擇都不一樣。最先那個是女的，說她喜歡李靈芝的《白天黑夜》和陸婷瑤的《孩子間的吵架》。跟著一個也是女的，兩人都是詩人，說她「最喜歡叢曉靜姑娘的詩」，「尤喜她的《眼淚》」。再後來又有一個回應，是一個早年寫詩的人，問過之後她謙遜地說，她喜歡《你不知道的生活》。其實，這也是我之前對最先那個詩人說的，覺得該詩很interesting。

　　後來有個現在國外讀文學博士的前學生，在網上跟了一下說，大部分都很好。

　　後來還有個男詩人發來英文微信說，他喜歡「some parts of」《白天黑夜》。

　　只有一個人什麼話都不說，只說：Many thanks。這是一個女的，也是一個寫詩的，年齡和她們相仿。

　　至於那些學生們自己，對自己的同學幾乎不置一詞。

活

　　何老師告訴我，他曾有一首詩被《詩刊》錄用發表，但刪除了最後一行，因為裡面有個老農因天氣不好傷了作物而罵了一句「他媽的」。

　　我們常說（常謊稱）寫詩要從活人嘴上擷取活的語言。「他媽的」就是活人嘴上說的話，卻好端端地不讓進入詩。詩歌沒了活氣，沒了活人的語言，包括罵人的語言，等於就死了，就不是詩歌，而是死歌。我見到很多寫詩的朋友，都說那個刊物看不下去，我完全同意。拿到手裡，從第一頁翻到第幾百頁，不過幾分鐘的事。美固然美，提煉固然提煉，但我稱那為美垃圾。從死中提煉死，還是等於死。文字過眼而不留痕跡，這是最大的失敗、詩敗。

電郵談詩

　　已經不大跟人面對面地談詩了，也極少有人讓我看詩提意見的。偶爾也會有人，於是談了，通過電郵談了，如下：

　　　　LP兄：謝謝你發來的一組詩並請我說「真話」。其實，詩歌真的是沒法評論，甚至無法修改的。詩就是呼吸，一呼一吸，詩乃發生。你怎麼能去修改呼吸？你又如何去評論誰呼吸得更好？話又說回來，詩一旦呼吸出來，除非像狄金森和佩索阿那樣，絕對不肯示人，否則，無論怎樣，都想拿出來一秀方休，而被秀的讀者就會說話，從無話可說，到有話想講，什麼樣的人都有。這又因詩而別，因人而異。每人都像一面鏡子，照出的與其說是別人的詩，不如說是別人的詩打破自己鏡面的程度。有的詩落在這鏡面的波平上，可能像葉子，蕩起一片小漣漪，有的像小石頭，一砸一個水花，惹起一點響動，還有的像大石塊，砸下去會激起所謂的千重浪（其實哪有千重，幾重罷了），但都是鏡面的反映、反應，更多地說明鏡面，而不是詩本身。詩出來了，存在了，誰說什麼，怎麼說，都無法改變這個不刊之論的事實。

　　　　我看詩可能不會太仔細，總是跟著感覺走。我一口氣看完你的18首（其中有幾首似乎從前看過）後，總的感覺是你的詩有這樣幾個特

點：強烈批判現實的意圖，委婉色情的曲露和詞語刻意的張揚。這些都是你的優長，但往往我們的優長，又很可能是我們的優短。

說到這兒，我竟然語塞了。這個時代不需要批評家。這個時代只需要微信一般的點讚家。大約大家都意識到，批評已經毫無意義，因為它除了得罪人之外，還是得罪人。聽者不會改變須臾，反而會怒從心頭起，惡向膽邊生。所以我經常陷於一種沉默無言、不想說話的狀態，因為知道說了無用，所以無用地說了還不如不說。沉默，就是我們這個時代最大的批評。

我有意不把你的文件打開，想從記憶中搜尋還留下印象的詩。這有兩人衣服混在一起的那首。我的評語是：好玩，真實。這也有那首牙刷插在杯裡的詩。這還有那首關於燒的詩，其中有些句子似乎帶有燒灼的效果。

我有點擔心那位70後的選者，雖然也許我的擔心有點提前。我之所以擔心，是因為我們這些50後的詩者，會被後來者鄙薄，他們雖然年輕，但體驗的比我們更多，因為他們體驗了我們體驗不到的年輕的感覺和感受，同時也少了我們以為他們沒有體驗到的痛苦，那種對他們來說並無必要而其實只是浪費的生活，因為他們最狠的就是後：把這一切都後過去了。我們的口味重嗎？可能還不如他們的閃婚重。我們的下筆狠嗎？可能還沒有他們蕩滌了理想的下筆狠。我們是否需要在走向60後和70後的過程中，把我們自己年輕化或心理年輕化一番？尤其是，我們是否需要把自己的語言年輕化呢？更重要的是，我們是否需要把我們長期以來認為的詩非詩化一番呢？這，是我常常考慮的一個問題。

否定自己的詩，從而走向非詩，從沒有詩意的地方（包括題材）發現詩意，擯棄一切臉熟、字熟的詞語，重新走向生，像魚一樣生，像生蠔一樣生，像生肉一樣生，像生命一樣生，這，也許就是我們這一代人的當務之急、當務之詩。

我又舊話重提。作為自己的一個提示，詩，必須擺脫世俗的束縛，束縛也就是舒服，太多的詩寫得太舒服了，舒服得那些編輯一看就入眼，就像被他們看中的女詩人的臉一樣入眼，入眼到能發表，入眼到能得獎，入眼到能入—就此打住，誰都知道還會入到何處，就不說了。

我要看到的，是令人不舒服、甚至不快的詩。裡面的字要異軍突

起、異詩突起、異軍突詩，裡面的詩意要孤傲不馴，裡面的一切都要跟寫得太舒服的詩作對。不發表就不發表，死後再發表也不遲。死後再不發表也沒事，反正發不發表永遠都是寂寞身後事、寂寞身後詩。我能看出你有這樣一種欲望。這是很好的。

一個人活一生，最怕的就是失敗，最難取得的是成功。那麼好了，既然失敗那麼容易，成功又那麼困難，人又何必糾結其間，跟自己過不去呢？其實失敗，也就是詩敗，那是寫詩通過字音前定的暗核，誰都逃不過的。只是我的態度，可以這兩句改寫的文字來說明：詩敗乃兵家之常事和不以成敗論詩雄。蓋因我認為我所有的詩都是失，都是因失而得。別人喜歡，那只是碰巧而已。這種失，像一個砸在鏡面般水面的石頭（詩頭），被人得了。而詩，已在此過程中失去（詩去）。

時近午夜，我處於欲睡的恍惚狀態，也不知寫了些什麼，權當詩言亂語，同時感謝你撥冗讓我閱詩。這是難得的友情，一般人是不大會做的，特表感謝，有時間我們再聊。

祝好，
歐陽

截至此時，即2015年6月26日星期五上午9.48分，這個文本已寫到219,899字，我想就此結案，交給秀威去出版了，如果可以的話，我還可以寫它2百萬字，但那又有什麼意義呢？差不多就行了。

正式編輯，現在開始於SUIBE湖濱樓404室，10.41am完成刪除寫作時間地點等細節，總字數為214,752字。

但是，我很快又寫了一個《新篇章》，是因為下面這篇小東西引起的，決定繼續把原來已經放棄了的寫下去。

不點評

一上來就秀一首我教的學生陸婷瑤寫的詩：

《孩子間的吵架》

你把中午在我家吃的雞爪吐出來，
你把早上在我家吃的雞蛋吐出來，
你把昨天晚上在我家吃的蝦吐出來，
你把昨天下午我給你吃的蝦片吐出來，
你把昨天中午我給你拿的蛋糕吐出來，
你把昨天早上我給你吃的芝麻糊吐出來，
哼，
哼，
媽媽，我去找灰灰玩了，
你不是剛和他鬥嘴了嗎，
我一會兒就回來啊，
欸？
媽媽，我回來了，中午的西瓜還有嗎，
拿給灰灰吃吧，
還有我昨天掰了一半的巧克力。

不點評：現在點評，廢話很多，無非是這樣廢話點評，可以拿到稿費，還可以通過點評出點名、小名。如果一首詩寫出來，還要通過點評讓人去讀懂，那不僅這首詩是失敗（詩敗），點評也是失敗。
我只說一句：

這是我教的英語研究生寫的一首漢語詩。我沒教她寫漢語詩，我也教不了，是她自己無「詩」自通的。很多寫口語詩的，不是有口無語，就是有語無口，或者是有口無心，更不要說有詩了。這首一句都不用多說。自己看去吧。

歐陽昱
2014年8月29日於墨爾本

上面這首詩，以及下面這段話，是徐俊國邀請我推薦一首詩後，我做的事和寫的字。寫完後就發給了他。其他都不用多說了。

Silver tongue

前段時間在西澳開會，做了一個ppt的講話和朗誦。會後，Kim Scott，澳大利亞土著小說家，對我說：「You've got a silver tongue。」

我只知道英文有「silver bullet」（銀子彈）的說法，意思是「靈丹妙藥」，但尚不知道「silver tongue」的說法，以為他是指我巧舌如簧，甜言蜜語。因此，當他第二次誇獎我說我有一個「silver tongue」時，我就用英文說：「I actually don't have a silver tongue as my tongue is very bitter, at least in my poetry.」我說的是：我沒有銀舌頭，因為我的舌頭很苦。意思是說，我並非甜言蜜語之人，至少從我詩歌中看不是如此的。

今天想起此事，就準備寫下來，不料一查卻發現，原來「silver tongue」的意思不是我以為的那個意思，而是指「有口才」的意思。當然，其中也有「巧舌如簧」之意在。

我把這個扯進來，意在說明，就是一個用英語寫作了二十多年的前外籍人士，對最簡單的文字理解，有時也會出錯，但並不妨礙出詩，如「bitter tongue」（苦舌）。那是我的再造。

標題（2）

開車回家途中，我想起兩個標題，一個用作下一部的詩集比較好：《餘光》。

第二個是英文，用作下一部的回憶錄比較好：*A Memoir in Keywords*（《關鍵字回憶錄》）。什麼意思？意思就是，有些字像枯樹一樣，扎根在記憶的沃土裡，幾十年都不會忘記，如「印蛋」。那是我下放時農民開下流玩笑時，最愛說的一句話，現在就寫一首詩：

《印蛋》

1973年我下放衣村
在田裡薅秧、插秧或挑草頭時
總會聽見他們
這樣互相開玩笑道：

怎麼樣
昨天晚上印蛋了嗎？

我怎麼也聽不明白
直到有天潘林告訴我
印蛋的意思就是
女人在被窩裡
捏男人卵蛋的意思

那時，我還是個沒有性經歷的
18歲青年
只能想像印蛋的動作
無法加以擴展發揮
到了現在
有了很多經歷
也不想再去發揮了
只喜歡那個說法
很動態的
意義[47]

　　因此，這個時隔四十多年的關鍵字，就可擴展開來寫，也不想寫成這個詞典、那個詞典的小說，而只想寫成我自已想寫的那種樣子。

　　說到這裡，我還想起在工廠當卡車司機的時候，工人師傅開玩笑喜歡用的一個詞：爬山。每逢頭天夜裡落了雨，降了溫，第二天人們就會互相打趣說：昨夜又爬山了吧？不用我多說，你明白是啥意思，「山」，在這裡是指女人的乳峰。

　　啊，這些關鍵字，有多少可用啊！再不寫，它們就會跟著我一起死掉了。

---

[47] 2015年9月6日6.15 pm寫于金斯伯雷家中。

望舒

大家都知道詩人戴望舒的姓名，但我不知道望舒是何意，只是今晚洗腳時看書才知道。

我看的這本書，是《宋元筆記小說大觀》，其中陸遊談到說，「國初尚《文選》，當時文人專意此書，故草必稱『王孫』，梅必稱『驛使』，月必稱『望舒』，山水必稱『清暉』」，等。[48]

哦，原來如此，他本戴月，而非望舒。雖然後人「惡其陳腐」，但現在回頭看，在文字中這麼玩一把，例如，給誰起個「清暉」的名字，也不是不可以的。

鄉語

現在叫土話，從前叫鄉語。例如陸遊說，蘇軾有句難解：「一朵妖紅翠欲流」，後來才知道，原來在蜀語中，「鮮翠猶言鮮明也」。（同上，3523頁）。然後他說：「東坡蓋用鄉語也」。（同上，3523頁）

我也是，如前述「印蛋」即是。以及今天在金斯伯雷家中寫的另一首也是：

《日》

老家黃岡話
應該是最粗
最粗放了

形容人長得不好看
它說：那傢伙長得
人頭不像狗卵子

「卵」發「懶」的音

---

[48] 參見該書第四卷，上海古籍出版社，第3522頁。

描繪人跟動物審美
不同之處時也很哲學

說：豬日屁股人日臉
這意思誰都明白
不用解釋

只是有一次
我把它說反了：
人日屁股豬日臉

呵呵，好玩
無意中道出了
這個時代一半的真理

鄉語，鄉語，再不寫就沒有了，就跟人一起入土了。[49]

扶

　　陸遊舉二例說，老杜有句雲：「上馬不用扶，每扶必怒嗔」。東坡也有句雲：「上山如飛嗔人扶」。他解釋說：「蓋老人諱老，故爾。」（同上，3526頁）。

　　我一下子想起很多年前母親在世時，我和現在的妻子，當時的女友，陪著她一起在漢口的大街上走路。當時我示意女友，讓她攙扶一下母親。她很聽話地就去攙扶，卻不料母親很氣惱地一甩手，把她的手甩脫了。

　　這事後來經常不斷地被老婆提起，作為她好心不得好報的明證。我有口難辯。現在，如果她若再提起，我就有話說了。有詩為證。

---

[49] 2015年9月6日星期日11.10pm寫于金斯伯雷家中。

　　墨爾本這邊一位寫詩的女性發過來十多首詩，我轉給楊邪看了，他只選出了一首《下面做點什麼》。在此：http://blog.sina.com.cn/u/3300841052

　　我初看也覺得這首不錯。

　　消息發給詩人之後，她似乎不樂意。來了一個微信，我沒理。又來一個微信，要我簡要提個意見，我就通過電子郵件提了，如下：

　　　春蘭你好！

　　　　你的詩朋友看了，未能選出，但能選一首，我覺得也是一個很好的開始。

　　　　如果你要問我的意見的話，我覺得都不錯，但是，1.要多讀別人的詩，用以吸收和鑒別。2.要給詩歌卸妝，少用形容詞。3.要大膽無忌。

　　　祝好，
　　　歐陽

　　我想，這是針對她說的話，如果換個人，我也許會說別的。

冬天

　　請先看下面這段文字：

　　　這是一個寒冷而安靜的下午，頭上的天空鋼硬鋼硬，它悄悄溜出溫暖的客廳，走到露天地下。鄉野空曠赤裸，周圍沒有一片樹葉。它想，它從未像在那一個冬日那樣，看得如此之遠，如此熟稔地看到了事物的內裡，這時，大自然仍在一年一度的睡眠中沉睡，似乎把一身衣服都脫光了。雜樹林呀、小幽谷呀、採石場呀，以及所有隱秘之處，本來在枝葉繁茂的夏天，都是探險的神祕場所，但此時卻自我暴露，可憐巴巴地敞開了祕密，好像在求它暫時忽略它們這身窮酸相，等它們

像以前那樣，再度在濃豔的化裝舞會中奔放起來時再說，又想用過去那些狡計來欺騙和誘惑它。某種方式講，這很可憐，但也令人鼓舞，甚至令人興奮。它很高興的是，它喜歡剝去裝飾的鄉野，這鄉野堅硬，脫去了所有的飾物。它看清了鄉野一根根的裸骨。這些裸骨精緻、強大而簡樸。它不想要溫暖的三葉草，不想看見結籽野草的嬉戲，屏風般的樹籬，山毛欅和榆樹波濤翻滾的簾幕最好都靠邊站。

這篇文字是我的譯文，原文出處見此。[50]文中的「它」指鼴鼠，因為這是一部兒童文學的長篇小說。

我把這篇文字放在這裡是因為，我覺得它說的就是詩。跟我以前說過的「中國詩歌必須集體卸妝」是一個道理。也就是說，必須經過嚴冬的考驗。

海

東西寫得多了，自己寫的自己最後都不記得了。這種事，現在越來越經常地出現。昨天是我60歲生日，課後，一同學發來微信說，另一同學「超喜歡你的《海》……」。

我用英文回答說：「Thank u so much n can you remind me what's the first line of that poem pls？」

她發來了：「大海的水　　不是鹹的」。

見我依然不解（因為我還是不記得這首，心想，會不會是在臥龍崗寫的那首呢？那首是這樣的：

《海》

　　吉普斯大街下去不過三分鐘就是海
　　跟夜一樣黑，在白欄杆的那邊

　　這麼多的水

---

[50] 該書作者為Kenneth Grahams，書名為 *The Wind in the Willows*（《柳林風聲》），Walker Books, 2007 [1936], p. 48.

不可能只是淚

標誌清晰可見：
不能跳水，不能－其他的此時寫詩不能記住

海不寫詩
所有的只是在重複

手機響了，你在電話中對他說：
這兒濤聲太響，幾乎什麼都聽不見

都愛用形象的語言來寫海
海，既無形，也無象

只是一味地響
在晚上，推著白浪

海就是推，是歐鹹
是C，是一種腥

這麼多的水如何在球的表面流瀉
又流瀉到何處去

海無陳言，每一刻
都是某種別的東西

洗的人早就走了
這麼大的空間居然無人居住

其實，無須跟海說什麼
即使說了，海也不會聽

海不像河

枯水季節一詞不是海的詞彙

愛，也不是
一切都包容了，鹹愛太小

海這邊三分鐘的樓上
只有冰箱的聲音在響）。[51]

　　等她很快把圖和文都發過來時，我才吃了一驚，原來是這首！如下：……
寫了「如下」二字後，我就到電腦裡查，查到了《詩非詩》原稿，卻查
不到這首詩。這意味著，我沒法照抄，得照著發來的圖文打字了。還真費事：

《海》

大海的水
不是鹹的

大海的水
是酸酸的

「為什麼呀？」
你說

大海的水是世界
所有人的妒忌

因此也是
綠綠的

　　看後我哈哈笑起來，記得曾經寫過這首，但怎麼也記不得何時寫、在哪
寫了。只有等以後回到墨爾本家中再查了。

---

[51] 參見歐陽昱《詩非詩》，上海文藝出版社，因不在手邊，不記得頁碼了。

順便說一下，8月份到西澳的瑪格麗特河做講座，曾念過一首詩，叫《坐》。沒想到念完後，竟引來全場鼓掌。後來，郜元寶對我說：有時候，好詩還是得由別人才看得出來。我同意。

你自己最喜歡的詩

一個學生微信說：你寫了這麼多詩，那你能否說一下，你自己最喜歡的詩是哪首或哪幾首呢？

我，一個從未在任何場合（包括文學節、包括在課堂、包括在中國和海外的其他國家）被問題問住的人，這一次真的語塞了。

我想，我說不出的原因有幾個。一個是我寫得太多，也發表得太多了，很難說哪首是我「最」怎麼樣的。一個是根據讀者的回饋，「最」喜歡的也幾乎從來都不一樣。一個是我有時最喜歡的，到了另一個時侯，就可能讓位於後來居上的詩。最後，我只能說我比較喜歡的詩是哪些。比如《孤獨的男人》，又比如《垃圾》，又比如中有「天上無我，地上無我」那句，但標題已經忘記的那首，再比如下面這首：

《一個瞎子給我算命》

如果你是個醜八怪
你妻子一定美麗無比

如果你已有了孩子
你的愛情想必已轉移

如果你從小不合群
你長大也不合群，將不合群地死去

如果你愛月亮勝過太陽
那是你無人撫愛的證明

如果你愛思想勝過食物

你會終身痛苦

如果你愛自由勝過奴役
那是還未過慣鐵窗生活的緣故

如果你愛詩歌，朋友
最好像我，成為瞎子

這首後來被我自己譯成英文後在澳洲投稿，一家來信退稿，說很一般，
另一家選用了。後來收進我的 *Self Translation*（《自譯集》）中。

還有什麼呢？我說不清。人要是一生只寫一首詩而傳諸於世，那有多
好。省得都被自己忘記了。

學生評論

從來不做的事，有一天就會做了。比如，裸體沖上大街。在我，沒做，
但腦子裡偶爾這麼做過。這天上完翻譯課，我意猶未盡，寫了一首詩，如下：

《不知道》

同學作ppt，談到哈代的
The Return of the Native
的三種大陸譯本
全都是《還鄉》
一個很有趣的話題
引起了不少同學提問
最後被我挑戰：
難道再過三百年
再譯三百種
這個書名
幾輩子都要譯成
《還鄉》不成？

那書名中的the Native
到哪去了？
如何譯？
一同學向我挑戰：
那老師，你怎麼譯？
我老老實實地當著全班說：
我不知道
但我有質疑
我的質疑，無人解答
只好自己解決，自己的問題
我發現，果然還有其他的譯法，如下：
《還鄉記》
《返鄉記》
《故里人歸》
都是臺灣的譯
法
錢鐘書有意思，他的譯法是：
《遊子還鄉》
還有更有意思的：
《國民的還鄉》
無論怎麼譯
至少都針對了那個native
忽然我想起，我在這兒教書
某種意義上
也是the return of the native
小寫的那種
如此而已
你問我這個小寫的native怎麼譯
我只好從實招來：
不知道哎

　　因為這是一個翻譯問題，拿到下次課上講，又佔用太多時間，我便產生
了一個想法：把詩發給大家看看。我這麼想了，也這麼做了。發過去之後，

同學們並沒有很大的反應，只有一些說法，發在微信群上。

一個叫Kathleen的說：「題目叫《不知道》還蠻好玩的。」

接著她又說：「感覺歐陽老師的很多詩都是『詩不像詩』啊」。

最後她又提了一個問題：「歐陽老師，請教您兩個問題：1. 您寫了這麼久詩，如果說古代詩是詩言志，詩寓情，中國的現代詩是想幹什麼？2. 老師上節課給我們聽的那些詩人寫的詩是想幹什麼？」

我的回答是：「詩言事、直抒胸臆、負能量。」

過後就都不吱聲了。

這，就是第一次把詩撂出去的一個小結果。

順便說一下，我一直不知道這個Kathleen是班上的誰，對不上號。

Love is shit

昨天上了一個小班（13人，除一男外全女）英文寫作課，又搞了一個英文詩歌朗誦。這是我每教一個寫作班都要做的事。記得曾經有個女生對我說（是一年前吧）：歐陽老師，你總是向我們的第一次挑戰，要我們寫人生第一首英文詩，第一篇英文短篇小說。我暗吃了一驚：第一次？還好，沒有別的意思。

這次朗誦完後，由學生投票，選出了前三名。第一名就是那位女生，她的名字我不記得了，但她念的詩最後一句我記得：「Love is shit。」（愛是狗屎）。我要她上臺做「獲獎感言」時，她談了該句是如何產生的。原來，她有一位男友（不是愛情關係的那種）失戀，對她大罵愛情不好，說了上述那句話。

這次獲獎的第二名是一名男生。詩句裡出現了好幾個「fuck」字。我讓他在黑板上計數，讓另一名女生唱票。唱到最後一張時發現，那張小紙片上只寫著一個人的名字（一般要求三個），就是他本人的，也是他本人的。

Love是不是shit我不知道，但我知道，現在年輕人的愛太easy，所以也不容易持久。但持久的是愛嗎？如果那不是shit，那就是愛的便秘。

澳新華人詩

最近見到報紙主編GS先生。聽他講起一件事，說：那年他的報紙想推出一版澳新華人詩，但從投稿的詩歌來稿中，竟連一首像樣的東西都沒有。最後只好作罷。

華人可能有車，有豪車，有房，有豪宅，還有各種各樣的投資等，但對不起，他們沒有詩，更沒有豪詩。精神的東西，跟他們、她們無關。

我後來想起，當時我是參與過的，主要是發消息，讓大家跟他聯繫。現在既然沒有發現任何有價值的東西，那也就不發而無憾了。沒有就沒有。從前那一兩百年，基本上就沒有留下任何東西，且不說好東西了。

外

2105年11月2日，是伊沙主持的「新詩典」的「第13個歐陽昱日」，但歐陽昱並不知道，而是第二天才發現，因為沒被事先告知，也沒被告知被選的是哪首。把自己的小傳和相片發過去後，上網查了幾次，都沒查到。今天偶然想起此事，便又去胡亂搜索了一番，才查到。

伊沙的評語是這麼說的：

> 在上海社科院文學所舉辦的當代詩歌研討會上，沈浩波給予歐陽昱至高評價，用一個標準說明他是最好的50後詩人。我部分同意沈的評價。在「放」這一點，歐陽昱是整個中文世界詩人中做得最好的，「放」得最開的，而「放」對於中文詩人至關重要（大多數連此意識都沒有），他的問題在於不知道還有「收」。

關於他所說的「收」，我當然不同意，因為我太「收」了，已經「收」到了零。我那篇小傳如果拿出來，就是「收」的明證。我是這麼說的：

進入六零後，出版記錄為零，尚未發表過一首中文詩或英文詩、一本中文書或英文書。

這首詩，三月份投出去的，過了7個月才發，說明他猶豫了很久。具體什麼原因不清楚，但詩如下：

《外》

我不，是中國，人
我是，說中國話的，外，國人
我是，長著一張中國臉，的外國人
我是祖先，在中國的外，國人
我是19，98年還持中，國護，照的外，國人
我是所有那些不再持有中國身，份證的外，國，人
我是人，家吃驚地說：你怎麼中國話講得這麼好呀！，的外國，人
我是不，打算重，新加，入中，國國，籍的外，國人
我是每，年在中，國，都要簽，證的外，國人
我是一到地方上就要向員警，局報導的外國，人
我是一混到人，群裡就認不出來的外，國，人
我，是前後，都長反骨的，外－國－人
我是，你我都，見外，的外，國人
我不是，人，我，是外／國／人
我是不，思／鄉的外．國．人
，是不見外的外～國～人
我是，心，長在外，國的，外、國、人
我？是？外？國？人？嗎？

　　我還是一如既往，不做任何解釋的好。這應該也是一種「收」吧。你
說呢？

突破

　　對我來說，詩，就是一種無所顧忌的突破。你說什麼不行，我偏偏就要
頂著幹。這有幾方面的突破。
　　量的突破。古以賈島「二句三年得」，今以特朗斯特羅姆一生寫一百多
首詩。都以量少質精為由，限制詩人勃發、頻發。這是錯誤的，只適合賈島
特朗斯特羅姆之流。你一天能做十次愛，為什麼偏要限制自己只做一次？一
天能寫十首，為什麼偏要只寫一首？火山爆發的時候，就讓火山爆發。詩歌

的火山亦複如此。

題材的突破。詩歌中，性為大忌。我偏偏要寫，除非我被嚴格，我是說閹割。無非發表不了罷了，但終極的發表，不以人生為限。人死後，詩歌的生命還長著呢，有幾億年。愛照做，詩照寫。不發表依然照寫。其他方面的題材也一樣。只要自己感興趣的，別人感不感興趣沒有任何關係，沒有任何影響，寫出來就是。二十年後，不僅又是一條好漢，而且又是一條好詩、一條好文章。

文體類別（genre）的突破。散文詩是對詩的突破，但如今中國的散文詩，寫得難以卒睹、卒讀。一句話：美垃圾的堆砌。沒有一個所謂的散文詩大家，是我看得下去的。必須有新的突破。要寫就寫得迥異於前人、迥異於今人、迥異於自己。中國人自己大腦中充滿條條框框卻不自知，就如那天一個寫散文詩的，在電話中跟我大談散文詩的各種要求，只有這樣，才是散文詩，如果那樣，就不是散文詩。純粹胡說八道！按這個框框寫的東西，只可能是框定的散文詩，而不是自由的散文詩，我要的就是後者。任何一種新文體的誕生，前提是追求自由。把自己框定在不自由中，我寧可不要。

形式的突破。當代的寫作，百分之九十九的是傳統寫作。仍然是有頭有尾有人物有故事情節有鋪墊等等等等的東西。你就拿尺子框子去套吧，一套一個准。必須突破這種套得准。就要讓你套不准，就要讓你覺得難以鑒別，說出「這哪是詩」、「這哪像詩」、「這哪像小說」之類的蠢話。

語言的突破。當代小說的語言，充滿了陳詞濫調。正在看的一部小說中，「三三兩兩」這個詞，才看了一半，就至少用了十多次。傳統的小說，要用傳統的螺絲來組裝，也就是成語，當代的新小說，必須改裝成語，產生新詞，產生「世說新語」中的「新語」。

這個「新語」，還不僅僅是「新漢語」，還必須是「新英語」，一種雜糅了英漢文字的合成品。它而且要與土語方言形成混成旅，突破普通話的大防，產生新的語流。

思想的突破。很多人為了裝飾自己本來並不存在的思想，不是把古人的長袍馬褂借來穿在身上，就是把外國人的西裝革履拿來掩飾，或者把名人的東西撲頭蓋臉地偽裝自己，然後在那兒發一通貌似有理的胡說。與其有，不如無，自己是怎麼想的，就簡直地把它簡直地說出來，不加任何修飾，無需任何紋身。快哉直言，美哉簡單。

錢的突破。百分之九十九點九的文人，寫作無非是想掙點小錢，出點小名而已，或者比小錢大點的小錢，比小名大點的小名而已。各位整天泡在微

信上發這發那，幹的就是這種屄事。要寫那種看不出有任何市場價值的東西。要寫，不僅要寫得發表不了，更要寫得賣不出去。

今天的想法就對自己講到這裡。暫時無多話可說。

Leafyezleaves

先呈示一首詩如下：

《Leafyezileaves》

葉子
葉子葉子葉子
葉子葉子葉子葉子yezi
Yezi yezi yezi ye zi ye zi ye zi
葉子葉子葉子，停，葉子，夜子，液子，業子，燁子
葉子葉子葉子停葉子夜子液子業子燁子
葉子葉子葉子葉子葉子葉子葉子葉子葉子葉子葉子葉子
夜汁液汁葉汁葉汁leaf汁ye汁
葉子葉子yezi ye zi leaf leaves 葉子葉子
葉籽葉籽ye籽leaf籽
葉子葉子葉子
葉子葉子葉子葉子葉子葉子葉子
葉了葉了葉了葉了葉了
葉了葉了葉了葉了葉了葉了葉了
葉zi葉籽葉子葉籽
葉子葉子葉子
葉子葉子
葉子
葉
籽

心形的葉子，腳踏上後，碎成了葉紫[52]

可以看出，這是我昨天寫的。此前，我沿著賓館旁邊那條小河走了一遭，踏葉行走，微行，一個不是皇帝，只能做自己皇帝的人微服出行。沿路走來走去，踏著的都是葉子。一邊走，一邊嘴裡默默地念叨著：葉子、葉子、葉子、葉子。回房後就寫了這首。隨後發給一個朋友看了。朋友不像往常馬上回信，而是隔了很久才複。告知說「不懂」。

哈，有意思。我們對待新的文字和新的寫法，大抵就是這樣的。看不懂的，一律斥為「這是什麼東西」，「怎麼這麼寫」，「不懂」，等。

我只能對虛空中不存在的影像說：這是我多年積累的突發，它至少含有四個因素：簡體、繁體、拼音、英語。它也代表著我一向想做的一件事：寫沒有任何意義的詩，像抽象畫一樣。

多年前，我到墨爾本一個地方去，車停下後，感覺來了，用手寫了一首詩，其中既有簡體字，也有繁體字，當時覺得，這種交錯的寫法很有意思，但後來沒有堅持下來，那首詩也找不到了。不過，這種想法就像下了一顆種子，最近才逐漸生芽。我先找一首拼音詩來看看，是2014年4月28日寫於江西的。

《GYJX》

gu yu jiang xi
穀雨漿稀

gu yu jiang xi
古雨漿洗

gu yu jiang xi
故雨將喜

gu yu jiang xi
酤雨江昔

---

[52] 3.50pm, Sunday, November 15, 2015, at Room xxx, Hubinlou, suibe.

gu yu jiang xi
骨雨將西

gu yu jiang xi
孤魚江西

gu yu jiang xi
古昱槳溪

　　拼音入詩應該是很早就有的，只是不記得第一首寫於何時。2004年四、五月份去北歐時，曾在斯德歌爾摩寫過一首，就不知不覺地拼了一下音，還雜糅了英文：

《瑞典無題》

晚上6點
這時，我們離開si de ge er mo
雙層bus爬上又一座高架橋
黑色的河水
無聲地流過
一座板著面孔的城市
我想起蘸滿mustard的鮭魚
我想起Lars
和
昨天在斯德哥爾摩遍地的雨[53]

　　只能先說這麼多了，馬上要去給研究生上文學翻譯課。無非就是雙語的雙語的雙語，要知道，簡體和繁體合在一起，也能算是一種雙語。
　　哦，對了，我年前曾往澳大利亞投了幾首英文寫的「抽象詩」，雖被謝絕錄用，但編輯破天荒地回信加了評注說：「these are weird poems」。（這

---

[53] 4/5/2004夜。

些詩好怪異）。這在她來說，是從來沒有過的事，不是說「I'm going to take this one」（這首我用了），就是「I'm not taking them」（這些詩我就不用了）。看來，還真把她抽象得至少發聲了。

自贊

有兩件事我絕對不做：1.不自贊。2.不求贊。話又說回來，他贊也是一種自贊。也就是說，把他人稱讚自己的話展示出來，其實也是一種自贊。如果說這也不能做，那就只剩下兩條路可走了：1.不贊。2.自咒。是的，我就曾寫過一首自咒的詩，此處暫時不說，因為那是另一個話題。

最近給研究生講英文古詩的翻譯，特別強調押韻。這些80後90後譯是能譯，但不會押韻。我做了一個ppt的演講，其中展示了我的幾首譯作。其中有兩首，學生讀後當場就說：這個譯文譯得太好了！

不要小看學生。雖然他們、她們學，你教，但她們、他們的嘴是很緊的，並不隨便誇贊，包括誇贊老師。不好或只是一般好，ta們都不會吱聲。我做學生就是如此。這就是小勝大的地方。你想聽贊？沒那麼簡單！

這兩首我是分別親耳聽見兩個女生講的，但其中一首有點對不上號，只有一首能很準確地對應，是英國詩人Robert Herrick（1591-1674）所寫，能讓人想起杜秋娘「勸君莫惜金縷衣」的那首，我的譯文見於《乾貨：詩話》（上冊）。[54]我還記得那位女生贊時，臉上出現的驚喜之情。老師的工作雖然辛苦，但有了這，還需要什麼呢？

當然，這只是Herrick那首詩的第一闋，但由於著名，好像已經成了一首獨立的詩了。有時間的話，我還要把全詩都譯下來。

---

[54] 全詩我的譯文在此：
《欲摘玫瑰須趁鮮》

欲摘玫瑰須趁鮮，
時光飛逝更無前。
今日花枝猶歡笑，
明日不再展笑顏。

不贊

也有不贊的。詩人之間，偶然來了興致，也會把自己的得意之作、得意譯作發給朋友看看。如果是摯友、真友，總會有個回應。了不起最差的是：收到，看了。什麼也不說。稍微多的總是要說一句話的，如：看了，很好，謝謝，等。最糟糕的是，收到後什麼都不說，連「收到」這句話都不說，好像沒有收到似的，這等於發出一個資訊，說：我實在太不喜歡這首詩了。既然如此，那我就覺得，還是有必要把這首詩放在下面，供讀者也不說、不贊、不發言。這是我最近譯的一首英國詩人（很有名的）John Donne的詩（估計看的那人不知道他是誰，因為我並沒有冠以「著名」這個頭銜，所以ta一定覺得此人是個下流詩人）：

《上床》

（致情婦）

（英）約翰·堂恩（著）
（澳）歐陽昱　　　（譯）

來吧，女人，你來，吾已置一切於不顧，
正擬大幹快上，何不揮汗如雨。
兩個冤家相遇，的確分外眼紅，
站著嫌累，只想躺下，等著雙雙互動。
快解開那條腰帶，天堂般閃閃發光，
腰帶下那個世界，更加美麗輝煌。
你亮晶晶的胸甲，也趕快給我脫下，
忙忙碌碌的傻瓜，別看得眼睛發花。
解甲歸床，鏗鏘有聲，聲聲色色和鳴，
我豈不知，此時正是，同枕共寢良辰。
還有那件小褂，真是讓人豔羨，
與你皮肉相貼，如此纏綿繾綣。
一旦脫去，美豔無比，全身無一處不露，
宛若山影，悄然掠過，讓花地豁然呈秀。

摘下金絲花冠，展現滿頭麗髮，
彷彿一頂王冠，天生屬於你家。
脫去鞋履，方能安抵，這張柔軟之床，
它如寺廟，神聖之地，在在都是愛樣。
從來男女相遇，身著白袍如此，
一如天使下凡，汝即下凡天使。
似此天界猶如，穆斯林之天堂，
誰人不知彼處，向有白衣魍魎。
那些魔鬼天使，令人毛髮倒豎，
此刻下凡天使，令我肉鬆骨酥。
讓我雙手遊走，讓我上下其手，
高高低低裡外，前前後後左右。
吾之美洲兮，吾之新大陸，
吾之王國兮，國土任駕馭。
汝乃富寶藏，汝乃吾帝國，
任吾獨發掘，真乃有福哦。
進入此領地，人自由自在。
凡手所觸及，無不印章蓋。
不裸則已，一裸無餘，歡樂全歸你！
靈魂祛肉，肉除靈魂，靈肉喜相聚，
一切為了快樂。女人所用珠寶，
顆顆宛似金蘋果，在男人眼中鑲牢，
貪婪愚目放光，盯住寶石不放，
俗物只知寶石，無視女人體香。
凡夫俗子眼中，女人裝扮相圖，
又似書籍封面，儀錶動人楚楚。
還似神祕之書，須由男人翻動，
（女人魅力優雅，男子大漲雄風）。
一如接生助產士，此中奧妙熟知，
你若一覽無餘，我才愛有餘辜。

　　吾且以身作則，率先赤身露體，
若需上鋪下蓋，讓我滿抱入懷。

想罵就罵，不說拉倒，即此不另。

骨頭

關於中國當代詩歌必須集體卸妝的話，前面已經說過，此處就不多談了。因為最近在編一部自己的詩集，想把逼近六十（約寫於55歲至59歲之間）寫的詩放進去，發現我在好幾首詩中都談到了這個問題。一首如下：

《鉛華》

一詩人說：中國詩歌必須
集體卸妝

那詩人心中的批評家立即反唇相譏：
洗盡鉛華？

水都髒了
拿什麼洗？[55]

另一首如下：

《不是，而是》

重要的不是塞滿腦子
而是清空思想

不是走向繁榮
而是進入荒蕪

不是為什麼

---

[55] 2014年6月3日星期二11.50am寫於禦上海×××室。

而是不為什麼

不是感動
而是反動

重要的不是跟從
而是擺脫

不是當排頭兵，那是炮灰
而是當逃兵，那是隱逸

重要的不是美和善
而是醜和惡

不是甜言蜜語花言巧語
而是真

重要的不是發表
而是不發表

不是一出手都叫好
那是江湖術士的活計

而是拿出來沒人想要
像挖不出來的黃金

重要的不是推陳，推屎一樣地推
而是吸陳，吸蜜一樣地吸

不是裝
而是不裝

不是妝

而是卸妝

重要的不是親近
而是遠離

不是勤勞
而是想像

不是起鬨
而是獨創

重要的不是一篇篇發稿而死
而是一首首寫詩而生

不是永遠活下去
而是真正活一次，永遠死下去

不是看雨
而是淋雨

不是在場
而是不在場

重要的不是複雜
而是簡單，簡單到只剩一根骨[56]

　　什麼東西留存得最久？當然是骨頭。撤去了所有的濃妝豔抹，卸掉了一切的皮肉和血，剩下的只有骨頭。歷史，從這個意義上講，就是骨頭。
　　夜裡躺在床上看清代黃圖珌的《看山閣閒筆》，忽然看到這一段，覺得頗對吾胃口，現在把它抄錄在此：

---

[56] 2014年6月21日星期六9.36am手寫於禦上海×××室，晚上7.44分打字修改。

119

文章一道，難矣哉！有一時，亦有千古。其塗脂抹粉，爭妍鬥麗，極一時之盛者，則易；去俗遠囂，守貞勁節，成千古之名者，則難。夫塗脂抹粉，爭妍鬥麗，最易娛人眼目，雖不能千古，而堪一時；去俗遠囂，守貞勁節，極難如我之心，既不得一時，而可千古。所以謂有一時，亦有千古也。噫，其不難乎？[57]

記得我七月份在寫給一個中國詩人的信中曾說：這個國家發表的百分之99.99的詩，我都沒法看，都是垃圾。也就是這個意思，不過「極一時之盛者」而已，不久就成了臭肉爛膚。試問：誰還記得整個80年代發表的那些作品？有一首是腦中搜腸刮肚之後還記得的嗎？

P

這次在汕頭講學的最大收穫，說到底，就是一個「P」字。

對，我說的就是「僑批館」。到地後，他們跟我說，第三天安排參觀僑批館，我問了幾次，都沒問出個名堂來，因為始終不明白為什麼會是一個「批」字。參觀之後才明白，參觀之時還很激動。晚上去朋友家玩，談起白天的經歷時，我忽然說，已經想好，要寫一首詩，標題就一個字：《批》。跟著又改口，說：不，一個《P》，中文拼音的「p」。朋友說：哦，那很有意思呀。

第二天上路後，這首詩只好開始於機場候機時，一直寫到上機後開機前。隨後放下，一放下就來了感覺，想寫更多，但已不允許使用「電腦等電子用品」了。等到可用之時，又在空中寫起來。成詩如下：

《P》

是潮汕的一種
近老
的形式

---

[57] 引自該書，上海古籍出版社，2013，pp. 29-30。

批局
銀信
批客

一批曰：
一度夢見我母，立而面無喜色，使我醒來，日無寧心
然我所夢之夜，即先母忌辰之前一日也

一批曰：
奔波十余載，尚赤手空拳
未得酧願

一批曰：
原為家庭所致，再有來暹
亦非快樂喜居[58]

不是p閣
不是p複
更不是p判

而是P
一根立著
的小旗

腳踏大陸
面向海外的
小旗

家書抵萬金，也許
但潮汕的P
既含金，又帶銀

---

[58] 引文見此：http://www.chaorenwang.com/channel/qpwhyj/showdontai.asp?nos=1586

一月一日集允寄洋銀40元
二月二日集允寄洋銀30元
三月一日集允寄洋銀30元

三月二十九日集允寄銀25元
四月十八日集亮寄銀2元
四月三十日集允寄洋銀20元

P寫到此
旁邊坐的這個肥女
拍起了自拍

不想讓她，把我
像P一樣地
拍進去

我扭臉去看窗外
的機翅
也討厭機艙裡過吵的音樂

我決定不寫P了
時代讓時代出局
新常態擠走舊常態：批

暫寫到此
可能還會
待續

《P（續）》

P：漂流中有兩個
P：漂泊中有一個
P：飄飄而去中有兩個

P，是post office
P，是P. O. Box
P，也指phew

P是plane呀
P是past
P，無論如何，都是批

平頭百姓的p
平生任風雨的p
憑誠信辦事的p

也是pain的p
也是姓Pong的p
還是pengpai的兩個p

最是歷史的那一張
太容易被歷史揭去的
P

《P（繼續）》

潮P
汕P
暫不P複

P，那是pay啊
P，那是pen啊
P，那還是一個個的person啊

在舊照中閃光的p
不，在舊照中閃光的大寫的P
P洋過海的一張張人p、一張張人P

時間與時間p腿
歷史P荊斬棘
過去對現在P複:

我,water客來了
P客來了
這一切都需要你

眉P
旁P
手P

一百年前的手伸過來
接住我敲鍵的指:
這是你p星戴月的P

　　寫完後,告訴了汕頭的朋友。她們分別發來了評語、p語。一位通過微信說:「P詩很棒,佩服!」另一位通過電郵說:

　　這大概是最具歐陽式思維和聯想特點的一首詩。跳躍如此之大,聯想如此之深廣。之前,我根本不知道詩歌可以這樣寫。不過,這似乎也只有一個熟諳表音語言的漢文字表達者才可以做到。呵,再在雞蛋裡挑一下骨頭,「pong」這個字音在漢語裡似乎沒有?

　　我立刻回復說:

　　謝謝你的評點。

　　　關於Pong,真可以說事。當代澳大利亞華人女作家Alice Pong,祖籍揭陽人。父母來自柬埔寨。她的中文名字是方佳佳。所謂Pong,是按潮州發音的「方」。這是一。
　　　其次,英文中有「pong」字,是一個辱華的字眼,意即「臭」,從前常被白人用來辱罵華人。請注意,我用的是大寫的「Pong」。而

小寫有辱罵的意思。

這之後，她沒有回音了。估計事情到此為止。不過，我還得再細看一次，因為剛才看時，看到了一個錯誤，即「漂流」中只有一個「p」，而不是兩個。

繼續P

一日之後，讀者回信了，大意是說：關於那個「Pong」字，應該還是注釋的好，畢竟讀者不一定看得懂。我回復如下：

也謝謝你，林女士。

我一般寫詩，不考慮讀者。寫成什麼樣子，就讓它成為什麼樣子。加之由於我的雙語和雙國背景，有很多東西拿來就用，放進去後也不知道讀者是誰，來自什麼背景，因此很難知道哪些是他們知道的，哪些不是。聽起來這像遁詞，其實不是。當然，經你這位第一讀者的細心品讀，一下子單挑了「Pong」，這就引起了那段關於「Pong」的注釋。看來我得把它放進詩裡了。

另外，對於詩的解讀，也是很難全部把握的，而我寫詩，不求讓人全面解讀，總要故意留有難釋的空間，令其成為詩的化石、甚至頑石。從這個意義上講，拒絕解釋、拒絕被釋，也是一種寫詩的樂趣。畢竟詩不是群眾運動。不求甚解、不求甚被解，何嘗又不是一種特殊的樂趣呢？

不過，經你的提問，我又產生了這些詩思，所以還要感謝你。

祝好，
歐陽

雨滴

這次去汕頭講學，我的講稿標題是《把你寫進詩：漫談詩歌的全球寫作》，其中有句雲：

> 詩是什麼？從這個意義上講，詩就是碰巧落到你頭上的一滴雨，這些雨滴加起來，就是我筆下涉及去過的國家和見到的人的詩。

一個我教過的研究生（男），看過引用該話的新聞報導後，把這句話著意「安排」了一下，發微信給我，如下：

> 「詩
> 是什麼？
> 詩
> 就是碰巧落到你頭上的一
> 滴雨，
> 這些雨滴加起來，
> 就是我筆下
> 涉及去過的國家和見到的
> 人
> 的詩」
> 老師是用詩定義了詩啊

我立刻回復說：「Thank u n that's ur poetry, too」。

這次微交流，算是一次作者和讀者的互動，而且是創意互動。為什麼說是「創意互動」？因為他把我這句話「arrange」（改編）了，像作曲一樣，富有創意，也是我諸種創作的方法之一。特此志之。

歧道

《呂氏春秋》中有一段話特別有意思，是說物之相似，難辨真偽，到了「亡國之主似智，亡國之臣似忠。相似之物，此愚者之所大惑，而聖人之所

加慮也。」[59]

跟著來了一句：「故墨子見歧道而哭之。」（頁面同上）

這就更有意思了，因為我立刻就想到了美國詩人Robert Frost。昨天晚上看書時，我只做了一個記號，寫了「Cf. Frost」。

我這麼說，是因為我想起了弗羅斯特的那首詩「The Road not Taken」，一般譯作「未選擇的路」、「未走之路」，等，但我沒有那麼譯，我譯的全文如下：

《非此即彼之路》

黃色的林中，有兩條岔路，
我雖有雙腿，卻無法同時
腳踏兩條。於是，
我久久佇立，極目凝視，
直到小路在灌木叢中轉彎消失，
這才踏上其中一條，雖然兩條道都一樣好，
但也許更有理由走這條道，
它無人光顧，長滿荒草，
其實，在這一點上，兩條道
幾乎都無人踏腳。
那天清晨，兩條小路
躺臥在樹葉的覆蓋之下，無人踏足，
我啊，把第一條路留給了來日。
心裡知道，每一條路都會通向另一條路，
我也許再也不會走那條路了。

若干年後，再提此事，
我會不覺發出歎息。
林中有兩條分叉的小路，而我—
我的路，人跡更為罕至，
這，就是唯一的不同之處。

---

[59] 引自《呂氏春秋》。中華書局：2014〔2007〕，p. 222。

有了墨子的那段古代腳注，這首詩還可再修改一次，標題就叫《歧道》。雖然裡面有很多還可說事的，但我暫且不說，因為兩相對照之下，早就是藏而已露了。

蓖麻籽

2015年11月26日，我在汕頭遊玩時，第一次見到了闊別40多年兒時玩過的蓖麻籽，寫了一首詩：

《蓖麻籽》

在汕頭的山頭上
我穿過一株野樹
看海、內海

突然發現果實
咦，這不是
兒時的蓖麻籽！

剝開，果實
麻麻的、光溜溜的
有黑灰色的花紋

再打開
裡面是白的
嫩的、滑的

舔一舔
有點苦澀
兒時的滋味

汕頭的發音

把它叫成：

「比馬機」

座中唯有

一人不知

此處按下不表

　　這個座中唯一不知的人，就是邀請我去那兒講學的一位雜誌副主編莊園。她看到這首詩後，沒有作出任何反應，但過了數日，她通過微信發來一詩：

《月圓和蓖麻籽》

剛好是個月圓之夜
她說：是初一還是十五吧
林用手機查日曆：是十四
歐陽說：澳洲就沒有這個

中國農曆在澳洲不管用
月圓可能是任何一天
澳洲文學中的月亮
會提到白天的月

林說：我們也有白天的月
歐陽說：那一般是傍晚吧
澳洲的白月出現在早上
有時上午十點就能看到

歐陽還講起了蓖麻籽
說有三、四十年沒看到
遊覽汕頭宕石時又見到
隨行的司機也知道它

林用潮汕話發「蓖蔴籽」音
她對他們說的一無所知
歐陽提議她去查查百度
回家後她真的上網查了

還是感到陌生
在此生活這麼久
真的不知道這玩意
她總在努力安於無知。[60]

我讀了後，馬上應道：「very good！」現在看，還是覺得不錯，特別是最後那句。

這，就是這次汕頭的又一次詩歌佳話，值得錄入。

平民

下面把今天寫進《無事記》（第二卷）中的一段囊括進來：

之後，大約近午夜10點，光著身子睡了，直到7.30把自己鬧醒。早上吃了一個昨天買的花卷，喝了一杯沖的奶粉，到此時已經拉得盆滿缽滿，全沖掉了。拉屎時，又想起昨天跟Richard E說的話：很多我認識的澳大利亞人，發誓永遠不讀詩，根本原因就是早年上學時，（此處Richard插話說：學校老讓人背誦詩歌），老師把詩歌當成一種死的東西教學生，把詩歌弄成不可企及，讓人望詩興歎，就像那天那個聽眾，說詩是一種「最」如何如何的什麼。詩，在我看來，是一種平民得不可能更平民的東西。人人都是詩人。個個張口都是詩。這也就是為什麼，無論詩歌多麼掉價，出了詩集多麼無人問津，詩歌再過多少世紀也不會絕跡，只要人在人心在，詩歌就在。不可能絕跡的。我要用詩歌證明的，就是這麼簡單的一點。

---

[60] 2015年11月29日。

蝨子（1）

自古以來的中文詩歌中，有以「蝨子」做標題並以「蝨子」入詩的嗎？在下覺得似乎沒有。

我把「蝨子」入詩的那首詩大致內容給一男詩人講過後，他未看詩便大贊。內容其實很簡單：一隻蝨子先吸了女的血，跟著又吸了男的血，於是詩人叫女的別把它打死，因為雖是一虱，但集粹了三體之血。

這首詩是英國詩人John Donne（1572-1631）寫的，英文標題是「The Flea」（《蝨子》），我翻譯的全文如下：

《蝨子》

（英）約翰·堂恩（著）
（澳）歐陽昱　　（譯）

你看這個蝨子，你看它幹的好事，
你拒我又何妨，它只需這一小滴。
它先吸我，再又吸你，
我倆之血，聚於一體。
事如犯罪，真難啟齒，
未失貞潔，不必羞恥。
　　此中有快樂，毋需求愛，
　　叮咬腫起來，兩血相采，
　　似此之如一，你我無奈。

你且饒它一命，它一體而聚三身，
我倆豈止為一，簡直超過已婚。
蝨子實乃非虱，而是你我混成，
既是婚姻神廟，亦是婚姻床枕。
哪怕父母不願，你也頗不首肯，
黑炭般的肉壁，已將你我玉成。
　　切莫因積習，將它殺死，
　　切莫再添亂，令其自刎，

千萬莫瀆神，嗜殺三子。

你是否曾下毒手，殘酷剿滅此虱，
是否以無辜之血，染紅你的手指？
此虱何罪之有，無非把你血吸，
那不就是與我，交相輝映那滴？
你卻洋洋自得，你卻自鳴得意，
說你我皆因如此，相形更顯強勢。
　如此之恐懼，實乃大錯，
　你若遂我意，榮耀頗多，
　虱死則恍如，奪你命也。

　　後與一女詩人交流，尚未進入全詩，只是提起該詩內容，女詩人便搖頭說不要看，因為她有「潔癖」，根本無法閱讀這種令人毛骨悚然的東西，更不要說欣賞了。

　　這首詩乃堂恩（Donne）的名詩，但通過這一男一女兩詩人的態度，是否可以說明，即使再好的詩，也不可能放之四海男女而皆准、皆欣賞的呢？

　　從另一個角度講，女詩人這種對某些詩歌與生俱來的一種抗拒，是否說明她們的詩歌宇宙最終會因囚禁在自己狹小的天地裡而狹小呢？

上床

　　上面那個問題，我在這兒還可以重複一遍：中國自古以來的詩歌，有沒有以「上床」為題，並以「上床」入詩的呢？在下看書不多，印象中好像沒有。誰告訴我有，那我一定要找來看看。事先表示感謝。

　　最近教研究生文學翻譯課，其中專門講了英文古詩的翻譯，大抵不過是，必須押韻。說起來容易，做起來難，在這個離開古代越來越遠的當代，學生們的押韻能力，大約等於古代的小學生還不及。而大家都知道，英文古詩都是押韻的，而且押的都是很不同的韻。

　　以「上床」為題併入詩的詩人，又是前面提到的那位John Donne。因為前面已有介紹，此處就不再援引了。

　　這首詩本擬在課堂出示，但考慮到28位研究生中，僅有一位男生，我最終

還是自審為大，免得有「誨淫」之嫌疑。不如讓她們自己偷著看、偷著樂吧。

低處

我不看中國詩人久矣。很多詩集，一看書名就不想翻開了。我現在就上網查一下，看有何詩集能讓我亮眼。

什麼《我有幸居住在大海的旁邊》，什麼《愛讓生命更精彩》，什麼《里程》，什麼《海神的一夜》，什麼《奇跡集》，等。看到名字就不想看了，更不要說是誰寫的。不。想。知。道。

那年認識一個詩人，送了我一本詩集。我一看，哎，標題不錯：《在低處，更低處》。「好名字，」我對他說，一個根本沒有聽到過的名字。

我就不提他的名字了，但我記得他那個書名。而這，就足夠了。

動詞

最近剛看完Gary Catalano的*New and Selected Poems 1973-2002*。他何時去世的，我現在已經忘了，但他生前是我一個好友。這乃是因為，我在墨爾本讀博士時，曾寫過一篇英文書評，對他的作品有過讚譽。後來我還參加了他與畫家Rick Amor（好像是在Niagara Gallery）舉辦的一次詩畫合展，還跟妻子去他家吃過一次飯。

還有不少能夠想得起來的細節，但此處就不一一提起了，先賣個關子，有時間再細說。

我主要想說的是，當年看他的詩，英文詩，我就有一個感覺，覺得他用的動詞狠奇特（不要說我用的這個「狠「是錯誤的，我現在在看的清代小說《九尾狐》，裡面所有的「很」，用的都是這個「狠」，如「狠好。」），舉例如下：

> ...
>
> the delinquent babble of sparrows
> could irrigate the air
>
> ...

如果譯成中文，就是：

麻雀屢犯不改的潺潺聲
可以灌溉空氣

現在讀他的遺作，我又想起當年初讀「irrigate」（灌溉）時的那種奇特的感覺。至少，我還從來沒在文字中這麼用動詞的。

挑破

2012年7月29日，我在墨爾本的金斯勃雷寫了一首詩，是在電子郵件中寫的，隨後發給了自己。這首詩就是下面這首：

《澳小利亞》

幽靜的小國
二千多萬人
像兩千多萬雨滴
灑在760萬平方公里的土地上
每顆雨滴都是單獨的
看似可以消溶結合
實則都是一顆
互相牴觸的內核
星期天早晨
鳥嘴挑破雨滴
把最小的那顆
吃進去
啊，在澳小利亞
電波和電波
都是永久
分離的

最近看完我亡友Gary Catalano的詩集（上條提到過，此處從略），看到一處這麼說：

...Peaches on falling
grow grey whiskery fungi

which pinpricks the dew each morning
....

那意思就是說：

……桃子墜落時
長了灰鬍鬚般的黴菌

每天清晨，都針刺般地挑破露滴

呵呵，這與我「鳥嘴挑破雨滴」那句，真有點不謀而詩合，儘管中間的寫作日期，隔了多少年！

大肉

黃圖珌談詞時，說須「貴乎香豔清幽」，須「婉麗」，「不宜直絕痛快，純在吞吐包含」，等。[61]

但過不多久，他又說「元人白描」好，因能「化俗為雅」，「所貴乎清真，有元人白描本色之妙也。」

第一句我不喜歡，太讓人想起當今中國能否發表的那些混蛋作品。但第二句我喜歡，只有再度被其他民族佔領洗禮，中國的漢人文風，才能造出新境。

由此想到大肉，那是那天我教的一位研究生告訴我的，說她不吃「大肉」，也就是豬肉。原來她是回民。我又想起曾在墨爾本打的，聽來自阿拉

---

[61] 參見黃圖珌《看山閣閒筆》。上海世紀股份出版有限公司，2013，p. 39.

伯的的哥告訴我說，他不吃豬肉，因為豬「very dirty」（很髒）。

每天都吃豬的人寫的東西，是不是也很髒呢？或外表乾淨，內裡很髒呢？能還它一個清真嗎？

一

姜太公曰：「凡兵之道，莫過於一。一者，能獨往獨來。」[62]

無論後人怎麼解釋說，這個意思說的是，打仗要統一軍心，但在我看來，它說的就是詩。我只需要改一個字就行：「凡詩之道，莫過於一。一者，能獨往獨來。」

8.54pm〔此段選自歐陽昱的《無事記》（第二卷）〕

所有的事都忙完了，還把明天雖不準備去，但還是準備的推薦詩人（新世紀15年對中國影響最大的10位西方詩人）的推薦人選擬出來了，如下：

Samuel Beckette (Irish)

Czeslow Milosz (Polish/American)

Inger Christensen (Denmark)

Adonis (Syria)

John Ashbery (US)

Jack Gilbert (US)

Yves Bonnefoy (France)

Thomas Hardy (UK) or Wilfred Owen (UK)

Philip Larkin (UK)

Roque Dalton (El Salvador)

但我不稱他們為「most influential」（最有影響），而稱他們為「more influential」（較有影響），而且只針對我個人，因為我無法為中國詩人代

---

[62] 鬼穀子，《六韜》。中華書局：2014，p. 46。

言，我只能自說自話。從某方面講，這些人對我都或多或少地產生了影響，到了翻譯他們，讀他們，寫作時受他們影響的地步。當然，我總是兼收並蓄，而不偏重一家。哪怕一個小詩人，也有他獨到的值得學習借鑒的地方，例如Robert Merzey或Mark Strand。這次在交大開的會，不太尊重人，邀請了我，卻不給具體位址細節，到了頭天晚上才發給我，到此時，我已經失去了興趣，並早已給何發了一封電子郵件（他沒理會）：

××〔名字略去〕你好！

　　因為得不到你們開會的詳細地址細節（我微信你，但沒有收到回音），我無法去參會了，但是，還是要感謝你的邀請。
　　特此說明一下。

祝好，
歐陽昱

至此，我已確定不去了。

獄〔此段選自歐陽昱的《無事記》（第二卷）〕

吃好午飯：熏魚、小白菜、木耳黃花豆腐湯。不錯。外面已經下著若隱若現的小雨了，走過那片桂花林時，有一絲香氣鑽進鼻孔，我不覺轉身，走回去，走進去，卻看見花而不聞其香。只好又回頭走進似有若無的小雨中，想：總說沁人心脾，脾跟這又有什麼關係？為何不說沁人心肺、沁人心胃、沁人心腦、沁人心腎？文字本身就是制約和牢籠。在表達思想的同時，也限制了思想。詩歌好就好在總是具有越獄的特質和個性，總是要越文字獄。

詩邊

跟朋友電話聊詩後，想起一篇文章標題，叫《鮮活就在身邊》並立刻否定，改成《鮮活就在詩邊》，就像那酒名：「白雲邊」。

我們在電話中，談到了「洗條」，引得她笑個不停，又想起那首詩，其實就是來自生活、詩活。我們這個國家、這個民族的當代詩，穿了過多、過重、過濃的衣服，把本來赤身裸體的詩歌，包裝得不成樣子。而我要做的就是，剝去詩歌的畫皮，還它一個本真，就像我在下面這首（散文）詩中說的那樣：

《米》

　　想起來了，李光耀葬禮的場面看了還真讓人有點鼻酸。完全沒有鋪張的場面，八個壯士抬著他的靈柩，到場的也沒有一大片高官在那兒裝樣，就李顯龍很平靜地講話。我喜歡這種素樸。素樸到極致，就是真情。如果把每一個人自己做到最好，這個國家哪怕像米粒一樣小，也會在飯蒸熟後，呈現玲瓏剔透的本色。

　　其次，生活處處都是詩，是沒有什麼不能入詩的。比如下面這首「洗條」，就是直接取自我的生活。我倆一談起這個，就禁不住哈哈大笑，就像我說的那樣，活了60年，從來沒有聽一個人用「洗條」這個詞，一聽見，我就絕對不能放過，比從水中抓到一條活魚還歡喜：

《洗條》

樓下兩台公共洗衣機
我老記不住怎麼用
按這個鍵那個鍵那個鍵
都是雙語的
都不來事
還得請前臺服務員幫忙
她－黃頭髮、黃筒靴、黑大氅
身處枝頭就按
對不起，我是說「伸出指頭」
這兒按按，那兒按按，跟我一樣
也到處按，到處不來事
她拇指上的指甲，長得出奇

正按在「洗滌」上
她說：要按這個「洗條」
我立刻說：是洗敵
她不做聲，沒立刻說哦，是洗滌
反正，她又不是，我的學生
憑什麼啊！
現在是我，向她學習
我望著她遠去的，靚影
心想：今天還真學會了一個新詞
洗條[63]

　　之後，我又開了一個玩笑，說：我不僅強調「乾貨」，而且還強調「硬貨」，不是「硬通貨」，而是「硬詩貨」。當然，又是一陣歡笑。這在孤獨淒涼冷雨的聖誕夜，真是一件樂事。

戚戚

　　昨看《呂氏春秋》，見一句：「草木、雞狗、牛馬，不可譙垢遇之，譙垢遇之，則亦譙垢報人。」[64]

　　意思就是，如果你粗暴地對待上述動植物，也會遭到上述動植物的報應。

　　我寫這個，是因為最近學校進入冬季後，砍了很多樹，到處屍橫遍野，都是樹木的屍體。我就在想：這些樹將如何報復人類？

　　不巧，今晨編書，碰到一首以前寫的詩，談的也是這個話題，放在下面吧，提醒自己一下：

《戚戚》

那年，不是73，就是74年
我們養的那頭豬

---

[63] 寫於10.16am, 19/12/15, Room xxx, Hubinlou, Suibe.
[64] 引自《呂氏春秋》。中華書局：2014〔2007〕，p. 40。

趁我們不在
沖進廚房
把中午做好
下午放工回來吃的飯
都吃了
我回來發現後氣極
關起大門來
用扁擔打豬
打得它嗷嗷亂叫
滿屋亂跑
隔壁的大娘
隔著門縫
對我說：
歐陽，歐陽，別打了
豬又不懂事
後來，我把此事
寫進詩裡
那也是多年以前的事了
皆因自己
感到guilty
近讀古文發現
有一位名叫
仇季知的人
自敘說：
吾嘗飯牛，牛不食
鞭牛一下，至今
戚戚矣[65]
Oh, my God
這古今一仇一歐陽
一豬一牛
雖受鞭子扁擔之苦

---

[65] 參見馮夢龍，《仇、管省過》，原載《古今譚概》。中華書局：2012，p. 18。

到底已經入詩
而不必
戚戚矣[66]

那頭豬從來都沒有報復我，早被我、被我們吃進肚子裡去了。但它的報復，體現在人內心的「戚戚」，如此而已。

聯體、書腰等

新書甫出，編輯來信說，正考慮「五本詩集一起放」，我看後回信如下：

××你好！

謝謝你告訴我的這些情況。你提到5本詩集一起放，這可能是很好的想法，但從市場角度來講，它可能也有一定的問題。前幾天我去書店買書，就看到上海文藝出版社出的這樣一種五書一盒的詩集，覺得很為難。一起買下來嫌多，只想要一本，又不能拆開。最後還是不買了。連我這種會買詩集的人都這樣，平常對詩集不感興趣的人就可想而知了。從澳洲和其他國家（包括瑞士、新加坡等國）來看，這種聯體詩歌的盒賣方式從來沒有，好看是好看，但要人掏錢，是不大容易的事。現在中國的出書，存在很大的問題。比如過塑，讓人望而生畏。不好意思拆開，拆開後不買怎麼辦？還是以澳大利亞為例，我沒有看到過一本過塑的書，直到2015年的年底都沒有，除了非常昂貴的書外。書腰這種累贅更是聞所未聞，又浪費資源，又放在手邊煩。所有書腰只要見到，無論印得多麼堂皇，有多少名人名言，我都當即撕毀，扔進垃圾桶，絕不姑息。
個人意見，僅供參考。

祝新年快樂！
歐陽

---

[66] 2015年4月18日星期六7.12pm，於禦上海×××室。

吃過午飯，就打車去三期的郵局，拿了我在《揚子江詩刊》發表的阿多尼斯譯文的稿費：750人民幣。回來後就給編輯寫了一封信，雖然她未要，但我還是要給她看看，說說我的看法：

　　××你好！

　　　　阿多尼斯的全集，我手上也有，也譯了不少，特別是他的長詩《紐約墓地》，充滿了憤怒和激情，不是《我的孤獨是一座花園》那種濫情的東西。我覺得國內有點錯誤地理解了他的形象，並未充分展示他的全貌，特別是《紐約墓地》的那種感覺，而這，正是能夠引起我共鳴的東西。

　　　　我譯的這首長詩，最近在《揚子江詩刊》發表，但居然把最後四段給省略掉了。

　　　　現將我譯的36首阿多尼斯的詩（包括前面講的那首長詩）放在附件中，請查收並確認。

　　祝好，

　　歐陽

　　（勞倫斯的詩待找）

綠

　　記得多年前在某次文學節上，我曾提出一詩二作的看法，意即若有好的想法，我會先用英文寫，完後再用中文寫，反之亦然，畢竟語言不同，表達方式也不一樣。現在要我去找證據，一時半會還找不著，正好今天寫了一中一英兩首，何不趁此機會，放在此處作為證據錄之？

　　這兩首詩的源材料，來自前兩天看的一則電視新聞，說的是一隻綠頭鴨，如何撞上一架戰鬥機，導致飛行員跳傘、飛機墜毀的事件。當時我動了念頭，但並沒產生詩意，只是昨天中飯時，碰到朋友聊起，我才油油然有些感覺了，但還是沒有動鍵。

只是到了今天早上，我才想起要用《綠頭鴨》這個標題做一首詩，但這時來了call of nature（英文直譯是「大自然的召喚」，說白了就是大便），一坐上去，我腦子便轉悠起來，很快就把標題微調成《綠》，完了就寫成了下面這首：

《綠》

　　是的，春風又綠江南岸
　　好詩，但你
　　若被描繪為：春風
　　又綠江男帽
　　我想，你會很不容易
　　息怒的
　　綠頭鴨不，從一生下來
　　頭，就是綠的
　　直到，把一架戰鬥機撞死
　　還是綠的
　　儘管染上了戰鬥機
　　的顏色

　　這個寫完後，我又去補了一次nature of call，哦，對不起，我是說call of nature，這時，英文的感覺來了，基本上shi拉完，shi也在腦子裡寫完了。那個東西一出來，我就坐到桌旁，詩跟著也出來了：

Value

A fighter plane
Normally costs about 1 to 3 million in US dollars

A綠頭鴨（Lütou ya）
Or green-headed duck

Costs about 70 yuan in RMB

Equivalent to about 15 Aussie dollars

Towards the end of 2015
A Chinese green-headed duck, in an ecologically rich area

Turned herself into a suicide bomber
By flying into a Chinese fighter plane

Causing it to crash, into her family pond
Warranting the news of the year

A green-headed duck
As green as a poem

兩首詩的完成，前後大約半小時，上面就是一個詩人的「犯詩」交代。

源（1）

我跟朋友說，詩歌至少有兩個源，一個來自書本，一個來自生活。書本的，暫且放下不說，等會再說。來自生活的，不像傳統共產主義話語說的那樣，要高於什麼生活，它既可以平於生活，也可以低於生活。至於如何平、如何低，那是每個詩人自己的造化。僅有高，是肯定不對的。

昨天我請客，在七寶，請的都是教授，有我的導師，也有我的師弟，去前聽了出租司機的話，沒再換乘另一輛出租，而是在大學城地鐵站坐地鐵去了，反比自己開車去的早到了一個多小時。到七寶後，因為打不到的，就使用了另一種交通工具，席間還跟他們談起。翌晨，我把這件事寫進了詩：

《的》

到七寶時
滿街無的
可打

我朝那人身後
一跨
「安全嗎？」

那人說
「絕對為你安全」
我說：「你不是本地人嘛」

邊駛、邊談話
原來是安徽的
白天不動、夜裡出擊

免得被城管抓
日收入一百多
過年絕對回家

偶爾還出遊玩耍
席間我跟酒友
分享了這一佳話

詩者按：那不是摩的
也不是奧迪
那是安徽牌奧摩的

　　平常詩能不能出新意？答曰：能。此事就有兩個。一是標題。請問有見過用「的」作標題的嗎？這叫標題創新。再請問，有「奧摩的」這種說法的嗎？這叫創字。

　　飯後回來，一教授朋友開車送我回賓館，路上除了談別的事外，主要談到了死亡和他對死亡的看法。這種看法他以前也跟我講過，我在意，但沒有入詩，但這次不能放過，也就是在今晨，寫過上面那首後，我把這件事，寫進了這首詩，前後不足一小時，都在早上9點之內：

《無墓者說》

你想修墓嗎？
你想建一座大墳
死後也無限風光嗎？
你覺得你的孫子
還記得你嗎？
還會每年按時
穿過清明的車霾
來掃你、掃你的墓嗎？
那些當年
名聲頗大的人
現在有誰還記得？
再過若干年
記憶不就成記億？
誰又有那個本事記億？
你想知道，我想怎麼死
我想死後怎樣嗎？
目的不是墓地
無墓才是歸宿
你想體驗在腦中
挖一塊
指甲大小的微墓
那種
超凡入詩的感覺嗎？

　　寫的還是平常事、平常詩，有創新嗎？有哇，在此：車霾、記億、微墓
和超凡入詩（來自超凡入聖）。
　　其他的就懶得多說了，說了也嫌多。

源（2）

　　前面說過的第二個源，是書本。制度（這在英文中叫「establishment」）一方面要求，必須源于生活，高於生活，另一方面卻又只許百姓讚美，不許百姓放言。一方面反對本本主義，另一方面言必稱×××××主義和×××思想，等等。所有這些，都可以漠然置之。

　　我說的書本，是筆者經常在看的古今中外書，眼睛所閱之處，不時會迸濺詩意的火花。不是「源于生活，高於生活」的那種，也不是「×××××主義和×××思想」的那種。

　　例如最近在看《茶經續茶經》。老實說，這本書看不下去，本來想給它半途而廢掉的，但突然看見一個地方，覺得怎麼詩意盎然的，便打上記號，說：「可用，」如下面這首所示：

《二十日》

一曰地產
二曰天時
三曰擇采
四曰蒸壓
五曰製造
六曰鑒別
七曰白茶
八曰羅碾
九曰盞
十曰筅
十一曰瓶
十二曰勺
十三曰水
十四曰點
十五曰味
十六曰香
十七曰色
十八曰藏

十九日品
二十日焙

（2015年11月28日星期六9.19am寫于SUIBE湖濱樓×××房，根據
《茶經續茶經》改編，原文出自該書，北方文藝出版社2014年版，p.
38）

　　這是第一首，謂之創舊。史書中有很多優秀的東西，看著看著就讓人感
覺好得難以自已，看著看著就讓人感覺很想一一抄下來。我們這個時代，已
經跟周作人那個時代很不一樣了。那時他可以抄，大段大段地摘抄，他的
後期散文，就是這樣一種被人認為是「抄本」的東西，收在《夜讀抄》裡。
雖遭林語堂等人的批評，但卻得到錢玄同的認同，說他這種「作風頗覺可
愛。」[67]
　　據劉克敵印證，周作人「認為，抄書實際上比自己寫還要辛苦難得，因
為要從古人浩如煙海的文字中找到覆核自己想法和心情的文字，其難度絕對
超過自己寫作。」[68]周作人自言：「不佞之抄卻亦不易，夫天下書多矣，不
能一一抄之，則自然只能選取其一二，又從而錄取其一二。」[69]抄書即「尋
友」、即重新「發現」古人、即「物我迴響交流」、即與古人「結緣」。
（均出自該頁）
　　以我言之，即創舊。下面這首詩，就是一個「抄書」或曰「創舊」的
個案：

《魯》

　　他起這個名字也是奇怪
　　為何不叫魯直
　　為何不叫魯鈍
　　看來他除了這兩大特徵之外
　　還有些別的東西

---

[67] 引自劉克敵，《困窘的瀟灑：民國文人的日常生活》。廣西師範大學出版社，
　　2013，p. 57。
[68] 同上，p. 57。
[69] 同上，p. 57。

不太為人注意
比如，他不喜歡過節過年
這點跟我很相似
儘管他不是我
我也不是他
36歲那年，他元旦乾脆不過了
如他那天日記所說：
「舊曆除夕也
夜獨坐錄碑
殊無換歲之感」[70]
55歲那年，快死的頭兩個月
他寫了一篇文章
裡面有一句話，重複了兩次：

給我看來看去的看一下
......
我要看來看去的看一下[71]

過後他說：

我們所注意的
是特別的精華
毫不在枝葉
給名人作傳的人
也大抵一味鋪張其特點
李白怎樣做詩
怎樣耍顛
拿破崙怎樣打仗
怎樣不睡覺
卻不說他們怎樣不耍顛

[70] 引自劉克敵，《困窘的瀟灑：民國文人的日常生活》。廣西師範大學出版社，
2013，p. x。
[71] 同上，p. 2。

要睡覺
其實，一生中專門耍顛或不睡覺
是一定活不下去的
人之有時能耍顛
和不睡覺
就因為倒是有時不耍顛
和也睡覺的緣故
然而人們以為
這些平凡的
都是生活的渣滓
一看也不看

看來，他真不該叫魯迅
而應該叫魯鈍
或魯直
而我喜歡的
就是這樣一種魯
直[72]

　　這個書本的源，其實也是一種生活之源，來自生活，高於生活，又再一次高於或平於、低於。

源（3）

　　詩歌除了前面說的那個生活之源（其實只有一個源，那就是生活），還可細分成很多其他的源，例如：說話之源。

　　何謂說話之源？人們在一起交集、聊天、吃飯，等，相互交談的內容，包括「偷聽」到的話，其實都可以入詩。我的詩觀很簡單：大千世界、大億世界的一切的一切的一切，都可以入詩。別跟我侈談什麼詩歌只能這樣，不能那樣，那是詩歌牢獄觀，是必須越獄的。

---

[72] 2015年12月26日星期六9.13am于suibe湖濱樓×××室，9.16am加斜體。

現舉一例證之：

《手機》

在鬧市的一片荒地
有三個人在打手機
一個男的看我一眼
很隱私的樣子
就把臉背轉過去
一個女的才睡醒的樣子
眼睛腫得可以
她說的第一句話我聽見了
媽媽，你在哪裡？
最後一個女人小個子
穿花衣，很老
說話盡是「格」呀「嘮」的
整一個東北的玉米棒子
我從這些人身邊經過時
正是2012年10月
16日上午的11點
49分

即此不另。

寫到不可譯

曾聽說某詩人為了能更好地走向世界，有意把自己的東西寫得很好翻譯，據說這樣能很快進入諾獎評委的視野。

在世界其他地方，也不是沒有這種現象的，只是那些人並不是為了諾獎，而是為了能更好更快更好賣地進入全球各種語言。Tim Parks在他的書中，就提到了兩個人的兩本書：一個是阿根廷的Andrés Newman（其小說是 *Traveler of the Century*），另一個是新西蘭的Eleanor Catton（其小說是*The*

Luminaries）。據Parks說，這類小說為了當代的全球性讀者，不惜把－也只能把－過去「pastiching」（惡搞、亂搞、戲仿等）一下，而免去了當下的直接體驗。這種直接體驗，只能由活在當下的人才能體驗到。[73]而據他說，一些不願就範於這種現象的作家，如Henry Green（我尚未讀過其人作品），其作品就很難譯成其他文字，否則其風格就會「譯」失殆盡。

本詩人也怪，正是這種不願意進入所有語言的人。所謂「味道」，才是詩，就像方言，一說普通話，就味道盡失，一說英語，就更不知道是啥玩意兒了。

為此，我一直在有意寫無法譯成英文和其他文字的詩。比如《外》這首（前面已提到，此處不另）。

我自己雖然也把自己的詩譯成英文，但這樣一首詩，我承認，是無法譯成英文的，自己也譯不了，唯一的辦法，是用英文原創一首。

這是不是一種自殺？是的，這的確是一種自殺，詩歌自殺。諸位，寫詩本身就是一種自殺，無論你寫得怎樣。它是通過每日的自殺而獲得每日的新生。它拒絕詩歌的全球化，拒絕詩歌被譯成別種文字的可能性。它同時也提供了另一種可能性，即你若想欣賞這樣的不可譯詩歌，唯一的辦法就是學會寫這種詩歌的語言。某種意義上講，這種詩歌就是腐乳，就像那年我在澳洲，請學中國文學的一個博士來家吃飯，菜中有腐乳，我淋了麻油後吃得津津有味，但他卻覺得索然寡味，難以下嚥。反過來說，這也像我對乳酪的態度。他們吃得津津有味，我卻覺得毫無感覺。

你想把中國腐乳，做成英國乳酪，或反之亦然嗎？

接觸史

昨看劉克敵的《困境的瀟灑》一書，讀到陳寅恪的一段話中，有「接觸史」幾個字。他那段關於如何向西方學習的話是這麼說的：

……必須一方面吸收輸入外來之學說，一方面不忘本來民族之地位。此二種相反而適相成之態度，乃道教之真精神，新儒家之舊途徑，而二千年吾民族與他民族思想接觸史之所昭示者也。[74]

---

[73] 參見Tim Parks，*Where I'm Reading From: the Changing World of Books*. London: Harvill Secker, 2014, pp. 90-1.
[74] 引自劉克敵，《困窘的瀟灑：民國文人的日常生活》。廣西師範大學出版社，

這三個字我並不陌生，儘管中國的史學界，似乎對此沒有注意，只作為一種醫學術語在用。

2004年，我就是通過「contact history」（接觸史）這個關鍵字，成功申請到了Australia Council的一筆基金，寫作我那部 *The Kingsbury Tales*（《金斯勃雷故事集》）的詩集，項目完結時，居然寫了600多首。

我說的這種「接觸」，是指西方人進入中國，與中國人發生的第一次接觸，這種接觸，在澳大利亞很為學者關注，例如，白人第一次踏上澳大利亞國土時，土著人是如何與他們發生接觸，又是如何互相觀察的，等等。當然，這個「接觸」也可泛指不同種族的人，在世界的任何地方發生第一次接觸時的感覺和感觸。

最近，一位美國詩人朋友來信，除了感謝我大約半年前在上海給予他的熱情招待，還回憶我們一起喝咖啡時，我講過的一段話，大約是一切均可入詩，隨意都可偶成，只憑一時感覺即可。對他來說，他覺得很有意思，但與他的理念大相徑庭，因為他是個字斟句酌，刻意求精的詩人。不過，他仔細地體會了我說的話，又到中國各處走了一遭後，覺得不妨也小試牛刀一下，把即時的感覺即時地以詩行記下，於是寫了一首詩（或許還寫了很多詩），隨信把那首英文詩也附上了。

我看了之後說了幾句讚揚話，畢竟人家給你看，你不能一上來就針砭，那是不合適的。但我覺得，一種文化與另一種文化發生接觸後，就會發生變化，這就是文化的「化」字意義所在，而我對他的這種通過接觸而發生的「接軌」，是抱著欣喜的態度的。

昨夜飯局，我把這件事跟本地一個詩人交流時對他說，這就好比一個從未去澳大利亞的中國詩人，參加了澳大利亞人的詩歌朗誦會，看到那些人的詩中，頻頻出現髒話，會場經常出現歡聲笑語，甚至還能看到某詩人上臺朗誦，摟著一把吉他，一字未說，卻唱了一首乃至幾首詩「歌」時，也不會不對他的詩歌產生某種影響一樣。

無論如何，Rodger Martin－也就是我前面提到的那位美國詩人－與我發生的這一次交流，大約也可算作21世紀接觸史中的一個微例吧。

2013，p. 134。

聲音詩

頭天跟朋友說，次日有一美國詩人要來看我，我很期待，因為每次只要有異國的人見面，總能學到不少東西。

我的潛臺詞是，如果跟中國詩人相見，除了吃吃喝喝，一般是不大能夠學到什麼東西，甚至任何東西的。

第二天，詩人如期而至。她是紐約人，但一直在越南生活了五年，剛從越南過來。

我們聊起來後，我問她寫些什麼，她告訴我的話，令我好奇和吃驚。

她說，她通過聲音寫詩並拿出一種類似微型話筒的答錄機給我看，那是她用來錄音寫作的工具。說起來，其實也很簡單。她把自己和別人的對話或大家的談話錄音下來，然後根據聲音材料寫詩，通過電腦把文字投射到牆上，同時播放錄音的聲音。

我對此很感興趣，想到了美國詩人David Antin，想到了那個冰島詩人的聲音詩（無文字，只有聲音，但並非口技），還想起了很多別的東西，如那張把詩歌打在我臉上的相片，等。這些，我都跟她講了。

這位年輕女詩人有個特點，她拿出筆記本，會把她覺得有意思的人的名字或事情等細節，一一記錄下來。我已有多年沒這麼做了，這是因為我已經改變了記錄細節的方式。不過，我還是認為，所謂好學，不是總讓人看著你好像在看書，而是看你看書或做任何事時，是否留心有用的細節。

女贊男（1）

如果人把贊的權力捏在手上，被贊的人就死定了。你把東西發出去，他老不說話，不贊，雖然不罵，但不贊，比罵還厲害。等於是罵，更甚於罵。你一天天等，等老了他也不贊。

這一切焦慮，都是因為你不懂一個簡單的道理：你自作自受，自取其辱。不求贊不就完了嗎？！

這裡面還有一個道理，那就是，贊的人在上，被贊的人在下。過去是美女在詩中被男人贊，女詩人在詩中讚美男人的極少。這都是一種不平等的權力關係的反映。女人是被欣賞的物件，被讚美的物件。不贊你，你就完蛋了！你就等一輩子，等著挨贊吧！

澳大利亞女詩人不這樣，至少我和John Kinsella編選《當代澳大利亞詩選》時，收入的一首詩，就是女贊男的詩，它顯示了女性玩弄（褒義詞）男性、讚美男性的氣度。請看該詩如下：

《讚美男人》

Catherine Bateson（凱薩琳・貝特森）著[75]

他們在懶洋洋的早晨醒來，
漂亮地勃起
他們不知道自己的柔美
也不知道它聽上去多像自己傲慢肌肉
迷人的多聲部音樂
他們在清晨沖澡時唱歌，好像沒人
聽得見他們
他們衣服一穿好就開始離你而去
一點點地走向銀行經理、稅務和詭計的
世界
他們開車時捏著你的手還能找到
停車場
他們走過世界的方式是不同的
他們肩寬，臀窄
皮膚是嫩
雌鹿，他們的聲音很確信，他們談話也是
他們的耳朵能聽出話裡有的某些話，有時又
充耳不聞
他們妙不可言地試圖修理東西，既在你的
廚房
也在世界，他們生活開始的時候都是膝頭
有疤的小男孩

---

[75] 凱薩琳・貝特森（Catherine Bateson），女詩人、兒童文學作家，1960年生於悉尼，在昆士蘭長大，獲得昆士蘭大學藝術學位，獲獎詩集有《來自地下世界的石榴》（1991）。此詩為歐陽昱譯。

老是瞎胡鬧，老是問問題

沒人在一旁看時，他們就很快地緊緊地把媽媽

抱一抱

他們想在媽媽枕頭上埋著頭哭

他們渴望通曉神祕事物

並為其命名

當這些男人來到你的床上

當他們光著身子躺在你身旁

他們就是這一切，你的十指在他們身上遍行

帶著驚訝的、迷惑的愛情。[76]

　　我今天把這首詩和書的封面發在微信上後，一個朋友（王晉軍）點贊說：「這樣的女頌男詩要多發哈！」（2016年1月16日澳洲時間星期六下午1.14分）。我回復說：「王子，好好過癮吧！」跟著他發來一大串各種圖像，反正大約都是表示讚美的，然後我說：「女人強大之日，就是謳歌男人之時。」他跟著來了一句：「這個理論應該廣泛傳播開來！」

　　後面接下去的就不多說了，這算是從「贊」中悟出的一點小道理吧。

窮，但

　　小時候，我很喜歡窮，穿衣服都只愛穿破的。這些就不用在這兒擺窮了（注：擺闊的反義詞，屬自創）。

　　近看日本詩人松尾芭蕉的英譯詩集，前言中，譯者Lucien Stryk介紹了日本的兩種詩歌思想：一是sabi[77]（讀音「傻逼」），意即「contented solitariness」（安於寂寞）。一是wabi（讀音「瓦逼」），意即「spirit of poverty」（貧窮的精神）。一下子，我想起了歐陽昱寫于泰國的一首詩，就是以「窮」入詩的。那天，他坐在小艇上，伴隨著引擎的「突突」聲，從樹木掩映的河上穿過，去芭提雅的水上市場觀光，一邊左看右顧，一邊在紙上

---

[76] 選自歐陽昱、John Kinsella編選，歐陽昱翻譯，《當代澳大利亞詩歌選》。上海文藝出版社，2007，pp. 14-5.

[77] 參見 *On Love and Barley: Haiku of Basho*. tr. by Lucien Stryk. Penguin Books, 1985, p. 11.

寫詩，成就了下面這首：

《窮，但》

窮，但
很陽光

窮，但
不很髒

窮，但
住水邊房

窮，但
滿臉笑樣

窮，但
不悲傷

窮，但
有生活

窮，但
有指望

窮，但
有花香

窮，但
有椰樹

窮，但
有家鄉

窮，但
有佛堂

窮，但
有國王

窮，但
有思想

窮，但
無所傷[78]

　　沒來澳洲前，以為澳洲富得流油，地上到處都可以撿錢，來後才知道，
這不過也是一個國家，只要是個國家，就不可能只富不窮的，而且窮的總是占
大多數，只是窮法不一樣。比如，澳洲窮人不瘦而胖，澳洲窮人不黑而白。等
等。我把他們寫進詩裡，是到這個國家來了很多年後的事情，如下面這首：

《法院的窮人》

這些說英語的窮人
這些瘦面孔的肥腰身的說幾句話就要看我一眼的窮人
這些每天一開庭就要擠滿法庭的窮人
這個穿塑膠涼鞋鞋面像蜂窩煤的窮白種女人
這個臉頰凹進去眼睛不看人的白種男人
這個躲開我不想讓我看見他吃老婆準備的中午麵包的白人律師
這個帶著兩個半大小子的土著女人，其中一個小子
踏著他的T字車在法院等待的庭院中滑來滑去
這些說英語的窮人
在掛著《大憲章》的法庭
在旁邊每小時都敲響鐘聲的法庭

---

[78] 2012年5月1日遊覽泰國水上市場時在機動小舟上手寫，當晚在Holiday Inn的562房修
改並打字。

這些窮白人
其中有一個因為在50公里處開到86公里
被法官判了留案底
罰了700多澳幣
外加痛斥一句：
真是愚蠢至極
我為什麼來澳16年
才第一次對這些人引起注意？
我算老幾
敢稱他們為窮人？
我不覺又瞥了一眼
自己那根
吊在兩片西裝間的領帶[79]

今天寫這個話題時，我通過Search功能，在電腦中查找以「窮」為題的詩，沒有找到第一首，找到了第二首，以及一首以「窮」為題，但卻沒有內容的詩，如下：

《窮》

（2012年8月26日產生想法，待寫）

我不知道歐陽昱當年為何這麼寫，但我推測，當年他想寫這首詩，但後來忘記了，就沒寫成。因此，這只能算做一首沒寫成的詩，跟沒做成的愛，

---

[79] 2007年11月8號11點3分在床上寫于金斯伯雷。

沒談成的戀愛，沒辦成的事，沒搭上的車一樣。也是一首詩。很窮的詩，窮得連內容都沒有的詩。

改稿

2015年11月還是12月，現在記不得了，過去的事，一旦過去，再重要，哪怕跟愛情一樣重要，也很容易忘記。那天在松江，發生了一次被正式譽為「改稿會」的事件，據說是京城裡更懂詩的人，下來給更不懂詩的人「改稿」。

筆者去了，照了相，微信了相片，很快得到一個反應：詩歌能改嗎？

過了兩三個月，人回到澳洲，才想起，這是一個可以寫的事。原因是，剛寫了一首《片段》的詩，並投稿出去，同時還假想：某編輯看到後，改了幾個字，等等。

立刻就反駁說：不，寧可不發我詩，也不要改動我一字！

馬上問自己：為什麼？

馬上回答自己：詩是一股氣，它通過長成詩人這種樣子、這種形狀的眼睛、鼻子、嘴巴、舌頭、手、腳、屁眼、胃、肺、腎、腸子等出來，就形成了那種樣子、那種形狀的東西，你把它一改，哪怕改的是一個標點符號，那也等於把上述所有那些器官挪動了一分，可那，哪怕再正確，也是不行的。詩歌不能整容，正如詩人不能整容一樣。

影響

同時代的人如何受同時代的人影響？又如何看出和被看出？又如何不指出或在人死後多年才被指出或看出？應該瞭解這個的文學史，卻從來都不屑於瞭解這個。我只說一件事，或者說兩件事亦可。

那年我寫了《B系列》，投到暫時棲身香港的嚴力那兒，是通過傳真過去的，很快接到他的回復，說：要發表所有的30幾首。後來沒有踐約，但還是發了11首，是在1999年的最後一期（是最後一期嗎？我記不得了）。我1999年的最後四個月，拿到墨爾本Asia Link（當時叫AsiaLink）的錢，到北大住校講學了四個月。有一次被侯馬和沈浩波請客。沈浩波一見到我便很興

奮地告訴我，說他看了《B系列》，並贊不絕口地說「牛B！牛B！」
　　這個系列的第一首如下：

《找B》

我在這個簡體的軟
件
中找來找去
就是找不到這個B字

這軟體
叫世界寫（Worldwrite）
是美國人設計
什麼字都有
就是沒這個B字

我當即打電話電腦公司
威脅說不給我弄個有B的來
我就退貨索賠
卻被告知本公司已不經營這種產品
臨了囑咐一句：
你查繁體看看

我一查
嗨：
有B字！

就是這個屄字
害我找得好苦！

一個臆測，僅供參考：是不是因為簡（化肉）體而把B簡掉了？[80]

---

[80] 10/6/1998寫；15/6/1998改；21/6/1998再改；17/7/1998再再改。

161

我記得，沈浩波後來寫的詩中，有一首似乎受了這首影響，因為有了一個某人給另一人打電話的細節。這不是什麼大不了的事，但這在他之前的詩歌中，似乎是沒有的。

　　最近，我在伊沙編制的《新詩典》上，發表了一首《外》的詩，前面已經提到，但有一個我認識的80後攝影師，名叫奉澤明，也愛寫詩，就自承他要學著我，也來玩「斷句」。他在「Tuesday 18:10」【微信之不好，也就在這裡，什麼時間都不具體，也無顯示！】（實際上是2016年1月19日晚上6.10分）這個時段，給我發來一句話說：「受歐陽老師影響爭取每日寫一首斷句詩」。

　　不為歷史記下，只為我自己。

進入詩人的路

　　這兩天一直為客戶當翻譯，跑了很多路。這個商人，居然也讀詩，居然也讀過我的詩。據她說，她是看過我的其他詩，比如比較浪漫的之後，才通過朋友看到了我的《我操》那部詩集的。她說：如果我先看的是這部詩集，肯定要認為你是個流氓。

　　我哈哈大笑起來，說：這是很有意思的。一個人進入一個詩人，進入一個詩人的詩歌，就像進入一座城，有東西南北的很多路，包括陸路、水路和空中通途，也包括任何時間的抵達。晚上看到的景象，就跟白天看到的不一樣，冬季看到的景象，就跟夏季不一樣，這都是常識。而詩人，更有可能是在他死後看到他的作品，也許第一本是他一生最後一部作品，而不是他寫的第一首詩。

　　對詩人本人來說，我繼續說，如果他還活著，只要他還活著，他這一生，是有著一張長長的延續不絕的清單的，從哪兒開始，到哪兒結束，他都能說得一清二楚，可是，你怎麼可能要求他的讀者，以及他的學生，也都這樣地去接近他呢？這是人生的遺憾，這也是不可避免的事。

　　比如，我今天想起這事時，自己對自己說，一個詩人再好，也不可能讀到自己的遺作。

破詩

我所說的「破詩」，不是像「破鞋」的那種意思，而是像「破財」、「破產」、「破案」那種意思。

中午吃飯時，從老書中又看到那首曾經讀過的詩，是說雲彩好看，但沒法相送。那首詩說：

> 山中何所有，
> 嶺上多白雲。
> 只可自怡悅，
> 不堪持贈君。

有一說一，這本書不嚴謹，引用的這首詩，把第二行的「嶺上」錯成了「山上」，怎麼讀都讓我覺得，那個古人陶弘景怎麼會在這麼一首短詩中，接連用兩個「山」字呢？[81]

詩意是什麼？詩意就是不可能，寫的就是不可能。因此，不能送雲，才是這首詩的詩意之所在。當然，陶弘景還有他不想出仕的本意，但那不是我在這兒談的問題。

江盈科像破案一樣，把詩意給破了。他說，雲是可以送的，並舉出到廬山遊玩的人，如何把雲裝進瓶裡，又如何回到家後，把雲釋放出來：「須臾布滿一室，食頃方滅」。然後說：「是雲固可持贈也。」（p. 143）

寫小說或prose的，總要替詩歌查找證據，來證明詩歌所說的不可能，實際上是可能的。結果這麼一「破詩」，就弄得詩意全無了。

經

跟朋友電郵聊天，談到「經」這個字，一下子觸發了詩手槍，就把一首詩射出來了，如下：

---

[81] 參見〔明〕江盈科，《雪濤小說》。上海古籍出版社，2013 [2000]，p. 143。

《經》

什麼都是經

月月來的是經

寫成詩的是經

得了病的通神，是經

信神者讀的，也是經

當成典籍的是經：四書五經

東西是緯，南北為經

一切都是經：道德經、法華經、古蘭經

一切都，不能不是經：山海經、水經、茶經

經：月經的經、神經的經、經風雨見世面的經

經：心經的經、詩人秒經的經[82]

　　朋友尚未看到這首詩最著重的一點，來來去去了幾次，都未觸及。我雖看到了，但沒有想到。到了第四封信時，我突然想到了，便回信告知：有了！下一部詩集的標題，就叫它《秒經》。
　　正所謂女人有月經，詩人有秒經，時時刻刻都射經。

---

[82] 4.39pm, Sat, 23/1/16, at home in Kingsbury。

樣刊和稿費

最近為了準備一篇講話稿，是寫我在墨爾本這麼多年寫的詩，也都是關於墨爾本的詩時，發現了一個小問題，即不過才二十年的事，就有很多詩已經找不到原始寫作日期了。為了查證核實，尤其是查證一首題為《二度漂流》的詩，我到網上搜索了一番。不搜索還好，一搜索，就發現這首詩竟然在《北京文學》1994年第4期上發表了！可我居然從未收到樣刊和稿費！

於是，我找到該刊的博客地址，發了一張「紙條」過去，說：

> 《北京文學》主編先生或女士：我是澳大利亞的詩人歐陽昱。我剛剛發現，貴刊1994年第4期，發表了我一首詩歌《二度漂流》，這是二十二年前的事，我現在才知道，但我從未得到樣刊，也未拿到稿費，請你們把這兩樣東西給我，回信後，我就把地址和付款細節給你們。祝好，歐陽昱

我與中國文學雜誌打交道的經驗是，你去信再多，他們也從不回信，或極少回信。從這個意義上講，這是個比較野蠻的國家，比較遭我痛恨。即便詩寫得好、文章寫得漂亮又有什麼用？不過是一頭會寫詩、會寫文章的動物而已！

哎，沒過幾天，這家雜誌居然非常不野蠻地回復了我的「紙條」。他們發過來的「紙條」說：

> 您好，請您將郵箱私信給我，我轉交您這篇作品的責編，我們的作者都有稿費和樣刊，請放心。

這一次，我感動了，用英語來說，就是：「I'm impressed」。跟著就把我的郵箱發過去了。

過了幾天，也就是今天，他們發信來了，發到我的郵箱，說：

> 歐陽昱先生：
>
> 您好。我是北京文學的網路編輯。在接到您的私信後，我聯繫了我刊領導和財務，得到如下回饋：

1、因為時間太長，編輯部人員全部更換，又多次搬家，已經查不到
　　當時的稿酬檔案了。我刊的稿費是專款專用，財務上無法處理二
　　十多年的稿費。
2、我們的發行人員查詢庫房後告知我94年的刊物也無法提供，只有
　　電子掃描檔案，不知道您是否需要。
　　非常抱歉沒有辦法為您解決稿費和樣刊的問題，還請您諒解。

北京文學網路部

　　這一來，什麼都泡湯了。想想之後，我回信（不是馬上回，而是過了好
一會兒後，應該不到一個小時吧）說：

　　謝謝回復。沒有稿費，也沒有樣刊，因為時間隔得久遠，這也都
無所謂了，誰叫我漂洋過海，走了那麼多年呢？
　　不知道這是不是一個機會，能允許我給你們投一點詩歌或小說
稿，包括散文詩稿？
　　另外，請問怎麼稱呼你？

祝好，
歐陽昱

　　一次異樣的文學交流，可能到此就要擱淺，就要告一段落了吧。咱們且
拭目以待吧。

學生

　　我在武漢大學任教授，給研究生上課的3年間（2005-2008），10年晃眼
而過，已有兩名學生在文學中脫穎而出，一名是梁余晶，另一名是葦歡。最
近經我推薦，她有一首詩上了伊沙的「新詩典」，就是下面這首：

《辯論》

葦歡〔著〕

你說：
光是一切存在事物的顯影劑
比如
立竿見影
立草木見影
立貓狗見影
立鳥獸見影
立亭梁見影
立車馬見影

我說：
立你
立我
愛不見影
恨也不見

伊沙如此點評道：

> 推薦語：本詩作者來自歐陽昱的推薦，是一位大尺度、重口味、先鋒
> 性極強的80後女詩人──但你們從我推薦的這一首似乎卻看不到這一
> 點，不是我不敢冒險，而是我要最好的那一首而不要別的。剛看到作
> 者簡歷，才發現算是「北師大系」，先鋒便是理所當然。這說明什麼
> 呢？只有「北師大系」有鮮明的詩學特徵。[83]

　　我看了之後沒什麼說的。我一向以為，詩人選什麼，評什麼，怎麼評，
那都是詩人自己的事，我姑且聽之而已。喜歡就放在心裡，不想多說什麼。
何必惹事、惹詩呢？

---

[83] 見此：http://wtoutiao.com/p/10bn0YQ.html

這事發生後，葦歡便發來一封微信說：

這首詩說實話，我感覺我是讀了您很多詩潛移默化了。我不是北師大系，倒像歐陽系。（2016年1月16日下午）

我的回復是：

那是他們拉你入幫。

她的回復是：

拉我入幫？哈哈

這次詩歌交流，也就到此結束了。

蝨子（2）

別看蝨子很小，但跟文人老是扯上關係。前面曾談到英國詩人堂恩那首以蝨子命名的詩，後來我讀古書發現了這樣一則故事。說是有個名叫王麟泉的人，「性喜藏垢，裡衣皆經旬不洗換。」[84]後在神宗殿上，「有一虱周旋其須，神宗顧視數四。」（219頁）後同行（包括王安石）聽說此事後言及其虱，說幸被「聖覽」，可能會令其將蝨子放掉。

哈哈，想起來了，當年的堂恩，也是很疼那個蝨子的，所以令其入詩，終成正果或詩果。

自由

昨天受邀，到墨爾本小林工作室舉辦的一次詩歌朗誦會上演講，會後他們舉行了朗誦。其中有我一首詩，《你的自由，我的自由》，聽著很耳熟，

---

[84] 參見〔明〕江盈科，《雪濤小說》。上海古籍出版社，2013 [2000]，p. 219。

卻忘記了是何時寫的，也不知道他們是如何找到的。

剛剛在我電腦裡搜索了一下，很快就找到了，如下：

《你的自由，我的自由》

你在那兒
有思想的自由
我在這兒
有肉體的自由

你在那兒
有正確的自由
我在這兒
有錯誤的自由

你在那兒
有好的自由
我在這兒
有壞的自由

你在那兒
有自由的不自由
我在這兒
有不自由的自由[85]

在另一個電腦裡，也就是我的蘋果電腦裡，我發現，原來這首詩也收進
到我的《詩非詩》的詩集中了。這應該是他們找到這首詩的原因。

記得當時朗誦完後，有些聽眾還念叨著「不自由的自由」，覺得這好像
是指澳大利亞，我也產生了這樣的幻覺，還似乎感到很有味道。現在重讀之
下，我覺得不是這樣，其實那個「你」，是指澳大利亞，而那個「我」，顯

---

[85] 2008年9月3號寫於進城的電車上，僅第一段。2008年9月4日星期四下午4點36分在金
斯伯雷家中補足其餘。

然是指中國。

不過,這樣也好,詩人如果不在了,這個解釋和交代,就只能留給別人見仁見智去了。

見仁見「詩」

上文中談到見仁見智,我把它小改了一下:見仁見詩。也就是說,一本詩集出來後,讀者肯定是見仁見詩,很難達到一致意見的。

比如上面那首《你的自由,我的自由》,以前從未見人看我的書後提起過。還有之前提到過的《坐》的那首,也是有一年在山西被一個詩人相中,才引起我自己的注意,而2015年8月份在西澳講學時用到,居然引起了全場鼓掌。

現在想起來了。也是2015年的某天,一個我教的研究生通過微信告訴我說,有某位同學特別喜歡我《詩非詩》中的一首詩。我讓她發過來,她就發過來了。一看,吃了一驚,原來是一首被我完全忘掉的詩,即前面提到的那首《海》,頭兩句是"大海的水/不是鹹的。"[86]

感謝那位學生,讓我回憶起一首自己寫過,卻已忘記的詩,而且是收在了那本詩集並有人喜歡的詩。

剛剛把這首詩讀給老婆聽,她說:她喜歡這首詩?然後她說:我一點感覺都沒有!

有什麼辦法,詩就是這樣,讀者就是這樣。

Sin-gle

新詞是怎麼產生的?

我的回答是:從舊詞裡產生的。

舉例在此。我看Alice Munro的小說時,看到一個地方有一句話說:「Who knows if it was a single person...」。[87]有意思的是,「single」(單

---

[86] 2009年12月9日星期三下午手寫於家中,隨後修改並打字。
[87] 引自Alice Munro, *Dear Life*. London: Vintage Books, 2013, p. 94.

個）這個詞正好在這個地方拐了一個彎，需要轉行，於是便被印成了「single」，「sin」留在上一行，「gle」從下一行開始。

知道產生的是什麼新詞嗎？當然就是「sin」。其實是舊詞，但從一個舊詞「single」中出新了。

其意思大家都知道：罪孽。

詩，也就是這麼來的，錯看來的。

Im-possible

我在另一本書中，也看到這種被書折斷的現象，從而看到了一個新字的新生：im-possible。[88]也就是說，在書脊處，「impossible」（不可能）一字，被一折而為兩半，成了「im」和「possible」，看起來變生出「我可能」。

「不可能」到「我可能」，居然寓於一字之中，這不是詩又是什麼？

這讓我想起，那年我翻譯自己的中文詩《不思鄉》時，就用了英文的「nostalgia」，但進行了處理：「No／stalgia」。

看見該字裡面的那個「no」了嗎？

逗號

朋友發來兩行詩，是這樣的：

冬天凍成了白色碳。而你
清霧撥散從容盛開一隻青鳥停在你肩上。

我看後，加了逗號，改成這樣：

冬天凍成了白色碳，而你
清霧撥散，從容盛開，一隻青鳥停在，你肩上

---

[88] 引自 Erica Jong, *Seducing the Demon*. Penguin Books, 2007, p. 120.

朋友說：

哈哈哈我有意不放了標點。
這下，放了又不一樣呢

我又改了一次：

冬，天凍成了白色，碳，而你
清霧撥，散，從容盛開，一隻青鳥停，在，你肩上

朋友回復說：

有味道哦。贊！

今天的私人詩歌交流活動，到此就暫時告一段落了。
後來我想：逗號，逗號，挑逗的號。

身邊的詩意

黑塞活了85歲，但發表的詩歌好像大約才60多首。他的譯者Ludwig Max Fischer注意到，他很注重「the extraordinary potential of the ordinary」，[89]意思就是「日常生活中非同尋常的潛能」。

是的，「the ordinary」的「potential」，但我不認為一定就非得是「extraordinary」不可。如果非得是，那肯定是瘋子無疑。[90]

兩段詩事

今天（2016年3月2日），我在twitter上發現，有人把我的一句英文詩

---

[89] 參見Ludwig Max Fischer, Introduction to Hermann Hesse, *The Seasons of the Soul*. North Atlantic Books, 2011, p. 6.
[90] 2016年2月17日星期三9.56pm寫于金斯勃雷家中。

摘抄下來，放在了上面：「there is enough light outside my book」（在此：https://twitter.com/mount_st_nobody/status/704726351182438400?lang=en）

昨天，我的文學經紀人Sandy，則在她給我的電子郵件中說，她很喜歡我最近出的一本英文詩集中的一句：「my head lowers its heart to listen」。

夜幕降臨後，我把已經累癱的她，從沙發上拽起來（不是literally，而是orally），一起到外面散步。這時，我把有關的故事，講給了她聽。嗯，我第一次意識到，「講」，音同「獎」，把故事講給人聽，某種意義上，也就是把獎給了某人。太牽強了嗎？就更應當牽強地寫下來。如果一切都那麼邏輯，一切就都太沒意思了。

我跟她說，有一年我到悉尼Live Poets Society朗誦詩歌，完了後，觀眾席中有位中年女性站起來，向我提問，那人樣子看上去像個亞洲女性，英文也很一般，但意思還是很清楚的，言語中帶著指責，大意是我不該把詩寫得那麼陰暗、消極。應當寫得讓人充滿希望，充滿光明。這事過後，我寫了一首詩，談及此事，大意是說，朗誦詩歌的房間耀著好幾盞燈，已經十分明亮了，因此：「there's enough light／outside my book」。[91]（這是原話，twitter的那個引文有點錯誤。）翻成中文，意思就是：「在我書的外面／已經足夠亮了」。今天twitter上的這個人，就引用了我這句話的原話。

我經紀人Sandy引用的那句也有問題，她自己也在電郵中說，可能記憶會有誤。那句的原話是：「My heart lowers its head to listen」。[92]意思如果翻成中文，就是：「我的心，低下頭來，在聽」。

她聽後說：嗯，很簡單，但很有餘味。

我想：她其實是一個不寫詩的詩人。

順動分子

本來想把一組新詩（比較先鋒、比較狠的一組）發給一個詩歌朋友，但念頭一生，就被自己掐滅，想：絕對不發給這種反動詩人看！

跟著就想，說他「反動」一點都不對。這幫詩人其實是順動詩人，他們跟著潮流動，跟著黨動，跟著政府動，跟著一切的俗世和俗務動，稱得上是

---

[91] 參見Ouyang Yu, *Listening To.* Vagabond Press, 2006, p. 16.
[92] 參見Ouyang Yu, *Fainting with Freedom.* Five Island Press, 2015, p. 15.

名副其實的順動，一點都不值得我與其發生任何關係。

真正的詩人，一定是反動的，也就是說，凡是他們順動的，詩人就要反動。

淺度

不是因為碰到人，有些東西，哪怕是自己寫的，也可能永遠會被忘記。

今天去二期（一個地名，因我教書的這個地方，是以當年開工的一期一期階段起名的）郵局拿稿費匯款單，突然有人喊我：「老師！」轉過臉來一看，是一張喜出望外的臉，馬上被我認出，原來是曾經教過的一位女研究生。寒暄一陣之後，她突然說：好喜歡你的詩。特別是那首說一個詩人達到了「淺度」的，把話反過來說。

告別後，我記得似乎寫過這首，但記不得是說的什麼。現在把它找出來，恢復一下我的記憶：

《淺度》

這個詩人很有意思的地方在於
他達到了某種膚淺
的深度
某種前人無法企及的
淺度

她提醒我說，該詩出自《詩非詩》，這也是我能找到的主要原因之一。另一個主要原因，是我用的蘋果電腦，能通過只搜索「淺度」二詞，就把含有該詞的文件定位。

法事

昨天上研究生的英文寫作課，介紹了幾種西方的新詩，一是「sound poetry」（聲音詩），一是「whisper poetry」（耳語詩）。所謂「聲音

詩」，是沒有文字的，只有詩人在那兒用嘴、用舌頭、用喉嚨等，發出各種各樣的聲音和聲響，竟然能傳達出文字無法傳達的內容來，喚起人的豐富想像。

幾年前，我參加澳大利亞布里斯班文學節，同台朗誦的一位來自冰島（還是丹麥？）的女詩人，就獻上了她的「聲音詩」，其中沒有一個文字，只有聲音，但我好像產生了一個沼澤地的畫面，聽見其中有蟲鳴、鳥叫、水流、雲湧等的聲響。效果奇特。

這次放了幾段視頻後，請學生談感受。有個學生說，給她印象好像是冬天的冰凌在陽光下滴水。最是一個女生，她說，其實中國也有「聲音詩」。我請她給出例證，她說：鄉下的法師做法事時，嘴裡哼哼有聲，不就是一種聲音詩嗎？

我立即大贊，說這個比較甚為突出，非常之好，並跟她們、他們分享了一段我的經歷。那是大約2012年，我去溫嶺，在一個名叫裡箬村的地方，親眼目睹了一位法師在一個農家做法事，他嘴裡哼哼有聲，按著某種別人不知道的節律，不看任何經文地念著只有他知道的文字或聲音。如果從「聲音詩」的角度，還真能體會出詩意來呢。

鉤沉

所謂「鉤沉」，是對古籍而言。「沉」入浩如煙海的古籍之中的好東西，是需要今人用「鉤」子去鉤沉的。

最近的英文寫作課中，我對此有新解。我給學生分別看了數首從古到今寫「spring」（春）的英文詩，有Thomas Nashe的，有D. H. Lawrence的，有A. E. Housman的，有Gerald Manley Hopkins的。這些詩屬於現代英文詩，基本上沒有什麼不好懂的，除了Hopkins把畫眉蛋形容成「little low heavens」（小小的低矮的天空）這樣的句子之外。

但一進入當代，詩歌就變得晦澀難懂。舉奧地利女作家（獲諾獎）Jelinek的一首，怎麼看都不懂，只能大致猜測是什麼意思，而且換一個人看，又是一種意思。因此我說，看當代詩人的詩，是需要「鉤沉」的。比如她那首寫春的詩（在此：http://www.poetryfoundation.org/poetrymagazine/poem/180167）就是如此。

我舉出其中一段如下：

a pale sweet spike
still sticks
in woman white
lard

評論說：我看過此人的若干作品，特點有幾個：1. 晦澀難懂。2. 男女關係。3. 性愛加暴力。上面那段如果譯成中文，就是這樣的：

一根蒼白的甜蜜的長釘子
依然插在
女人白色的
豬油中

「Spike」一詞，還有「細高跟」的意思。因為面對眾多的女生，我沒有細講，到此為止，但性愛和暴力，只此一段就能非常說明問題。

至於「鉤沉」，下次再以本人英文詩歌為例講講，今天得幹別的活了。需要指出的是，就像我對學生講的那樣，「鉤沉」當代詩歌，需要瞭解作者生平、需要看作者寫的書，否則，當頭對面地閱讀文本，是不可能像「床前明月光」那麼簡單易懂的。

標題（3）

中國詩人寫詩，最不講究，最無創新的就是標題。前面已經說過，現在僅舉「無題」為例。很多人無題就無題了，但我不，我有一首就是《只能無題》，發表在《詩潮》（2016年第4期第11頁上）。

最近看完了V. S. Naipaul的長篇*The Enigma of Arrival*，看到一半才知道，原來其標題是取自德・契裡柯的系列畫作標題：「The Enigma of the Arrival and the Afternoon, 1911-1912」。[93]

---

[93] 見此鏈結：在此：http://arthistory.about.com/od/from_exhibitions/ig/Chirico_Ernst_

不少小說家為自己的小說命名時，都愛取用詩人的詩句。一個著名的例子是福克納的 *The Sound and Fury*，那是取自莎士比亞《馬克白》中的一句臺詞。

對我來說，看詩時總是留意詩中的句子，以便將來寫小說時用作標題，如最近翻譯勞倫斯時，就看到兩句可用，如「Substance of Shadow」和「Stuff of the Night」。[94]還有前面提到的「Little Low Heavens」，都是很好的標題。

不多說了，我的秘密到此為止。

The Drunkard

今天（3月24日），收到澳大利亞一封邀請信，參加今年9月下旬在悉尼的一次會議。她在信中說，最近看了我的 *Fainting with Freedom* 一書，說很喜歡，特別喜歡其中一首「The drunkard」。我一時懵了，竟然想不起這是哪首。後來才慢慢地想起來，這一定是2012年年終時，在三亞寫的一首。

偶爾總會有人告訴我，他們喜歡我哪首詩，我的反應常常是，想不起是哪首了。現在，我就去把這首詩找出來，也不管人們看不看得懂，放在這裡再說。那天那個女研究生說的話，依然猶在耳邊。她說：老師，我英文詩集看不懂啊。我為這個時代的研究生感到悲哀。這是我們這個教育的最大失敗。讀英語的研究生，居然說自己看不懂英文詩，居然以此為由而不看！

The Drunkard

When the drunkard said: *I'd write to such a degree*
That no one in the world would ever accept my writing
Let alone publish it

The professor wearing a shirt with an open collar who did not look
Like a professor at all said:

Magritte_Balthus/CEMB_strozzi_10_02.htm
[94] 引自 *The Complete Poems of D. H. Lawrence*. Wordsworth Poetry Library, 2002, p. 97.

Then you'd be the next Nobel Prize winner in literature

By now, the drinkers or eaters did not know what was more drunken
The drunkard or the professor, until the drunkard, who looked
More like a professor said: *Did you hear about this Trois Maggots in Paris?*

Oh, the French lawyer working in Belgium started wondering
If it were not a Deux Maggots till the drunkard reported: *My iPhone says*
It's Deux, not Trois, and the trois is the one I'm going to open up soon

As the conversation drifted, the drunkard became an island
And started talking about a writer everyone knew but no one had bothered
Reading: *He writes about incest, the raping of a woman's dead body*

The eating of cooked babies, the blasting of shit and piss
Nothing faint-hearted westerners dare think of and everything they are
Obsessed with, leaving them hating themselves for being so correct

Everyone looked up from their glasses, cups, plates or bowls
So self-colonized they thought they were in a Chinese west
At the drunkard decolonizing himself, with alcohol, in these words

This white guy who thought he was the white god
Came to China and said to himself and to me: But they need me
My help, someone who will never tolerate one bad word about the country

The drunkard, now turning into a professor, clinked his glass
With the open shirt-front professor toasting each other over the success
Of having Sinicized another unwitting imbecile

　　自己看完自己這首詩，我哈哈大笑起來。看不懂的就看不懂好了，不必
為難他們、她們了！

月

　　思鄉，必弄月，如李白氏的《靜夜思》。有沒有在陽光下思鄉的？好像還沒見過。不過，看來思鄉弄月的，也不只是中國人，英國人也有，如勞倫斯，就是寫了《查泰萊夫人的情人》那位。這個想法，就是第一次看他一首詩時產生的，今天譯出，正好放在下面，有詩為證：

《懷舊》

缺月仰臉看著，這個灰色的夜
坡形地繞著天穹，一隻平滑的彎弧
在輕鬆地航行。奇怪的紅色燈芯
能顯示，海船在何處駛出了視線。

這地方我能通過觸摸感知，我即生於這兒的
同一種黑暗，但下面陰影重重的房子
卻不許外人進入，只有舊鬼知道
我來過，我能感到它們嗚咽著歡迎、嗚咽著哀悼。

父親在收穫玉米時突然去世
那地方就不再屬於我們。我注視，我聽不見
來自陌生人的任何聲音，那地方黑暗，而恐懼
打開了我的眼睛，直到我視覺的根部，都好像被扯出。

我不能走向那屋、不能走近那門了嗎？
我和眾鬼一起哀悼，在車棚的暗影裡
萎縮。我們不能永遠再在邊上
盤旋，不能永遠再進屋了麼？

再也不可能挽回了嗎？我真的不能穿過
敞開的場院那條路了嗎？我不能經過
並穿過棚子，來到堆放刈草的地方嗎？－只有睡在床上的死人
才知道，事實就是如此的那種恐懼的痛苦。

我吻了吻石頭，我吻了吻牆上的青苔
要是我能像懷孕了一樣走進那地方多好。
要是我能最後一次擁抱這一切多好。
要是我能以我的胸脯抹滅這一切多好。[95]

　　當然，勞倫斯不是李白，李白也不是勞倫斯，前者是英國人，懷的是失
落的祖屋的舊，後者是中國人，思的是（或可能是）中國鄉。不過，譯這首
詩時，我還想起另一個詩人，即美國詩人Robert Mezey。很多年前，我譯過
他，現從我的《西方性愛詩選》中拿出來：

《自白》

昨夜如果有誰走過
你家草坪，那就是我。
當你夢見四處覓食的野獸時，我正
沿空蕩蕩的小徑徘徊尋覓，為了
呼吸黎明前針葉林中的涼氣。
你的繁花都已合攏，
你的窗戶漆黑，窗簾扯上。

偶爾，我看見樹叢中
閃爍著一方黃色的光亮，
我便越過草坪向裡窺視。
你躺在床上的碩大身體
是白色而赤裸的，我雖像大家一樣
因愛情而飢餓難當，但一見你
黑色的性氣官便渾身發冷。

假如這時一輛警車無聲地駛過，
車燈把我照出，像
一隻貓或一隻兔子，

---

[95] 譯自 *The Complete Poems of D. H. Lawrence.* Wordsworth Poetry Library: 2002, p. 135.

我該怎樣對它解釋？
說我不瞭解人們的生活，
只是隨便看看？說我
幾個月來沒有一個女人？

因此，我避人耳目，
一言不發。如果我開口，
我也只是喃喃自語，
發出獸類般的叫聲，免得把你驚醒。
而且我撫摸自己，我所想幹的
是：進屋，
彎下腰，摸摸你的臉龐。[96]

　　這次的譯詩經歷，使我產生了一個想法，要以太陽為思鄉的主題，但思澳洲可以，思中國，有那樣的太陽嗎？

關於男人的詩

　　網上有人想看女人讚美男人的詩，結果把我多年前譯的一首澳大利亞女詩人Catherine Bateson寫的詩放上去了。前面已經提到了，此處不另。
　　我之所以想起這首詩，是因為今天譯勞倫斯的一首，也是讚美男人的，但是男人借女人之口讚美，最後又加以推翻的一首，對照著看，很有意思：

《「她還對我說」》

她還對我說：「你幹嗎感到羞愧？
你的襯衣口子，露出的那一點點
胸脯，幹嗎把它遮掩起來？
你的雙腿和你好壯的大腿
為什麼就不能彪悍多毛？—這樣子我很喜歡。

---

[96] 1985.6和1985.7四稿譯於武漢。

你害羞，你這個傻傻的愛害羞的東西。
男人是最害羞的動物，總是把自己遮得嚴嚴實實
不肯從裡面走出來，像蛇
一滑就滑進枯葉做的床裡面，你也匆匆忙忙地穿上衣裳。
我真是太愛你了！男人的身體挺拔、乾淨、無一處不完整
太像一件樂器、一把鍬、一杆矛、一隻槳
我太喜歡了—」
說著，她伸出雙手，順著我的身體兩側摸下去
說著，我也開始對自己感到驚異，感到不知所以。

她對我說：「你的身體，真像樂器！
純粹單一，與別的任何事物都絕然不同！
在主的手中，是多麼高貴的一件工具！
只有上帝才能把它塑造成這個樣子。
感覺就像他用手搓揉，把你捏弄
打磨擦光，使你中空
在你體側，雕出凹槽，在你胸口，抓了一把
使你形體，產生了活肉
比老舊的琴弓，更為含蓄。

「小時候，我最愛父親常用的
那把馬鞭。
我喜歡把玩，那好像就是，他身體的一個部分。
我也喜歡把玩他的鋼筆，和他桌上的碧玉印章。
有時候，我一摸，身體裡就好像有什麼在湧動。

「跟你也是這樣，但我能在這兒
感到歡樂！
上帝才知道，我是什麼感覺，但肯定是歡樂無疑！
看，你乾淨、你優秀、你被單挑出來！
我太欽佩你了，你真美：你的兩側如此一掃而空
如此堅實，這模子如此硬挺！
寧可死，我也不想讓它受傷，留下一道疤痕。

但願我能抓住你，就像主的拳頭
把你佔有－」

她就這麼說著，我就這麼詫異著
感覺被她束縛，感覺非常受傷。
一點也不感到自由。

此時，我對她說：「不是工具，不是樂器，不是上帝！
別碰我，別欣賞我。
這麼說讓我聲名狼藉。
黃鼠狼在柵欄上，伸直白脖子時，你即使想去摸它
至少也要三思。
你就不會那麼快、那麼輕鬆地用手去碰。
蝰蛇睡著後，頭枕著肩膀
在陽光下蜷曲起身子，像公主一樣
她錯愕、精緻地抬起頭時
儘管它看起來有罕見之美
像一個奇跡，靈巧地帶著那樣的尊嚴滑動著走了
你會伸出手去愛撫它嗎？
還有田裡的小公牛，長著一張起著皺紋的悲哀的臉
你會害怕的，如果它站起來
儘管它充滿憂思，可憐巴巴，像一塊獨石，停在那裡
　　靜如靜電。

「難道我體內沒有任何東西使你猶豫？
我告訴你，所有這些我都有。
那你為什麼把我的這一切都忽視了呢？－」[97]

---

[97] 引自 *The Complete Poems of D. H. Lawrence*. Wordsworth Poetry Library, 2002, p. 198.

石頭

2005年我在武大教書時，曾向研究生們介紹過Alex Miller的長篇小說*The Ancestor Game*一書，一個細節引起了一位女研究生的注意。她說：書中有個細節描述，富家女子Lien坐小車回家後，在門口停下，正準備進門，忽然發現開車的司機還沒走，還站在遠處觀望，便彎腰從地上拾起一個小石頭，朝那人扔了過去。她說：這在中國文化中是不真實的，任何年輕女子，哪怕是對自家請的司機，雖然人家可能身分低賤，而她地位高貴，也絕對不會做這樣的動作。這個細節說明，作者對中國文化缺乏瞭解。

好吧，言辭還很尖銳的。我後來教的屢屆研究生，特別是女生，也覺得這個細節不真實。

事情過了十一年，我翻譯勞倫斯詩集，譯了一首詩（該詩集219頁），如下：

《桃子》

你想不想朝我扔一塊石頭？[98]
在這兒，把我桃子吃完後剩下的所有都拿去。

血紅、很深
天知道這是怎麼回事。
某人放棄的一磅肉。

皺紋處都是祕密
打算很硬，一定要保守祕密。

為什麼，從銀色的桃花
那一根短枝上淺銀色的酒杯那兒
會有這麼重的滾著要掉的小球？

---

[98] 此句中的「石頭」，原文是「stone」，一語雙關，既指「石頭」，也指「桃核」。一譯注。

當然，我想的是沒吃之前的桃子。

為什麼這麼天鵝絨般的軟軟，這麼肉感的沉重？
為什麼垂掛著這麼毫無節制的重量？
為什麼有著這樣的凹口？

為什麼有凹槽？
為什麼是雙閹子一般的可愛的滾圓？
為什麼從球面往下有連漪？
為什麼會暗示出切口？

為什麼我的桃子不圓，結成後不像彈子球？
要是男的做的，就會像了。
不過，我已經吃掉了。

但它不圓，結成後也不像彈子球。
而因為我這麼說了，你就想把東西朝我身上扔。

這兒，你可以把我吃掉的桃核石頭拿去。

（寫於聖·赫瓦西奧）

雖然該詩首句的「stone」一語雙關，既指「石頭」，也指「桃核」，但這個扔石頭的動作，看來在英國文化中並不罕見，而Alex Miller，就是在英國出生長大的。顯然，他把英國文化中一個常見的動作，代入了中國文化中，而且用在了一個年輕女性身上。某種意義上講，雖然不真實，但卻產生了新意，使得這個女性一下子不僅西化，而且立刻強悍起來。

畢竟，文學不是真實的鏡像反映，而是真實的幻化和再現。這就使之呈現了千姿百態，是很有意義，也很有意思的。

還有一個細節，來自澳大利亞女作家Barbara Hanrahan的長篇小說 *Flawless Jade*。她是澳大利亞女作家，跟中國人沒有半毛錢的關係，寫的這部長篇，卻完全是關於中國的，而且以第一人稱的中國小女孩口吻敘述。寫到她母親在衣村上廁所時，英文是這麼說的：

There was a lavatory-box pavilion set in the middle of a painted bridge over a pond, and she went there at evening with a lantern (the wind blew coolly on her private parts, and the pond was full of very fat fish).[99]

我的譯文如下：

> 塘的上面有座漆畫的橋，橋中間有個亭子間式的廁所，她晚上打著燈籠去那兒上廁所（涼爽的風吹著她的陰部，池塘滿滿的都是很肥很肥的魚）。

學生們看我發給他們的節選，都忽略了這個細節，特別是「涼爽的風吹著她的陰部」這個細節。一旦我指出，都覺得不符合中國國情，因為中國作家是不會這麼寫自己母親的，如果出自小女孩，就更不可能這麼寫了。

但她的是藝術創作，是想像，是一個澳大利亞白種女人，披著中國人皮想像。如果每個細節都要求絕對符合真實，那還不如不寫。試想，如果中國人也採取同樣方式寫一個白人或黑人的生活，難道不能允許她或他通過想像發揮嗎？我們自己的文學和詩歌，是不是缺乏這樣想像的膽量呢？什麼都講絕對真實，那就什麼都不要寫了。我們的文學中，不就是基本上都不寫了嗎？只寫自己知道的那點東西而已。不同意的話，請給我提供一兩個寫作別的人種的樣本來，謝謝。

罵國的藝術

關於「罵國」，我曾在自己的《關鍵字中國》（臺灣秀威2013年出版）中提到過，先「剽竊」過來，放在下面：

罵國

「他媽的」是中國人的國罵。現在簡稱TMD。這種罵法很有中國特點，曲裡拐彎，很不正面。不像英文的fuck you，直截了當，子

---

[99] 詳見Barbara Hanrahan, *Flawless Jade*. UQP: 1989, p. 5.

彈一樣，也很有那個民族的特點。如果換成fuck him或者是fuck her，除非是開玩笑，否則誰也聽不懂，搞不好還會得罪旁邊無辜的人。

閒話休提。一旦把國罵調個面，變成罵國，記憶中這樣的人就不大多了。當年毛澤東在詩裡罵蘇聯，叫他們「不須放屁」。還不是直接說的，而是這麼說的：「不見前年秋月朗，訂了三家條約。還有吃的，土豆燒熟了，再加牛肉。不須放屁，試看天地翻覆。」

這兩天爆料，說陸克文曾在2009年12月哥本哈根的全球氣候變化大會上破口大罵中國，說：「Those Chinese f**kers are trying to rat-f**k us。」看來，罵是罵了，但最後還是沒有正面地罵中國，也沒有正面地罵中國人，因為用的是「those Chinese」（那些中國人）。

鄙人1990年代初寫了一首英文詩，標題是「Fuck you, Australia」，意在為一位被遣返的中國學生申冤，當年兩家澳洲雜誌先後登載，多年後被收入丹麥的中學英文課本，也是始料未及。不過，對這種義憤的罵國，澳洲好像還是相當大度的，大度，澳大利亞的大。順便做一個小小的自我廣告，這首詩收入我的英文詩集：*Moon over Melbourne and Other Poems*。買不買由你，看不看，也由你。

美國有個墨西哥裔的詩人，叫Aberlado (Lano) Delgado，已經去世，但其最著名的一首詩，是「Stupid America」（《傻屄美國》）（英文原文在此：http://fuckyeahpoetry.tumblr.com/search/stupid+america），我的譯文如下：

《傻屄美國》

阿伯拉多・德爾嘎多（著）

傻屄美國，看見那個奇卡諾人沒有
手裡穩穩當當地
拿著一把大刀
他並不想殺你
他只想坐在長椅上
雕刻基督的塑像
但你不許。

傻屄美國，聽見那個奇卡諾人沒有
他在罵大街
他是詩人
沒筆沒紙
也不會寫字
他寫不了
就會爆炸。

傻屄美國，記不記得那個奇卡諾人
他數學和英文都不及格
他是西部的
畢卡索
但他肯定會死
死的時候，一千幅傑作
掛在他的腦壁

　　阿多尼斯也罵國，他是通過罵紐約來罵美國的。例如，他在《紐約墓地》（「A Grave for New York」）這首長詩中，就這樣「污蔑」紐約說：

紐約

一個長著四條腿的文明，每個方向都是謀殺
都是通向謀殺之路，
從遠處
傳來那些即將淹死者的呻吟。

紐約
一個女人－一個女人的塑像，
一隻手舉著破布，被一張張紙
稱作自由，而我們稱那些紙為歷史，
另一隻手正勒死
孩子，他名叫地球。

我很喜歡這樣的「污衊」，因為有分量，說得好。

這首長詩，寫得最好的兩句，個人以為是：

紐約＋紐約＝墳墓或墳墓裡浮現出的任何東西，
紐約－紐約＝太陽。

　　原籍中國的歐陽昱，也罵過國，他罵的是澳大利亞。他那首「Fuck you, Australia」被我譯成中文如下：

《操你，澳大利亞》

出自一個身無分文的賭徒之手

我登上CAAC班機回家—家當然是中國—時
通過屁眼一樣小的舷窗對你說：
操你，澳大利亞！
你以為老子成了百萬富翁，是不是？
在你廉價的陽光下掘金
你以為我想拿你的袋鼠證
靠救濟金過日子，像那些失業的廉價胖仔
你以為我想學你老罵我的英語
動不動就fuck、fuck地罵人，特別是罵老子們
你以為我喜歡你們的女人，因為我們特別
淫蕩。是的，我們到你們這個國家來，首先就是為了玩sex
　　因為你們這個國家本來就
　　遍地黃金，滿處B洞
你以為我跟你沒一點相似
滑稽可笑、難以捉摸、老奸巨猾、吝嗇小氣，一肚子壞主意
你內心深處認定，我們都是壞人
不配與你們分享這一大陸的好處

操你，澳大利亞

我對自己說，好像我自己就是澳大利亞
我說，我要回中國，告訴大家，澳大利亞這個國家大而小氣
　　大而廉價
我說，我要趁戴seat belt（安全帶）、shit belt（屎帶）的
這一秒鐘忘掉你
說著說著我就想起，我還沒操任何人呢
我說，老子有一天要回來，找個澳洲女人，做老子的
　　第十個小老婆

操你，澳大利亞

　　這首詩據我所知，應該寫於1994年前後。那時，六四後的一批在澳前途無望的留學生，正為了自己的身分而鬥爭。澳大利亞政府為了殺雞嚇猴，拿一個名叫邢建東的學生開刀，不顧他兩次自殺未遂，硬逼著把他抬上飛機，遭返回中國。之後該學生得了精神病，長期住院，但當年因為他，不少人都順利地獲得了身分。歐陽昱的這首詩雖然不是直接寫他，但反映了當年留學生在澳走投無路的痛苦心境。
　　歐陽昱的罵國，不僅涉及澳大利亞，還涉及中國。他有一首詩題為《不思鄉》，全文如下：

《不思鄉》

半夜起來，小溲之後
想起來，我在這個國家，生活多年
過的是不叫人的生活（我的中國朋友看到這個，應該感到自慰，甚至慶幸）
又想起，另外那個國家，我在那兒，又算什麼
驀地，我想起，前幾天在馬路上見到的那個女人
三十好幾，也許四十，穿一身黑衣，臉白如紙
我認出了她，她沒認出我，我知道她是個寡婦
她的丈夫，幾年前去世，死於憤怒
其他細節，我一概忘記，一個中國男人，死在澳洲
死于憤怒，這時我老婆醒了，我跟她講起此事

怎麼會氣死？她不解。生活在別人的國家，語言不能交流
有話沒處說，心裡窩火，身上帶病，撐下去沒有前途
回國失去一切，沒人理你，生你養你的國家早已不屬於你
不生你養你的國家更不屬於你，此時如果有月亮，也許
會勾起我鄉愁，可我的窗戶窗簾遮得死死，透出一線微光
不是中國的微光，而是墨爾本的光，我對中國早已失去希望
我的親人都已死去，我想像那個死去的男人，我想像他是個寫詩的人
他用他的母語寫詩，他把他的詩投到中國的雜誌，無人理他
他的憤怒多少指向那個國家，我想像他寫的詩，其中有一首
應該就叫：「我操你，中國！」我想像，他出國時
心中就充滿了憤怒，如今，他死在澳洲，他的老婆
說起此事，流下冰涼的淚水，她不會回國，她憎惡那個國家
她丈夫的骨灰，埋在異鄉的故鄉，如果此時，外面下著雨
我也許會感到好受一些，至少老天代我流了淚
死去的男人不會寫英文詩，如果他知道，我曾經
寫過一首英文詩，叫做：「我操你，澳大利亞」
也許，他會怒氣頓消，他想不出，為什麼要出國
他也想不出，在國內呆一輩子，又有什麼意思，此時，
在他的墳墓中，他很明白，國內那些既得利益者，絲毫
不同情他的遭遇，死得活該，他們說，他們這樣說的時候
咬牙切齒，因為他們自己沒有出成國，曾經想出國，如今
有所謂時裝得無所謂，因為他們的國家貌似強大了，就
開始罵人家孫子，你死了，是氣死的，那句老話怎麼說的？
既有成績（他媽的，電腦總是跟我開這種無聊的玩笑）
積憂成疾，老婆說，我們不會，只要有氣，馬上發出來，
管你中國人外國人，我說是啊，你知道嗎，那天我暈倒，
就是因為生氣過度，而那個令我生氣的人，是一個中國人
有時候，你知道嗎，我恨中國人，超過其他任何民族
這是不是種族主義？
中國人對中國人的仇恨，是不是鑲嵌在基因裡？

（2001年寫，未發表）[100]

---

[100] 選自歐陽昱《來自澳大利亞的報告》，2008年，墨爾本原鄉出版社。

好了，關於罵國的「藝術」，我還沒談到，就想收官了。不想寫了。什麼藝術不藝術的，我只想通過詩說說事。

本來不想說，因為很累，但下午翻譯勞倫斯時，卻意外地翻譯了一首也屬於罵國之列的詩，較長，全部放在下面，以供讀者嘗鮮：

《向晚的國土》

啊，美國
太陽在你那兒落土。
你是我們日子的墳墓嗎？

我要去你那兒，我種族敞開的墓地那兒嗎？

因此
穆罕默德從來不去找任何山
除非山首先接近他，哄勸他的靈魂。

你哄勸了我們幾百萬人的靈魂
美國
你幹嗎不哄勸我的靈魂呢？
但願你也這麼做。

我承認，我怕你。

你誇大愛情的災難
從未墮入情網，只是把自己
墮入更深，深到腐爛的你。

從未從愛情的性高潮中恢復的你
你原始的、孤立的誠實，幾億年前就已失落。
你在宇宙中的單一。

在愛中感情失控，進一步、進一步

失控，你孤立的邊境
但不可能再從交融的墳墓中，在美國
一個新的、驕傲的單一中復活、崛起的你。

你比歐洲還歐洲的理想主義
像頂著光暈、漂白了的骷髏在徘徊
其肋骨在社會的天堂，施予善行。

跟著，你單一地復活
成了機器聳立的完美的人。

即使你漂白的帶翅膀的理想骷髏
也沒有機器美國人
你那種乾淨、平滑的
機器人更可怕。

你不詫異，我為什麼不敢來
不敢回答你鐵質人嘴唇上
　　問出的第一個機器切割的問題嗎？
為什麼不敢把第一批分幣放進你官員的金屬手指
不敢坐在你白皙女人、美國人鋼一樣直伸的手臂
旁邊嗎？

這可能是一株正在枯萎的樹，這個歐洲
但在這兒，即使是一個海關官員，也依然是脆弱的。

我太害怕了，美國
害怕你人與人接觸時的鐵器碰撞聲。
而這之後
你沒有自我的理想愛情的裹屍布。
無限的愛
像毒氣。

難道沒人意識到，愛情應該強烈、個性化
而不是無限？
這種無限的愛就像裡面出了問題的
某種東西散發的臭氣。
所有這些替別人著想的博愛和仁慈
只不過是臭氣。

然而，美國
你的淘氣
你新英格蘭式的神祕
你西部野蠻的仙子素質。

我的靈魂只有一半、只有一半被哄勸。

你身上帶我走遠的某種東西
揚基，揚基
也就是我們稱做人性的東西。
帶著我去我想去的地方……
或者說我不想去的地方？

我們稱之為人性，或不稱之為人性
又有何關係？
玫瑰照樣香氣甜蜜。
讓一個詞來限制，還不如一隻跳
蚤，它第一次起跳，就能越過這樣的障礙。

你恐怖的骷髏，頂著光暈的理想
你亮得奇異的摩托生產的機械主義
兩個幽靈。

但進而言之
一個黑暗、深不可測的意志，並非不具備猶太性質
一種堅定、苦修的耐性，非歐洲性質的

一種終極的不顧一切，非非洲性質的
一種蓄意的慷慨，非東方性質的。

你魔鬼般的新世界奇怪而不習慣的功勳
時不時讓人瞥見。

沒人知道你。
你自己也不知道你自己。
而我，我只有一半愛你。

我愛什麼？
愛我自己的想像嗎？
說，不是這樣的。

說，穿過樹枝
你所有機器中的
美國、美國
說，在你理想顴骨的深眼窩中
黑暗、原住民的眼睛
苦修、能夠等待一個個時代
瞥見。

說，在你所有機器的聲音
白色的、刷白的美國文字中
一個奇怪的心臟的深邃的脈動中
有著新的跳動，像走在真實之前的
　　　虛假黎明之下的騷動。

初發的美國人
惡魔般的，潛伏在多枝節的機器
和松樹般冒煙的煙囪形成的
灌木林中。

黑暗、淘氣
現代、尚未發行股票、神祕可怕的美國
你初發的惡魔人
潛伏在你工業叢林的深處
誘惑著我，直到我欲罷不能
大喜過望。

正如惠特曼所說：美國的「這些州！」
誰知道他說的是啥意思。

（寫於德國巴登－巴登）（原書224頁）

要我說感想，我就說一句，以詩的形式：美國＝向晚的國土。

真好

《真好》這首詩，是2011年夏季，我參加完青海詩歌節後，到西安遊玩時寫的一首詩。後來被伊沙發在「新詩典」上。全詩見《乾貨：詩話》（上冊）。

這天，我收到一封電郵，是詩人葦歡（我在武大曾經教過的研究生）發來的，告知她已把這首詩譯成了英文，我自然很是高興，但也提了一點建議。她的翻譯如下：

So Good

Written by Ouyang Yu
Translated from the Chinese by Wei Huan

At dusk, as I walked through the North Avenue,
I saw a woman breastfeeding a child
with a contented expression.
I felt comfortable as well

with a look at her breast, half revealed,

welling up with milk.

At that moment no one in the bustling crowd

ever noticed her.

I thought of Australia, a country where the law

prohibits women from nursing

with their breasts exposed in public.

Seeing both she and the child so obssessed

with their business,

I couldn't help but give a low cry:

"So good!"

我的回復如下：

看了，謝謝，還不錯。時態方面，還可以更英語一些，如walked...，不妨用過去進行時，如這樣：As I was walking down North Avenue，這樣有些在感，而不是一次性完成的。建議你上網查查past progressive tense的用法。其次，還有語序方面的考量，如一二兩句，是可以反著來的（不知你是否有我的《譯心雕蟲》，這裡面專文談過反譯，以及我在《中國翻譯》上發表的《翻譯即反譯》），如下：

As I was walking down North Avenue

at dusk

I saw...

這首詩我好像自譯過，但一時半會找不到了。

我後來去美國，覺得挺不錯的，在那兒大面積、高深度地接觸詩歌，並認識了不少美國和澳洲詩人。

花了一點時間，終於找到了我自譯的這首：

So Nice

At dusk

When I went down Beidajie Street

I saw a woman

Breast-feeding her baby

Looking quite comfortable

I was comfortable, too

Looking at her half-revealed breast

Filled with bursting milk

At the time, no one in the passing crowds

Paid any attention to her

I recalled how breast-feeding

Was forbidden in public

By law in Australia

Looking at the obsessive state

She and her baby were in

I said under my breath: So nice!

(self-translated, 10.39pm, Mon, 5/9/11, at home in Kingsbury) (revised 9.30am, Wed, 7/9/11)

按我現在給她的建議，我也應該修改，因為當時並沒有如此。

專業

昨晚與詩人聚會、聚談，一個名叫青也的詩人送我回家，路上談起，她寫詩才一年，跟那些專業詩人在一起，總有點感覺自愧不如。

我當時一聽「專業」這個詞，尤其是用到詩歌上的「專業」這個詞，就頗為反感，告訴她，其實詩歌越專業，越糟糕。反而不如初發者寫的東西清而純而真。

後來我想，詩歌之所以跟其他任何藝術都不同，也賣不出錢的地方就在於，它始終是非專業的。不必深造，一旦深造，詩歌就會被造死。

等號

阿多尼斯在長詩《紐約墓地》（我翻譯）中，用了很多數學符號，如：

紐約IBM＋地鐵來自泥，而犯罪從泥旅行到泥和
犯罪。
紐約＝地殼上的一個洞，瘋狂
從裡面，一條條河地湧出。

又如：

紐約＋紐約＝墳墓或墳墓裡浮現出的任何東西，
紐約－紐約＝太陽。

阿多尼斯到此為止。談談我自己。不是因為今天飯局，朗誦了幾首我早年（80年代初）寫的詩，我已經完全忘記了自己也曾以等號入詩，如《煙》這首詩：

《煙》

堅硬的煙又和我親近
我貪婪地吞食尼古丁
啊，我從煙頭上看到不滅的光明
我在煙霧中沉睡不醒

我無意義地Waste生命
我渴望醉人的酒精
啊，我不再種植希望的綠樹
我掘著自我的孤墳

那美麗而動人的幻影
不再激動我心
啊，我在胸腔冷酷的爐膛

鑄造感情的堅冰

煙火燙壞我的十指
我並不對它懷恨
啊，45噸灌下我終生的腸胃[101]
我也不對它動情

煙＝我的生命
我吸燃吸滅又吸燃
啊，煙＝我一生美好的希望
無焰地燃燒在手指

我吸一枝便寫一首詩
我的煙絲就是我的厭詩
我把尼古丁吮進心靈
再湧流出黏稠的黑字

煙曾像熊熊的烈火
燒盡我野性的青春
煙今又像弔孝的紙錢
飄飛在我青春的孤墳

　　這首詩應該寫於1980年代初期，我的大學時代，收入我的《二度漂流》
詩集。當時已有露頭，但後來沒有後續。這是一個遺憾，但人還在，還能
再造。
　　順便說一下，有等號的地方，我已標黑了。

---

[101] 據說，人一生可吃45噸米。

Living

「Living」是英國作家D. H. Lawrence寫的一首英文詩，[102]我的譯文全文如下：

《謀生》

人絕對不要謀生
能掙生活就很可愛了。

鳥啄起種子、啄起小蝸牛
在全無覺察的天地間
以全無覺察的方式。

但這勇敢的小東西，卻給生命帶來了
歌聲、啼囀、鮮麗之羽、蓬鬆陰影的暖意
以及蹦蹦跳跳、振翅振翼，只做小鳥的所有無可言喻的
    魅力
而我們，我們分文不付，就能得到這一切。[103]

譯完後，我覺得，這好像跟我寫的一首英文詩頗似，儘管我的要比他晚很多，大約要晚七八十年可能還不止。不管怎樣，我把我那首詩（是在並不知道他這首詩，也沒有讀過的情況下寫的）也放在下面吧，以供讀者進行對比：

The Measurement

The measurement of one's life
Is not failure
It is not how his name is advertised

---

[102] 參見 *The Complete Poems of D. H. Lawrence*. Wordsworth Poetry Library: 2002 [1994], p. 360.
[103] 2016年4月30日星期六譯於上海松江。

To monopolize the night

If one struggles and gets nowhere
Think of the sky that remains hollow and empty
Perhaps because it still hasn't begun charging a fee
To the passing planes

One fails, as one should
The way a cigarette does
Enjoying itself to the buttmost
And doing the right thing by binned[104]

（2013年4月16日英文寫於上海松江）

其中兩句，即「Perhaps because it still hasn't begun charging a fee／To the passing planes」，我不妨自譯成中文：

也許這是因為，天空還未開始，對過往
飛機收費

懶得多說了，就這樣吧。

「男人不壞」英國版

中國民間有句新俗話：男人不壞，女人不愛。這句話的確很俗，也很討厭，但從某種意義上講，道出了男女之間那種很扭曲、很奇怪、很特出的反正常（既反常、又正常）的關係。

最近譯D. H.勞倫斯，發現他有一首詩，也是這個意思，但不說壞，而說好，說的是有了好男人，女人會怎樣的那種關係，我譯的全文如下：

---

[104] 原發 *Transnational Literature*, Vol., 6, Issue 1., 2013, at: http://fhrc.flinders.edu.au/transnational/current.html

《丈夫好，老婆不開心》[105]

丈夫好，老婆不開心
丈夫壞，經常也是如此
但丈夫好，老婆就會不開心到
　　崩潰的地步
遠勝於壞丈夫。

　　類似的事，我也常聽說。例如某女有個非常好的丈夫，在家洗衣做飯帶孩子，在外開車買菜跑私事，任勞任怨，甘之如飴，那女的卻很不滿意，老想跟他離婚。這是怎麼了？我也不知道，有人用一個字來描述那女人：賤。
　　我不置可否。反正我不知道。

試人詩

　　勞倫斯有一首詩，[106]我譯如下：

《我只要》

我對女人好心好意時
只要女人對我柔點
有軟軟的顫悸就行，像我倆之間聽不見的鈴聲。

我只要這點就行。
我真厭惡暴烈的女人，非要我愛她不可
說話也很難聽，其實哪有愛情。

　　這首詩譯完後，當即放在了微信上，也幾乎當即來了回復。一男詩人說：「好。」另一男詩人說：「古銅和我的心聲被歐陽勞倫斯點中」。不久

---

[105] 原詩出自 *The Complete Poems of D. H. Lawrence*. Wordsworth Poetry Library, 2002, p. 372.
[106] 同上, p. 393.

之後，一女詩人說：「愛情喜歡和女人玩，男人不懂裝懂。」這都是發生在2016年5月3號這天的事。

我記下這些，其實不是為了記下而記下，而是為了講講「試人詩」。它是我根據「試金石」生造的一個詞。正如用某種石頭一劃，就能分辨金子一樣，有些詩也能根據對該詩的反應，來瞭解其人的性格。

比如這兩位男性詩人，我估計家庭生活中，就曾遇到過河東獅吼之類的女性，正如勞倫斯描述的那樣：「我真厭惡暴烈的女人，／非要我愛她不可／說話也很難聽，／其實哪有愛情。」

至於是否真正如此，只有他們自己心裡清楚。不必對號入座。

女贊男（2）

前面提到澳大利亞女詩人Catherine Bateson那首《讚美男人》的詩後不久，我翻譯了勞倫斯的一首詩，也是女贊男的，但那是通過男人的筆來敘述的，上面已經提到了。

只是，勞倫斯筆下的這個「我」，是不吃女人這一套的。他不是那只一聽狐狸美言，就張開笑嘴，把肉掉下來的烏鴉。

蚊蟲

英國詩人都喜歡以蚊蟲入詩。John Donne（1572-1631）就有這樣一首，我譯如下：〔正要引用，忽然發現，我記錯了。他那首不是「蚊蟲」，而是「蝨子」，之前已經講過了。不知我這是不是老年癡呆的先兆？我想我這麼說，很多人是會很高興的。畢竟我已經開始不如人家了。這對不少人來說，應該是一件好事。〕

我修改一下：英國人不僅喜歡寫蝨子，也愛寫蚊蟲，比如勞倫斯就以蚊蟲寫過一首，放在下面過過癮：

《蚊蟲》[107]

你何時開始搞鬼的
先生？

你站在那麼高的腿子上幹嗎？
你趾高氣揚
撕成一片片的小腿那麼長幹嗎？

你是想把重心提高
落在我身上時，體重比空氣還輕
失重地站在我身上，你這幽靈？

我聽見一個女人在慢騰騰的威尼斯
叫你帶翅的勝利之神。
你把頭轉向尾巴，你微笑。

那麼單薄纖弱的肉體
像一個透明的幽靈
你是怎麼使它充滿那麼多的惡行？

奇了怪了，你以薄翅，你以流動的腿子
怎麼卻能像蒼鷺一樣遊翔，又像一股遲鈍的氣流
你真虛無。

然而，你周圍環繞著怎樣的光環喲
你那道邪惡的光環，在暗中逡巡，令我大腦麻木。

這就是你搞的鬼，玩你那點骯髒的小魔術：
讓人肉眼難以觸及，擁有麻醉的魔力
麻痹我的注意力，不知你來自何方。

---

[107] 引自 *The Complete Poems of D. H. Lawrence*. Wordsworth Poetry Library, 2002, p. 266.

但我現在知道你玩的把戲了，你這變化多端的巫師。
奇了怪了，你竟然能夠在空中潛行、逡巡
轉著圈子，躲躲閃閃，把我籠罩
你這個展著飛翅的食屍鬼
帶翅的勝利之神。

停下來吧，用你又瘦又長的腿子站立
斜眼瞧我，狡猾地意識到，我還清醒
你這塵埃。

我討厭你斜著飛入空中的樣子
你已經讀懂我恨你的思緒。

那就來吧，讓我們玩玩如何沒有意識
看看誰能贏得這場虛張聲勢的狡猾遊戲。
人，還是蚊子。

你不知我還存在，我也不知你還存在。
那好了！

這是你的王牌
這是你可恨的小小王牌
你這尖刺的邪神
讓我的血液突然而至，對你仇恨地湧起：
在我耳中吹響的，是你小而高亮的仇恨號角。

你幹嗎這麼做？
這項政策肯定糟糕透頂。

人家說，你是沒法而已。

如果是那樣，那我就有點相信天意，它一定要保護無辜。
但這聽起來太讓人吃驚，像是一個口號

一聲凱旋的嚎叫，你趁機搶了我的天靈蓋。

血、紅血
超魔力的
禁酒。

我看見你
在湮滅中痙攣了一刻
達到淫蕩的高潮
吸的是活血
我的血。

這麼沉默，這麼心醉神迷，而且帶著懸念
這麼暴飲暴吸
這麼猥褻地非法侵入。

你跟跟蹌蹌
盡可能地如此。
只有你可惡的毛髮叢生的纖弱
你自己無可估量的失重
才能救你，讓你乘著我抓空的怒氣
而漂走。

唱著嘲笑的讚美歌而漂走
你這振翅的血滴。

你這展翅的勝利之神
我能否追上你？
你是否只一個，我就嫌太多？
我能否蚊蟲到足夠的地步，而足夠蚊蟲你？

奇了怪了，我被吸血了，好大一塊血跡
就在你極為細小的瘢痕邊！

奇了怪了，你消失進去的那個漬痕有多麼暗淡、多麼黑暗！

（寫於錫拉庫紮）

詩，並不非要成為美的載體，它可以是一切的載體，包括蚊蟲和蝨子。除非你是個連蚊蟲都不叮咬的石頭美人。

咒美國

阿多尼斯的長詩《紐約墓地》，從頭到尾都充滿了對紐約，這個美國象徵物的詛咒，它開篇即是：

《紐約墓地》

阿多尼斯（著）
歐陽昱 （譯）

1

到此為止，
地球畫成了一隻梨─
我的意思是說一隻乳─
但是，乳和墓碑之間什麼也沒有
除了一個工程技術的詭計：

紐約

一個長著四條腿的文明，每個方向都是謀殺
都是通向謀殺之路，
從遠處
傳來那些即將淹死者的呻吟。

紐約
一個女人—一個女人的塑像，
一隻手舉著破布，被一張張紙
稱作自由，而我們稱那些紙為歷史，
另一隻手正勒死
孩子，他名叫地球。

紐約
呈瀝青色的一具肉體。腰間系著
一根潮濕的皮帶，面孔是一扇關閉的窗戶……我說：瓦爾特
惠特曼會把窗打開—我說出了原初的口令—
但沒人聽，除了不在原地的一個神祇。那些
囚犯、奴隸、窮人、盜賊和那些
病人，從他喉中流出，沒有開口，沒有路。而我說：
布魯克林橋！但這是把惠特曼連上
華爾街的橋，把草葉連上鈔票的橋……

紐約—哈萊姆
身穿絲綢斷頭臺走近的這人是誰？
埋在哈德森河一樣長的墳墓離開的這人是誰？
爆炸吧，淚水的禮儀！交織吧，疲倦的事物！藍色、黃色，
玫瑰、茉莉花；
光線在磨快它的針，而在針縈中
太陽誕生了。傷口啊，藏在大腿和大腿
之間，你射出烈焰了嗎？死亡的鳥探看
你了嗎？你聽見了最後的陣痛了嗎？一根繩子，以及
脖子纏住了鬱悶，
而在血中，是時辰的憂鬱。

紐約—麥迪森公園大道—哈萊姆
懶惰像工作，工作像懶惰。複數的心塞
滿了海綿，手吹著蘆葦。
從一堆堆塵土、從帝國大廈的面具上，

升起了歷史，一面面旗幟晃蕩著臭氣：
視覺不盲，盲的是頭，
文字不禿，禿的是舌。

紐約－華爾街－第25街－第五大街
美杜莎的幽靈在肩與肩之間升起。
所有種族奴隸的一個市場。人們活得
像玻璃園中的植物。可憐的、不可見的動物
塵土般穿透空間的質地－螺旋的犧牲品。

太陽是葬禮的守靈
日光是一面黑鼓。

　　這樣一種詛咒，我在勞倫斯的筆下也曾看到，如下面《向晚的國土》這
首（前面已經提到，此處不另。）
　　把這兩首詩稍微對比一下，不難看出對美國的鄙視。正好最近我從美國
回來，也寫了一首關於那兒的：

《美國》

該談談美國了
這個我並不
夢寐以求的國家

有的說它美
它本來姓美
它利、它堅

有的說它，技術發達
坐在家發一顆子彈
可以打死天下

還有的說它如何如何

什麼什麼
這樣這樣，那樣那樣

歐陽說，行了
該醒了
美國真的沒什麼：

站在街頭抽煙
有黑人過來請賞
打一圈也不嫌多

走上街蹓躂
有黑人高聲要錢
不給也不打你

朋友說：美國是很自由
但大選參選的民眾
最多不過60%

朋友說：美國是很自由
議會裡也有人抗議
當時我們正穿堂而過

在美國我比較緊張
到處都要小費
每天早上飯店起床

我都要把小費
供神般放在
最顯眼的地方

在美國我比較緊張
夜裡不敢出街

同行的華人朋友告訴我

上街千萬帶散錢
怕有人（黑人）找你要
給就留命，不給就玩完

一天早上我在街頭又看見
一幕熟悉的景象：
有人裹在睡袋裡，露宿在門階前

我想起2002年
第一次去三藩市
有人在公車裡已經神經錯亂

在美國更令我緊張
的是，幾乎人人帶槍
朋友援引一位pro-gun lobby的議員話說：

禁槍的良方
就是不禁槍：
人人都帶槍

啊，我明白了
大家這麼客客氣氣
原來是一有事就會動武

這念頭讓我不寒而慄
立刻變得比中國
和澳大利亞還規矩

美國的媒體有一說一
那比中國的透明得多
主要是壞人壞事

每天層出不窮
光fictitious business names
一登就是一大版

至於大學的性騷擾事件
至於自殺率的逐年遞升
至於大規模的便秘廣告

這都是家常便飯
不，家常便麵包
因為難吃的是華餐

美國不是沒美的可說
美國人的鞋子就很新
機場到處都是免費的iPad

只不過機場的Wi-Fi
（我是說明尼阿波利斯）
總是擠得進不去

必須提一下，2002年的那個
看水果攤子的華人
他以為我是大陸人，就指著我說：

你們這些大陸人啊
削尖腦袋也想鑽進美國
看看我這樣子：一輩子不會有出息

出息若譯成英文
意思就是future
他當然不知，我是來自澳大利亞滴

我也懶得告訴他

只不過這次，有一件事要點贊
那就是從三藩市出境

我沒有過海關
機器掃掃護照
再把簽證頁掃掃

我就出關登機了
唯一的遺憾是
我忘了去網上買一把

比買煙還容易的手槍
帶回中國送給朋友，說：
喏，送你一個美國！

口語詩

　　早上一邊拉屎，一邊看微信裡面的東西。猛然看到朋友轉發的一篇文字，叫《伊沙：口語詩論語》。一上來就說：「在外國文學史上，似乎從未有過以『口語』來命名詩歌的先例……」

　　我便給該朋友發了一個微信，說：「你轉發伊沙的那篇東西，第一句就不對」。接著又說：「說明對國際詩歌發展走向無知而已」。再又接著說：「中國盡出這種坐中國觀天的人」。

　　朋友中間發的幾句就不引用了，只引用他最後一句。他說：「他用了個『似乎』，說明他不絕對肯定」。

　　我不想做任何解說和說明，而是在談到「口語」時，想到相關聯的詞彙和人名，如spoken word，David Antin，whisper poetry，slam poetry，等。在這個時代，喜歡解釋的人都是傻逼，因為他或她假定，別人都不懂，需要她或他來解釋。其實，給幾個關鍵字足矣。有興趣的直接上網關鍵字一下就知道是啥意思了。

If I had a gun

今年教的一個翻譯班，與往年不同，專業是商業或其他與英文專業無關的專業，但我發現，他們不僅英文基礎扎實，而且翻譯也不錯，非常認真，學什麼，像什麼。為了擴大他們的知識趣味，我除了讓他們翻譯跟商業有關的文件外，還翻譯詩歌。第二次的翻譯課上，我讓他們翻譯了澳大利亞女詩人Gig Ryan的一首詩：「If I had a gun」（《假如我有一杆槍》）。

這首詩的原文，可在此找到：https://www.poetrylibrary.edu.au/poets/ryan-gig/if-i-had-a-gun-0531028 我就不全文照抄了，只是把我1988年譯的前幾行放在下面：

《假如我有一杆槍》

我要殺死今早駕駛悶熱的小車慢慢停下的
男人
我要殺死從陽臺吹口哨的男人
我要殺死公園裡毛骨悚然的胸脯上晃蕩東西的男人
當我正在思索宇宙間的萬事萬物
我要殺死那個不敢正眼看我
跟我談話時眼盯著我的皮靴
在冷飲店裡扒我腰包臉上掛著紫紅色的潮濕的微笑
對我的服飾評頭品足的男人。我不是他娘的一張油畫
非得人家告訴我長相如何如何。
……

同學兩人為一組，立刻進入翻譯狀態。中間我一張張桌子走過去，看他們的譯文如何，同時不時提提建議，如：「If I had…」，譯成「如果」，還是「假如」？等。我甚至還說了一句：「I」也可以譯為「老子」。

等我再下去巡視時，我有了新的發現。有兩個男同學把凡是有「I」的地方，都譯成了「老娘」。雖然他們譯得很慢，我還是讓他們先讀為快，把已譯的段落朗誦給大家聽，聽得大家都很開心。

再接下去，我又有了更新的發現。兩個男生把「If I had a gun」譯成了《要是姑奶奶有杆槍》。我也讓他們站起來念給全班同學聽了。

我最後讓朗誦的一個學生，是獨立在翻譯的，他的譯文，與眾不同，我只記得其格式，基本上是這樣：

今早駕駛悶熱的小車慢慢停下的男人
老娘射他
從陽臺吹口哨的男人，老娘射他
……

這個學生一路讀下去，其他學生一路笑起來。

順便說一下，當年我的譯文，是有錯誤的，例如這句「眼盯著我的皮靴」，原文錯譯成「皮靴」的二字，英文實際上是「boobs」（乳房），但當年的英漢字典沒收這個淫詞，我只好假定它是「boots」（皮靴），現在意識到錯了，也無法改正發表的文本，就讓它去吧。

Stupid America

這首詩，即「Stupid America」，是墨西哥裔美國詩人Abelardo Delgado的傳世之作。該詩英文全詩在此：http://fuckyeahpoetry.tumblr.com/post/96107662310/stupid-america

這首詩也是這天晚上我讓學生翻譯的一首。不少學生一上來，就把標題譯成了《愚蠢的美國人》，這當然是一個很stupid的錯誤，但全詩譯完，也沒人把它譯成我譯的標題：《傻屄美國》。

不過，上課之前，我還是把自己審查了，刪去了「屄」，換上了「B」，成了這樣：《傻B美國》，裡面每段的一個「傻屄美國」，共三段，都被我自審成「傻B」了。

刪刪來詩（1）

新詩集《永居異鄉》拿到手後過了若干日子，才突然想，好像裡面沒有我的一首詩，好像是那首什麼什麼。什麼呢？好像是那首關於黑人的、黑女人的。我拿起詩集一看，果然沒有。再找原來的稿子才發現，果然如此，是

那首題為《黑美人》的一首。

　　關於為何刪除，出版社沒有事先知照，我也因此不得而知，只能做一件最簡單的工作，那就是補缺，把全詩放在下面，與讀者分享：

《黑美人》

又是枯燥的一天
寫作、翻譯、沒有射精的做愛

半下午時分，有人敲門
門開處，來人讓我吃驚

一個女人，一個黑色的女人
我們開始用英文交談

原來她要向我推銷商品
有電筒，還有什麼別的

我都不感興趣，我站在離她很近的地方
如果完美無缺的白就是雪白

完美無缺的黑就是漆黑
這是一種驚心動魄的美

她不太熟練的英文告訴我來自的國家
遠在西非，我已經硬了

事情的結局是，我用兩澳元硬幣
買了一張寶馬車抽獎券

此詩寫完之時，已過午夜
我再度豎起，想起美麗的黑夜

終於第一次明白，我的一個白人朋友
為何娶了一個黑人妻子

如果再給我一次機會——
我喃喃低語

（2002年1月8日寫于墨爾本的金斯勃雷）

順便說一下，有天跟松江的詩友一起吃飯，我就獨挑這首讀了一遍，讀完後，一個朋友說：「沒有射精的做愛」。他記住了。一個女詩人說：「噁心！」另一個女詩人說：「只要你說『噁心』，那就說明你喜歡。」

刪刪來詩（2）

這之後不久，我在微信上發現，有人把我一首詩放了上去。我小吃一驚。這首詩我並未公示，從未投稿，怎麼就會通過這位前女生之手，放到大庭廣眾的睽睽之下了呢？先把詩放在下面再說：

《姓》

有姓白橡樹的Whiteoak
有姓啤酒的Beer
有姓灰的Ash
有姓壞雞巴的Badcock
有姓打仗的Battle
有姓鳥的Bird
有姓骨頭的Bone
有姓溪水的Brook
有姓灌叢的Bush
有姓屠夫的Butcher
有姓機會的Chance
有姓追逐的Chase

有姓雞巴的Cock

有姓死人的Deadman

有姓屄的Dick

有姓恐怖的Fear

有姓森林的Forest

有姓霜的Frost

有姓倫敦的London

有姓低的Low

有姓閱讀的Read

有姓沙子的Sands

有姓郵票的Stamp

有姓悉尼的Sydney

有姓狼的Wolf

有姓胡椒的Pepper

有姓鹽的Salt

有姓糖的Sugar

有姓麻雀的Sparrow

有姓夠好的Goodenough

（2013年1月31號寫于墨爾本的金斯勃雷）

我問她詩從何來？她回說是他們放在網站上的。這麼回答還是不清楚。今晚，一位詩友來賓館房間取書，也說起這件事，原來是放在了磨鐵圖書的網站上，大意是原書只能收70首，其他的就沒有收進去。這聽起來比刪除好，但既然沒有收進去，那也就別怪我放進來了。於是就放進來了。

刪刪來詩（3）

忽然又想起，好像還有一首詩，也被拿掉了，這首詩是寫我自己的，像一個小傳。我因為最近忙，又覺得一首首對照，看哪些收進，哪些被拿掉，既無此時間，也無此心情，就懶得去理這個茬。

今天朋友來時，我趁機找到原文，用「傳」字做了一個關鍵字搜索，一

下子就找到了，全詩如下：

《小傳》

第一次（在中國）出生是1955年
第一次（在中國）手淫（可能）是1966年
第一次（在中國）做愛（應該）是1977年
第一次（在中國）發表中文原創詩是1983年
第一次（在中國）發表中譯散文是1987年
第一次（在中國）發表中文譯詩是1988年
第一次（在中國）正式出版中文譯著是1991年
第一次（在澳洲）出生是1991年
第一次（在澳洲）發表英文原創詩是1992年
第一次（在澳洲）主編《原鄉》文學雜誌是1994年
第一次（在臺灣）正式出版中文譯著是1996年
第一次（在中國）正式出版中文詩集是1999年
第一次（在中國）自費出版中文小說是1999年
第一次（在中國）正式出版中文論著是2000年
第一次（在澳洲）自費出版英譯漢詩集是2002年
第一次（在美國）正式出版英文論著是2008年
第一次（在澳洲）正式出版英文長篇小說是2002年
第一次（在英國）正式再版英文詩集是2005年
第一次（在澳洲）自費出版英文論文集是2007年
第一次（在澳洲）正式出版英漢雙語詩集是2012年
第一次（在澳門）正式出版英譯漢詩集是2012年
第一次（在澳洲）正式出版英譯漢詩集是2013年
第一次（在臺灣）出版非小說是2013年
第一次（在中國）正式出版中文小說是2014年

第一次（　）死是（　）年

（2014年10月5號寫於上海松江）

我給他念了前面幾小段，念得他一笑一笑的。因為他還有事，我就讓他先走了，心裡想：這首詩拿掉也不錯，省得囉哩囉嗦，讓人有話說。

自來水

最近微信上詩歌越來越多，簡直像洪水猛獸。有些人一有詩就往上放，就往朋友圈送。我始終隱忍著，始終不放，始終不說，始終不贊。

我暗暗地害怕這種現象。暗地裡害怕著這種現象。

後來我明白了我害怕的原因。我實在不想讓詩歌變成自來水龍頭，一擰就出水，一擰就出詩。

我沒有多少年好活了。直到死，我都要拒絕詩歌自來水。這跟把詩歌變成詩歌動物園，把詩歌變成詩歌飲料，都是一樣可怕的。必須拒絕到死。

我想

多年前，應該是1995年後，我買了一台袖珍的Panasonic答錄機，開始通過錄音寫作詩歌。其中的一個結果，就是《我想》這首詩，因為已收入《乾貨：詩話》（上冊），此處就不放了。

創作這首詩時，我正開車，走在Burke Road上，過了那個Roundabout，一邊扶著方向盤，一邊拿著答錄機錄音，說了這首詩，回來後就整理成文。

2016年6月，磨鐵出版了一套桂冠詩叢，其中有我一本，即《永居異鄉》，也收錄了這一首（pp. 21-25）。

我說這些，其實跟那些無關，而跟今天有關。這次回到澳洲，我開始介紹《原鄉》雜誌，這個1996年2月開始，已經有20多年歷史的雜誌，每天介紹一期，今天（2016年7月9日）介紹第四期時，我發現上面有《我想》這首。巧的是，我在拍照發微信時，已經剛剛寫了一首同題詩，也叫《我想》。為了自己，為了自己的小歷史、小我歷史（這個「小我」，在中國是被權力機關深惡痛絕的，他們恨不得把十幾億「小我」都碾成肉醬，這樣好任他們宰割），我把今天這首也放在下面，以饗可能並不存在的讀者：

《我想》

我想去開Uber
我不想當什麼教授

我想搬到鄉下住
我不想跟城市合汙

我想每天只寫詩
我不想寫什麼騙錢的小說

我想終老澳洲
我不想在中國做大

我想、我想、我只想
瀑布一下此刻的初陽[108]

隔壁的性

　　我不知道別人有沒有這種體驗，但我有。別人不想講，那是別人的事，但我想講，不跟不想聽的人講，只跟自己講。那就是，從前住店，偶爾會聽到隔壁做愛的聲音，什麼男歡女愛，簡直是苦大仇深，女的在痛哭，男的在狼嚎，其實是已經快做到高潮了，再做一會射了後，再好的愛都是垃圾。

　　我在自己的第一部長篇小說The Eastern Slope Chronicle（《東坡紀事》）裡，寫了這樣的情節，好在這本書已經絕版，讀者已經很幸運地看不到，也不用掏腰包費錢了。

　　郁達夫也寫到了這樣的情節，如下：

　　我從人家睡盡的街上，走回城站附近的旅館裡來的時候，已經是深夜

---

[108] 2016年7月9日10.16am于金斯勃雷家中。摘自《無事記》第8卷。

了。解衣上床，躺了一會，終覺得睡不著。我就點上一枝紙煙，一邊吸著，一邊在看帳頂。在沉悶的旅舍夜半的空氣裡，我忽而聽見了一陣清脆的女人聲音，和門外的茶房，在那裡說話。

「來哉來哉！噢喲，等得諾（你）半業（日）嗒哉！」
這是輕佻的茶房的聲音。
「是哪一位叫的？」
啊啊！這一定是土娼了！
「仰（念）三號裡！」
「你同我去呵！」
「噢喲，根（今）朝諾（你）個（的）面孔真白嗒！」
茶房領了她從我門口走過，開入了間壁念三號的房裡。
「好哉，好哉！活菩薩來哉！」
茶房領到之後，就關上門走下樓去了。
「請坐。」
「不要客氣！先生府上是哪裡？」
「阿拉（我）寧波。」
「是到杭州來耍子的麼？」
「來宵（燒）香個。」
「一個人麼？」
「阿拉邑個寧（人），京（今）教（朝）體（天）氣軋業（熱），查拉（為什麼）勿赤膊？」
「啥話語！」
「諾（你）勿脫，阿拉要不（替）諾脫哉。」
「不要動手，不要動手！」
「回（還）樸（怕）倒楣索啦？」
「不要動手，不要動手，我自家來解罷。」
「阿拉要摸一摸！」
吃吃的竊笑聲，床壁的震動聲。

啊啊！本來是神經衰弱的我，即在極安靜的地方，尚且有時睡不著覺，哪裡還經得起這樣淫蕩的吵鬧呢！北京的浙江大老諸君呀，聽說杭州有人倡設公娼的時候，你們曾經竭力的反對，你們難道還不曉得

你們的子女姊妹在幹這種營業,而在擾亂及貧苦的旅人麼?盤踞在當道,只知敲剝百姓的浙江的長官呀!你們若只知聚斂,不知濟貧,怕你們的妻妾,也要為快樂的原因,學她們的妙技了。唉唉!「邑有流亡愧俸錢」,你們曾聽人說過這句詩否![109]

看到這裡,我做了一個Cf.的記號,注明「美國詩人那首」。我說的「美國詩人」,名字我已忘掉,但詩還記得,寫的也是這個題材,被我翻譯後,發表在《西方性愛詩選》上。隔了幾天之後,我才找到時間,把書找出來,把那首詩也找出來,抄錄在下,供有性情的讀者觀之、對照之。道德感很強,也從不做愛的人,可以免看。

《遙遠的性高潮》

詹姆斯・泰特

(詹姆斯・泰特,James Tate,美國詩人,1943年生於堪薩斯市,二十三歲時,他的《失蹤的飛行員》獲耶魯大學青年詩人叢書獎,使他蜚聲詩壇。羅伯特・洛威爾曾讚揚他的詩風格自然,能把不同的激情融匯在一起)。

我在看書:
「『哈!答應給我生一百個孩子。』於是,她等著上帝教他怎麼做,濕婆[110](不可能是濕婆)在她的信念感召鼓舞下,恢復了丈夫的生命。」
我正看著
忽聽得一聲大叫:噢~~~~~~唷!
啊,上帝,心臟出了毛病
我就知道是這麼回事
你看書的時候
這事就可能發生在隔壁

[109] 全文直接取自《郁達夫卷》。陝西人民出版社,1992,pp. 39-40。
[110] 婆羅門教和印度教的主神之一,即破壞神,惡神──譯注。

（不信請看《美術陳列館》）[111]

「根據那派人的說法，我這兒給你講的是一個故事。可是，印度人不知道如何繪畫，更不知道如何刻石記錄自然表達的內容。這就是為什麼我傾向於認為，女人應該在態度上表現得更為可敬一些的道理。」

除了從床上一躍而起

這還能怎麼辦

電話……

不行，撥號所花的時間

也許是她的最後關頭

生命之吻

感覺怎麼樣?

有一回，我不得不在一個男孩子

身上試一試他

並沒要死他不過

是一個幼年童子軍

可是他可能死掉

如果我願意

我也可能

救活他如果

我不膽小

我

感覺真棒！

四仰八叉

躺在澡堂裡她

正從淋浴下走出她

沒有歷史

她的心擺脫了

歷史

我真想和她待在一塊

將生命之吻

打擊入她

---

[111] 英國詩人Ｗ·Ｈ·奧登的一首名詩──譯注。

拿一面鏡子

擱在她唇兒上方

噢～～～～～～～～～唷！

她又叫了一聲

我慢慢合上

書本

「印度人做事不慌不忙，說話不喜歡掐頭去尾。他不願顯得與眾不同。他跟那兒的氣候正好相反。他從不讓你吃驚。在《羅摩衍那》的125,000行詩中，在《摩呵婆羅多》的250,000行詩中，從沒見一絲耀眼的閃光。」

我只見過她一次

她並不

吸引人

誰也不會說她

長得美

我聽見她夜裡彈奏

海頓

孤獨一人時她便彈鋼琴

夜裡她大都是孤獨一人

一個有活幹的女人

早上七點起床

我聽見鬧鐘聲

我聽見她哼著歌兒

咖啡過濾的聲音

澡盆放水的聲音

收音機

輕聲地播放著她熟睡時

發生的

消息

現在她要出門了

有人召她

我祖母過去常這麼說

她正涉水過河

巫師們會這樣說
噢～～～～～～～～～～～～～～～～～～～～唷！
她第三次又叫了一聲
一定病得不輕
幹嗎不發發慈悲
快點了事
我已聽見了這叫喚
我已作出了「反應」
彷彿那聲叫喚
卡在我的喉管裡
噢～～～～～～～～～～～～～～～～～～唷
她說噢～～～～～～～～是的
我來到門道
一隻腳提起
卻放不下來
直到又一聲叫喚過去
接著又是一聲
那只腳開始
意識到某種東西
它順著
腳踝
爬進小腿
穿過膝蓋爬上大腿
大腿說
我的這位鄰居
並非生命垂危
不她並非要死
腳自個兒放回到
地面
一隻腳跟著另一隻腳
回到臥室
雙手拾起
那本書

目光現在變得羞澀起來
感到傻乎乎的
可必須把書
看完
有人也許認為
她長得美[112]

到此為止，不再多說。要看看，不看拉倒。

俑

　　有一天，一個90後的女生（93年，我想她是吧），來找我談詩問詩。談著，談著，她突然說：老師，你有一首詩我很喜歡。我說：哪首？於是，她便把那首拿給我看了。

　　後來我想，這好像不是發生在我們的交談中，而是通過微信。也的確，我那首詩被她微信給我了，如下：

　　《作俑》

　　如果把我們這個時代的男男女女拿來作俑
　　那就不是跪射俑
　　而是跪吸俑
　　不是騎兵俑
　　而是騎人俑
　　不是立射俑
　　而是背射俑
　　不是陶俑
　　而是紙俑或者是網俑
　　不是袖手俑

---

[112] 此詩全文引自歐陽昱（翻譯），《西方性愛詩選》，《原鄉》雜誌2005年第10期，pp. 286-299。

而是二十指交叉俑
不是陪葬俑
而是陪睡俑
不是鎧甲俑
而是打炮俑
不是跽坐俑
而是開腿俑
不是帝王俑
而是小姐俑
作俑、作俑
吾始作俑

這首我2011年7、8月份，當場寫于西安兵馬俑的詩，寫出後沒有投稿，因此沒有發表，放在自己博客上（http:blog.sina.com.cnsblog_737c269601016ln5.html），也暫時被我忘記了。讓我吃驚的是，它的鉤沉者不是名師名編，而是一個沒有作品發表的90後女研究生，就憑這一點，我就認為此人不簡單。

我記得，曾把一位很把自己當回事的女詩人送給我的詩集拿給她看，她沒兩天就把書送回來了，問她為什麼，她說看不下去，只看了四頁。我想也是，這樣一種貌似高大上，字字句句都是假大空，但好像真善美的東西，是騙不了任何人的。

年輕人可怕之處在於，你把你自己的東西吹得再好，對他們來說也毫無用處，全部略過不看就完了。再有名也沒用。

比如我這個相對於莎士比亞年輕他400多年的人，他有很多東西我就是不看的，要我看我也不看，寧可愚昧，也不想知道。

詩歌是一種點穴

6月份去了兩個地方，月初去了江西撫州，中旬去了北京，然後肩膀就完蛋了，我是說右肩，舉不起來，反不過去，一動就疼，全然不知道是什麼原因，最後只好歸咎於小時候聽來的「點穴」，心想：也許是路途中被一個不相識的人給點了穴。先看下面這首詩吧（我總覺得，用「下面」二字有點

冤枉，因為這首詩並不是在下面寫的，準確地說，從時間角度講，應該是在上面寫的，好了，哲學深究到此結束）：

《穴》

北京回來後
我的右肩
出現隱疼
手臂有點
抬不起來
前思後想
我並未
提過重物
也並未
舉過重物
更並未
進行過愛情的俯臥
撐
連練都沒練過
幾天過去了
快十天過去了
情況並未好轉
卻似有加深
不像上次
閃電般的頭疼
在頭頂右角扯河數周之後
終於消失
我不敢把右臂反轉
怕它斷
也不敢去看醫生
怕知悉更壞的消息，如：
此臂必須切除
我想起，久遠的一個故事

說某人在外面賭狠
另一人輕輕在他肩膀上拍了拍
說：年輕人
別那麼感情用事
（請注意，我只用了一個成語
因為是轉述舊事）
被拍的年輕人初無事
轉而有事，漸漸陷入沉屙
原來是被那人
點了他一穴
從北京回來，到今天
整整八天，我沒跟任何人
有過身體接觸
哦，想起來了，在京時
我只跟出版社老總
臨別時抱過一次
莫非這就是，詩與詩接觸的
後果？
莫非，我在一抱中
被點穴？[113]

　　有意思的是，一回到墨爾本，我這肩頭就不痛了，儘管搬運的兩個大箱子，遠比去撫州和北京的沉重得多。這個，我就無法解釋了。
　　最近擬翻譯一個女詩人的詩，天天都在她發來的大量詩歌中挑挑選選，以備翻譯。遴選工作進入尾聲時，我的眼睛一亮，因為看到了一個不同一般的詩歌標題：《鞋山》。再往下看時，就有點失望，雖未選出，卻像被點穴一樣，不是萎縮下去，而是昂奮起來，居然一口氣寫了兩首以《鞋山》為題的詩。第一首寫完後，問她是否想看？她說想，我就發了過去：

---

[113] 2016年6月27日星期一1.36pm寫於room xxx, hubinlou, suibe。

《鞋山》

我在一個詩人的筆下
看到了「鞋山」的字樣
這首詩我雖未選
但我想，把這個標題
拿來寫詩
我去過江西
那個江的西，那個西的江
那兒的女人
特別喜歡，把自己穿得高高的
高亮、高亮
我的鞋山，我想
出處就在她們腳上[114]

　　這詩發過去後，她微信留言說：「讀了，呵呵果然角度完全不一樣。重新定義了鞋山。」（源自WSZ，2016年7月8日星期五墨爾本時間10.17分）。跟著她又說，她「也想一個。」
　　我回復了三個字：「講故事」，意思是說，要寫就要寫得有點故事性。如我自己所說，所謂口語詩，有三大特點：1. 語言單刀直入。2. 要講故事。3. 要幽默。
　　快近午夜時分，我意猶未盡，又寫了一首，完後又問，是否想看。她說想，我就又發過去了：

《鞋山》（2）

那年游方山
同行的匡吉
和他的女人
形成了另一道
比風景更風景

---

[114] 2016年7月8日3.07pm于金斯勃雷家中。

的風景，主要是她
的鞋
跟如此之高，把方山
也抬高了
岩洞的梯級，差點都不如
她的跟子高
其形狀也很壯
像方山那麼粗
詩人，該停止你的比喻了
說點實事：那時
你就在她後面跟著走
時時都在發抖
怕她一步沒踩穩
一腳把你踹下山
怕她把握不住跟的力度
一腳把你腳背踩穿
還怕她——怕什麼怕
實在是那樣子很養眼
只不過匡吉本人
似乎很不在意
連一眼都沒瞧
不過，彼人的癖好
是不難探知的
因為當晚去一家茶樓咖啡
她又換了一種
又高又細的跟子
不為他穿，難道為你？
為此，方山可以更名
叫它高跟邪山
似乎更加合適[115]

---

[115] 2016年7月8日11.02pm于金斯勃雷家中。

她回復也快，說：「這首很喜歡。」

有些題材，比如花呀、草呀、風呀什麼的，或者農村呀、稻穀飄香呀，等等，是絲毫不能打動我這個詩人的，但像「鞋山」這樣的捏合、齧合，則有一種很奇特的意象，能讓人馬上產生感覺。被這樣的字眼點穴之後，立刻就有兩首噴出，而且我還會再寫，因為它太能產生感覺了。我為什麼仇恨當代中國詩歌，因為它們陳腐、因為它們腐爛、因為它們沒有新意、因為它們只是一群蒼蠅在食大糞並在大糞裡打滾而不自知。它們稱那為美，而我眼睛從上面一掠過，就認出了它蠢黃的面孔。

詩頁

其實應該分開：詩、頁。還是跟本人有關。一首詩的長度，如果超過一頁A4紙，我基本上是不看的。管你名聲多大，東西多好。反正我不看，因為看不下去，覺得太浪費我時間。道理簡單得不能更簡單：如果有酒喝，幹嗎喝水？

我的 *The Kingsbury Tales* 申請基金獎時，其重要依據，就是這個想法：所有詩不超過一夜（電腦給出這個也對，就像做愛，不超過一夜），不超過一頁，甚至少於一頁，短至半頁。這個想法，居然令我得到了那個幾萬塊澳元的基金獎。

就這麼簡單。別的以後再說[116]。

入土為安？

剛剛（2016年7月15日下午3.45分在澳大利亞墨爾本金斯伯雷家中）查看微信，突然看到一個朋友（30多年前認識的一位法語教授）發來的一句話，不多，全部摘錄如下：

近日讀沈浩波截句，我覺得都不及你一句：入詩為安！

---

[116] 此段2016年7月14日11.34am寫於悉尼Mercure Hotel的大堂沙發上

我立刻回復說：

哈哈哈，謝謝何老師！

本來不想記的，但想想還是記了。順便說一下，我那首過萬行的長詩《詩》，已經早已寫完，但死前不準備拿出去發表。而「入詩為安」一句，就是從中摘取的。

都說好

希圖人人都說好的時代，已經隨著毛的不復返而一去不復返了。也許，從來就不存在這種事。即便是在詩歌界，關於誰好誰不好之類的紛爭，永遠在紛爭下去。

前不久，楊邪把他關於我的一篇文章放上了微信，題為《幾個標本，一柄標杆——歐陽昱詩歌與小說印象》，我轉給幾個朋友後，有一位說：「寫得太好了！」這是一個男的。

後來，我發給一個女的後，情況就不一樣了。她回復說：「但，總覺得，沒有說透。」

過後，她試圖說透，發了一篇小的文字過來，我從微信上摘取如下：

歐陽的寫作源於反抗，對現實的失望和希望，對壟斷思想的置疑，對現實的懷疑，並衝破懷疑的局限，是歐陽文字存活的理由，也是歐陽才華存在的理由。現實比創作更感受深刻，也讓歐陽作品具有超驗的生動。不管是詩的隱喻、還是小說幽默的黑色、翻譯作品的批判現實，讀懂或讀不懂，都是正常。因為，歐陽的文字沒有正解，自由思考自由言說的人類精神沒有正解。（WeChat, 12am, 12/7/16）

嗯，我能說什麼呢？我只能說，每個人看到同樣的東西，得出的永遠不會是同樣的結論。

呼吸

我從來不相信偶然，但偶然的事情發生多了，我便開始有所相信了。比如今天，我中午12.48分寫了一首中文詩，當時並不知道我下午4點多鐘會做什麼。這首詩如下：

《呼吸》

點贊為零怎麼辦？
繼續呼吸

無人聯繫怎麼辦？
繼續呼吸

無人寫信怎麼辦？
繼續呼吸（此句是copy and paste的）

無人來電怎麼辦？
繼續呼吸（依然copy and paste，就像呼吸本身）

上街無人理會怎麼辦？
繼續呼吸（依然c/p）

走到哪兒都沒人認出來怎麼辦？
繼續呼吸（ditto）

出的書一分錢也沒賺到怎麼辦？
繼續呼與吸[117]

下午做了很多事，基本上都是無計畫的，只是心裡想到什麼就做什麼，比如，編我的《全集》，從1973年3月開始編起，因為我有文字記錄的詩，

---

[117] 2016年7月15日12.48pm寫于金斯伯雷家中。

應該從那時候算起，那時候我還不足18歲。找到了一首小長詩，很奇怪的是，裡面居然出現了「呼吸」一字！

《祖國的春天》

如果我是一個詩人，
我要用最美的詩的語言，
寫一首壯麗的抒情詩，
來歌頌你
　　——祖國的春天。

如果我是一個畫家，
我要拿起那五顏六色的彩筆，
畫一幅最美的畫
來描繪你
　　——秀麗的春色。

可惜我既不是詩人，
也不是畫家，
面對這明媚的春光，
我用什麼來歌頌你呢
　　——美麗的春天？

也許是春天聽見了我的話吧，
她愉快地送來一陣溫暖的風，
風兒裡散發著青草的氣息，
花兒的芳香，
輕輕地掠過我的面龐，
消失在遠方。
岸邊的楊柳在春風中搖曳，
我向楊柳走去，
嫩綠的枝條朝我點頭微笑。

啊！春天，祖國的春天，
你的容貌是那麼地美麗，
從你明亮的眸子裡，
我彷彿看見了，看見了，
紅花綠草如茵，
藍天碧水如鏡，
哦，那紅花綠草
不就是烈士的鮮血滋潤？
若不是共產黨、毛主席
英勇的人民解放軍，
天何時這樣藍？
水何時這樣碧？
我彷彿聽見：
國際歌聲如春雷陣陣滾進莽莽原野，
《東方紅》的餘音回蕩太空。
工廠好似一顆顆夜明珠，
馬達的轟鳴徹夜不息。
啊！這一切，
不就是你
——祖國的呼吸？
我的眼睛看見了，
我的耳朵聽見了，
而我的心啊！
同你
　　——祖國的脈搏
系在一起。

我是怎樣地熱愛你啊，
祖國的春天，
哪怕在你美麗的容貌上，
讓侵略者沾染一點汙跡，
我們也不容許！
為了保衛你，

為了使祖國的大地春花常盛，
犧牲了生命也在所不惜。

祖國的春天啊！
你聽見了嗎？
如果說這是我的一首讚美你的詩，
倒不如說這是我，
一個學生的
　　──對祖國的愛的誓詞。[118]

　　我肯定不認為這首詩寫得很好，也不認為它寫得不好。它是一個17歲的小青年寫的，沒有什麼好不好的，只有這一句「祖國的呼吸」，應和了43年之後偶然寫的一首詩的標題。

　　為此我把它記了下來。

許多年後

　　最近忽發奇想，把早年的一首詩，放到了微信上，是昨天（2016年7月17日）放的。有幾個人點讚。這首詩是這樣的：

　　　《許多年後，在碌碌的人海中》

　　許多年後，在碌碌的人海中
　　在沸騰的煙塵中，我又見到了她
　　她圓圓的眼、她圓圓的臉、以及她圓圓的腰身──
　　啊，這哪裡是她！那一嘴整齊閃光的雪牙
　　那微風蕩起靜波的兩個淺淺的笑渦
　　那嫩嫩的白臉蛋盛在漆黑如夜的髮盤──
　　這一切同如今的她相比是多麼不和諧！
　　圓了、成熟了，像一顆熟了的紫紅葡萄

---

[118] 1973年4月7日手寫，2016年7月15日星期五打字于澳大利亞金斯勃雷家中。

但我轉開了毫無留戀的眼

因為我啊，永遠永遠只愛青葡萄的又脆又酸……

我放上去時，很小心地隱去了寫作的日期。這是我一貫的做法，為的是不讓日期影響閱讀。但這次，我還是忍不住了，為了引起他們的好奇心，我故意問了一句：「想知日期嗎」？一個點贊者說：「大概是九十年代」。被我英語了一下：「Haha a good guess but no.」結果他來了一句：「那可能是下個世紀的」。我接著說：「That's better but it's more than 33 years ago.」這時，一個朋友說：「牛逼的八十年代。」我便說了：「寫於1982年2月，首次示人。」沒想到一個從來不點贊的詩人朋友說：「初心呢……！」

實際上，我弄錯了，應該是1983年2月11日寫的，並請老婆於2012年5月8日打字。

今早看微信，一個以前教過，現在已經畢業的女研究生發來一信說：「和您現在寫的詩相比，我更喜歡您年輕時寫的詩。」我本想用英文回復一句：「But that's exactly what my wife has said to me。」想想又算了。

「許多年後」，是的，已經是33年之後了！

騙子詩

龍泉詩人朋友今天朝我微信裡扔了一首詩。他最近常這樣，也不管我看不看，儘管我一般還是看的，因為畢竟這是對我的信任。這首詩是這麼寫的：

《騙》

最近騙子頻繁出沒
打電話
發信息
在白天
在夜晚
在睡著的時候
冒充熟人
說是親戚

套近乎
有幾年沒有聯繫了
你還好嗎
你兒子……
其實我就一個女兒
現在就在我身邊
遇到這種情況
我就一個字
呸！
順便告訴他——
我還沒有辦銀行卡

（2016.7.20）

　　我一看就跟他提了一個意見和建議，用微信語音發過去了。沒想到他很
快就接受了我的建議，把詩改成下面這樣，主要是結尾處改了：

《騙子詩》

最近騙子頻繁出沒
打電話
發信息
在白天
在夜晚
在睡著的時候
冒充熟人
說是親戚
套近乎
有幾年沒有聯繫了
你還好嗎
你兒子……
其實我就一個女兒
現在就在我身邊

遇到這種情況
我就一個字
呸！
順便告訴他——
我剛剛出了一本詩集
要不要
要就拿錢來

看後把我笑倒。很快寫了一首詩，如下：

《策反》

朋友發一詩給我微信裡
大意是現在騙子很多
經常跟他打電話
甚至提到他「兒子」
結果他是個沒兒子有女兒的人
電話來時，女兒正坐在身邊
云云
這個細節還挺好玩
但結尾是這樣的
就不太好玩了：
「順便告訴他——
我還沒有辦銀行卡」
我看後靈機一動
馬上微信語音了他，說：

順便告訴他
我剛出了一本詩集
想要的話，不送
錢打過來就快遞過去

很快，他那首詩就過來了

結尾是這樣的：

「順便告訴他──
我剛剛出了一本詩集
要不要
要就拿錢來」

把我看得哈哈、哈哈、哈哈
牙笑掉了，再也長不回去了[119]

　　雖然人與人之間的交流越來越少，但一旦發生了這樣好玩的事，覺得還
是可以記一筆的。

實驗

　　進行先鋒和實驗的人，第一大風險不是別的，而是做了不被承認，而被
忽略。比如，在微信壟斷中國人眼睛，令其時時刻刻低頭的時代，敢不敢把
自己的東西放上去，時時刻刻讓人忽略和不點贊，這對人來說是一種挑戰，
特別對我這種臉皮薄的人。

　　從昨天到今天，我開始把當天寫的東西放上微信了。但我隱去了日期和
寫作地點。我不想讓這些東西遮蔽該詩本身。昨天拿出去的是《年輕人》這
首（現在放在書裡，我讓日期和寫作地點重新呈現）：

《年輕人》

會拋棄你
如果你寫的都是
得獎詩、能得獎的詩

他們會拋棄你

---

[119] 2016年7月20日11.51am寫于金斯勃雷家中，選自《無事記》第8卷。

如果你天天歌功頌德
如果你寫的都是美麗的僵詩

他們會拋棄你
如果你的一生不過是
以詩牟利的一生

他們會拋棄你
如果你從未在先鋒的路上危險過
如果你連一個新字都從未創生

年輕人？
我說的就是
現在還在襁褓裡甜睡的babies[120]

今天（7月24日）查記錄，好歹沒有為零，有4人點贊，中含2女，其中一個是曾經教過的學生。

今天我又犯賤，放了一首，如下：

《色》

翻譯翻到「月色」二字時
沒有停鍵，沒有思索
直接就譯成了「the colours of the moon」
因為他想起了一本書名：
The Colours of the Mountain
那其實是中文的直譯，即《山色》
但他立刻就刪去了「s」
改成：「the colour of the moon」
畢竟，月亮雖色

---

[120] 2016年7月23日星期六10.55am寫于金斯勃雷家中，根據三屜手寫稿修改。from 'wushiji', vol. 8。

但也就一種顏色
似水，也似銀，還似直白的東西
全不像「色」這個字
還有更本質的意思
譯，是譯不出來的[121]

　　放上去1個小時，有1人點贊，是從前教過的一個學生，現在在新西蘭讀文學博士。另有兩個人發表了評論，均未點贊。一個男的說：「好吧。」一個女的上來就說：「月色，謂月光。也指月亮。唐‧李華《吊古戰場文》……」，弄了一大篇教訓說事的話，總的一個字：你寫這種詩，連「月色」是什麼都沒搞懂！言下之意：當教授的你，太差了！

　　此人是最近剛教完的一個學生。對於她，我實在無話可說。我隨後寫了一首詩，沒有放上去，就放在這裡吧：

《11.43am》

野蠻的人
愚昧的人
她反而很能逞強
就是這樣的

上面這句話
從我蠕動的嘴中
說出來後
我立即打下來了

只能採取倒敘
因為早上發了一首
今天寫的詩
是關於翻譯的

---

[121] 2016年7月24日星期天10.39am，于金斯伯雷家中，一會兒就放到微信上去，產生這個想法時，有點激動，心竟然跳了起來。（from 'wushiji', vol. 8）（10.41am修改，在「colours」和「colour」前面加了「the」）。

卻被一個學生
旁徵博引地把我
教訓了一頓
這個學生，我還記得

是一個英文實在
很不好的人
寫的英文文字
充滿英文的錯字、白字和別字

連定冠詞、不定冠詞
單複數，以及時態
讀到研究生階段
都沒很好地弄懂

可偏偏就是她
一上來就旁徵博引
充滿教訓人的心思
所以，上面的話，不自覺地流出了我嘴唇[122]

記下這些，為了歷史，為了曆詩。

話

　　生活中有很多出乎意料，但又很好玩的事。比如今天，一學生通過微信告訴我，她在新單位把我《詩非詩》中的若干詩讀給新單位的新同事們聽了。據她說：「反響不錯。」
　　我問是哪幾首時，她說書不在手邊，但有一首，叫《話》。
　　我從家裡專放我書的書櫃上把書取來，翻了一翻，沒看見《話》，但看見了《活》，便打開看了。哦，原來是這首。心中暗自納悶：她怎麼會看中

---

[122] 2016年7月24日星期天11.47am，于金斯伯雷家中。

這首的。

你這個看我本書的讀者，想知道嗎？OK，那就放在下邊吧：

《活》

人活得太久了
就連做愛都覺得累
都覺得無聊
如果做愛是唯一有意思的事情的話

人活得太久了
就像沒腦子的電腦說的
那是活得太舊了
舊得只有燒成灰的唯一選擇

人活得太舊、太久了
就想走
走出這個世界
走到一度嚮往的一切的反面[123]

我還是不太確定，便問她：是話，還是活？
她的回答是一個字：話。
好吧，既然是《話》，那一定是《話》。嘿，這回一找就找著了。從頭到尾看去，就像看別人的東西，看到最後，噗嗤一聲，笑出聲來。也放在下面玩玩吧。笑不出來別怪我，我的詩不保證任何東西，不保證讀者笑，更不保證詩人本人能賺一分錢。如果有人能看中這首，那當然是不幸中的萬幸：

《話》

既然每天都打電話
每天都有話說

---

[123] 引自歐陽昱，《詩非詩》。上海文藝出版社，2011年，p. 112。

能不能乾脆見一次面
把所有的話都談完？
結果可想而知
見面後談個沒完
話不是越談越少
而是越談越多
越談越長
直到談得不想走了
談到住下來了
談到其他事情也發生了
例如：生兒育女
這
就是愛情[124]

這次找到這首詩，也同時找到了其寫作時間、地點和情況，如下：

2009年11月3日星期二上午9點15分，根據十幾分鐘前在廚房手寫稿修
改打字。

行了，就這樣。

O Yang U

詩人龍泉不久前寫了一首高跟鞋的詩，把我放進去。這件事我都忘了，
他今天又把這首詩修改了，通過微信發過來，如下：

《高跟鞋》

歐陽昱看見高跟鞋
就有寫詩的衝動

---

[124] 同上，p. 35。

他寫紅色高跟鞋掀起波浪
波浪裡飛出的鴿子
鴿子頂起青春的情欲
這是35年前的詩
後來又有不少高跟鞋
進入他的詩裡
今年6月的一天
我和他坐在撫州街頭
用目的餘光觀察
來來往往起起伏伏
咯咯咯的高跟鞋
他突然來了靈感
高根鞋
高詩鞋
高跟詩
gao詩女人
——鞋和根和女人
和詩和性混搭呀!
歐陽昱給詩穿高跟鞋
個頭明顯比我高多啦

（2016.7.21）

　　我稱讚他這首詩結尾好玩,但補充一句說:還是不要用我本人名字的好。要用,就用這個名字吧:O Yang U。他很快就把改好的拿來了:

《高跟鞋》

O Yang U看見高跟鞋
就有寫詩的衝動
他寫紅色高跟鞋掀起波浪
波浪裡飛出的鴿子
鴿子頂起青春的情欲

這是35年前的詩
後來又有不少高跟鞋
進入他的詩裡
今年6月的一天
我和他坐在撫州街頭
用目的餘光觀察
來來往往起起伏伏
咯咯咯的高跟鞋
他突然來了靈感
高根鞋
高詩鞋
高跟詩
gao詩女人
——鞋和根和女人
和詩和性混搭呀！
O Yang U給詩穿高跟鞋
個頭明顯比我高多啦

（2016.7.21）

　　我什麼都沒做，只把他寫的「O yang U」，改成了「O Yang U」。也算是一件值得一記的好玩事。

枕邊風

　　昨天，Oh, my God！昨天與今天，感覺幾乎就像兩個世紀一樣。不管怎麼說，昨天，詩人龍泉又給我發來一首詩，讓我看看，該詩如下：

枕邊風

是微風
床頭風

暖暖的風
夜裡暗湧的風
搔耳癢癢的風
是男人
春風得意的風
春心蕩漾的風
檸檬色的風
看不見的風
抓不住的風
是東南風
是西北風
是革命的風
是床上的旋風

（2016.7.26）

我給他提的建議是，要消滅「的」字和「是」字。
他很接受，幾番之後，該詩改成如下：

枕邊風呼呼吹

是微風
是暖風
床頭風
搔耳癢癢的風
黑色風暴的風
是男人
春風得意的風
春心蕩漾的風
看不見的風
抓不住的風
東南西北風
檸檬風

革命風

床旋風

（2016.7.26）

　　看來，要接受我的兩個消滅，還是不那麼容易的。我乾脆把他的詩拿來
改了，如下：

　　《枕邊風，呼呼吹》

　　微風
　　暖風
　　床頭風
　　搔耳癢風
　　黑風暴風
　　男人春
　　風得意風
　　春心蕩漾風
　　看不見風
　　抓不住風
　　東南西北風
　　檸檬風
　　革命風
　　床旋風

　　可以看到，我不僅消滅了「的」，消滅了「是」，還把標題用逗號分
割了。
　　他最後的修改稿，讓我看了哈哈大笑：

　　《枕邊風，呼呼吹》

　　微風
　　暖風

床頭風

搔耳癢風

黑風暴風

男人春

風得意風

春心激蕩風

看不見風

抓不住風

東南西北風

檸檬風

革命風

床旋，瘋

（2016.7.26）

其實最近好玩的事還蠻多的，就舉這幾例吧。

發現

今天不止是好玩，而且還有新發現。對於一個詩人來說，發現與好玩同樣重要。哦，不是一個發現，而是兩個。先講第一個。

這段時間，一直在做《原鄉》雜誌的20年祭，其實沒有死，用不著「祭」，但這個雜誌從1996年辦起來，一直到現在，的確不是一件容易的事。昨天把總共17期一天一期地放到微信上都放完後，今天開始亮相原鄉出版社的副產品，也就是2002年由中島主編、我和南人副主編的《詩參考》15年金庫詩選，共10本，其中收了我、楊邪、南人、伊沙等人的作品。

我讓每人亮相微信，亮到楊邪的《非法分子》時，我忽然發現當年寫的一首詩，就在該詩集的p.141頁，一首手寫的詩。現在抄錄如下：

《中國樹、外國樹》

丫 丫 丫 丫 丫 丫 丫 丫 丫

ㄚㄚㄚㄚㄚㄚㄚㄚ
ㄚㄚㄚㄚㄚㄚㄚㄚ

丫丫丫丫丫丫丫
ㄚㄚㄚㄚㄚㄚㄚㄚ
ㄚㄚㄚㄚㄚㄚㄚㄚ

（2005年5月16日手寫於悉尼機場廁所，2016年7月27日8.51pm打字于
金斯伯雷家中）

當時我想，我的靈感應該來自楊邪那首詩的標題：《小女孩丫丫講給媽
媽聽的是三個故事》。[125]

巧合（1）

今天星期六。2016年7月30日。我在澳大利亞墨爾本的金斯勃雷家中。
冬天。天很冷。現在把heater放在身邊很近的地方打開。我在幹什麼？我在
整理《大稿》，寫於1982-1983年的手稿。其中有些，我弄成了詩。

先不說那。先說這。也就是，我今早在金斯勃雷，寫了一首詩，如下：

《投稿》

再也沒意思了
誰都認識誰
不是敵人
就是朋友
或是敵人的敵人朋友的朋友
或敵人的朋友的敵人朋友的敵人的朋友
投稿，再也沒有意思了
如果能投去而讓人

---

[125] 參見楊邪，《非法分子》。原鄉出版社：2002，p. 141。

當場吐血死掉

還不知投稿者是誰

那多好！

或者令其

有夢中逢新人

之感

質感啊！

否則，不如不投稿了[126]

很少發生的巧合的事情，其後不久（不到半小時）就發生了。詩完後，我開始整理《大稿》，整理到一段時，覺得不錯，便把它截取下來，加了一個《詩意》的標題，如下：

《詩意》

//////

他又轉頭看著湖水，湖水平靜得出奇，他的心也像它一樣，他想。不用尋找詩意了。景色都是一樣，沒有一件新的東西。詩意，就像一粒石子，要投進湖中才起作用。心中已沒有這樣的石子來推波助瀾了。往日在這湖邊漫步一次，常常得詩好多首，匆匆在黑影中摸索著記在小本上，回來再作。現在，感情冷卻了。不要再投稿了，他想。國外的一些詩人一生不發表詩，只將詩稿寄給自己最親的朋友看，我也可以做到，他想。可是，寄給誰呢？你的朋友在哪裡呢？舊的友情早已死了，再也燃燒不起來，如果寫的詩連看的朋友都沒有，那何必寫什麼詩呢？寫給人民看？這種話太大，太漂亮，太不實際。他不想虛偽地用這個名詞。還是搞翻譯吧，這是一條最保險的路，永遠出不了問題。但，他受不了束縛，那種在字詞句的鎖鏈中掙紮的景象讓他不寒而慄。他想自己是有才能搞創作的。有的。只是沒有發現它罷了，沒有開採罷了。只要下功夫，就會成功。可是，寫什麼呢？寫周圍的人？他們和他感情並不是那麼深。寫趕時髦的題材？他不是那號人。寫歌頌的東西？他感到自己無論如何是寫不出那種東西的，

---

[126] 2016年7月30日 星期六11.45am于金斯勃雷家中。

他的眼睛再也看不見虛偽的光明，他的舌頭再也不會說漂亮話了，經過了那次大動亂的磨礪後。寫什麼呢？寫什麼呢？

終於，他得出了結論。什麼都不寫，除了自然，除了自我。
//////[127]

明白我說「巧合」的意思了嗎？1983年1月25日寫那段東西，怎麼會想到33年後會寫這段東西呢？33年後寫這段東西時，也根本不記得33年前曾寫過那段東西。這就是巧合，沒說的。

先兆

先兆在哪兒？先兆是老人斑，人將衰死，斑點先出。地震來前，動物瘋跑。等等。我1983年7月大學畢業，因詩被罰，被「流放」到雲南羅平一小水電站當翻譯。儘管沒有任何先兆，但心裡已提前感知道了。那年1月27日凌晨寫的文字，就記錄了這樣的先兆：

上午二、三堂課考試，初拿到試卷時心情有些緊張，滿滿三大張紙，說不定有許多題目是自己不知道的呢。很快我安下心來。題目並不像想像中的那麼難，有些題初看不懂，擱在一邊，做完全卷後回頭再做，就清楚了。前前後後花了一堂課帶課間操休息時間。出了教室便去圖書館瀏覽雜誌。這是我的老習慣，考完試後是不再讀任何課本的。隨手翻了翻《飛天》，首先讀了大學生詩苑，上面登載著全國各地各大專院校學生的詩稿。就是這個詩苑，我曾經為它投過數十次詩稿，都一一被退回，現在還有五、六首詩在那兒等待編輯的裁判呢。從前我是多麼瞧不起其中的一些詩呀！而現在，好像被屢次退稿made humble，我竟認為詩苑中每一篇稿子都寫得可以。難道我能在藝術上超過這些詩？我懷疑地問自己。讀完詩後又翻看了一篇小說。結論是，不能小覷現代小說。語言文字上要比自己強百倍，更不要說其思想性了。也許，確實要像Chang所講的那樣，要寫具有社會性的作品？他是個根本不懂文學的人，只知道按上級的條條框框辦事，卻在

---

[127] 2016年7月30日星期六12.12pm，取自《大稿》pp. 356頁，原始時間是1983年1月25日，arranged于金斯伯雷家中。

那裡大講特講文學的功能！叫自己寫那種虛偽的歌頌的作品？我問自己，接著回答說，寫不出。但黑暗的作品又太可怕，輕則坐牢，重則掉腦袋。此次的詩即是一個明證。自己竟害怕到構想出種種可怕的結局。被開除出學校、送山區勞改；或者當眾檢討；或者畢業分配分到遙遠的邊疆，與妻子分居兩地。哈代開始步入文學道路時的逸事闖入腦際。編輯告訴他不要寫那種過於暴露的作品（他已寫了幾篇），而是轉向寫作情節比較曲折動人，有生動性格的故事。也許，我也要照此辦理了，要想立足，看來不得不寫一些適合大眾口味的通俗作品。看來是得這樣，我想。（摘自《大稿》，1983年1月27日，原稿360頁）

不過半年之後，我就被「流放」了。

巧合（2）

今天巧合特別多，已經有兩個了。再講一下。
昨夜寫了一首詩，題為《撕》，是這麼寫的：

《撕》

他越撕越起勁
七月末的寒
冬

撕得有點
小熱起
來

倒數第一撕
時，他把天撕
破了

（2016年7月29日星期五9.53pm）

剛剛在整理我1983年的《大稿》，發現了這一段，也有「撕」，而且撕的是詩，跟我昨天撕的不一樣：

> 下午，在草地上抄普希金的詩，聽見他遠遠地喊自己「是Richard吧？我憑直觀就看得出來。」「不是直觀，是預感，」我頭也不抬，繼續抄著說。「是直感，我說慣了嘴。」他「呼」地把沉重的書包摜在一邊，滿臉洋溢著青春的紅光，在我身邊躺下，剛交談幾句話，他就講起一個我倆共知的姑娘來。「菲菲和我談文學，很不錯，她懂得不少咧。其實，她並不像人家眼中那樣淫蕩，她就是性格開朗罷了。」我想起原先把菲菲看成個不大正經，喜歡和男同學鬼混的姑娘，不覺暗暗慚愧。「她和我好像自來熟，」他說。「她特別談到薇薇，你知道薇薇的，就是那個眼睛神秘不可測的姑娘。哼，她可是個人物呢！她到目前為止談過的男朋友不下六七個，玩後便丟。她提倡自由戀愛，只戀愛不結婚。而且，她要男的絕對服從她，否則，她就不要。本來她和我的關係可以慢慢好起來，她只不過想冷冷地等待我的情欲燒旺，哪知道我半路把送給她的詩收回去了，她氣得要死，說這太傷她的自尊心，女的就是不能傷自尊心，她是寧肯犧牲一切也要保住面子的。所以才有那場撕詩的事發生。哼，她想把老子控制在她手中，可惜她不瞭解我，不然，那真的可以把我支使得團團轉。」（1983年1月27日凌晨，原稿361頁）

這個巧合，個人覺得值得記，就記下來了。

落葉

不知道詩人碰到「落葉」這個詞，會寫些什麼。我想到網上查查。

查到了。隋朝詩人孔紹安有句云：「早秋驚落葉，飄零似客心。」賈島有：「秋風生渭水，落葉滿長安。」

這樣的詩句不能說不美，可以說很美，但這都是古代的。當代的詩人寫落葉，大致不出這個套路。我都懶得去查了。

我目前正在翻譯一個女詩人，她有一句是：「落葉有著想要的憐憫」。（吳素貞的《雨夜》一詩）

這個句子我覺得很好，我是這麼譯的：The fallen leaves had got what pity they wanted。

我為什麼特別引用這一段？因為它太現代了。就是感覺好，沒有別的。一譯完就投了稿，估計會被用。

反

早上打開微信，阿迪力來了一條。他已經有好幾天沒與我交接了。他這樣說：

> 我的感覺是你的整個詩歌過程是從形容詞的美漸漸的進入粗魯的美，從詩歌的眼光來看不屬於詩歌的東西，好像在寫anti poem。我在讀你的「廢瓶」的時候這樣想。

我看了看，有話要說。有詩想寫，但正在大便，只有形象隨著大便滾滾而出在腦中產生：鳥反方向飛行，逆著人的想法。即使人命令它們按照人的意志飛行，鳥的飛行依然永遠是相反的。這個反，就是詩。它從來就是逆時代、逆潮流、逆詩而動的。說「anti」，那就對了。詩不anti，還要詩幹什麼？詩的本質就是反骨。一切都要反著來的，否則，你就是把它說得再詩，我也是不要看的。詩的核心就是一個字，用中文說是「反」，用英文說是「anti」，反正都一樣。

反詩

早上把上面那段話摘錄了一小段，給阿迪力發過去後，想到兩句，提醒自己：「凡是人家認為不能寫成詩的／就要把它寫成詩」，隨後就來了感覺，寫了下面一首：

《做飯》

有人發來一條微信到我私人信箱裡

標題赫然：會做飯的男人
人品都不會太差

這樣一種「會……不會」的句式
很容易令人想起它的反面：
不會做飯的男人，人品都不會太好

不僅如此，還會添亂，如：
會做愛的男人，人品都不會太差
不會做愛的男人，人品都不會太好

這讓我想起一條說女人的話：
何謂一個女人好？表現在三樣：
出得了廳堂，入得了廚房，上得了床

那男人呢？也沿用這個句式？
做得了飯，打得了炮
一輩子不能找小！[128]

撤

今早能夠想得起來的第一個字就是：撤。
先把頭天晚上放到微信上的這首詩放在下面：

《在銀行存錢時想到的》

所謂底線
恐怕得象殺人犯一樣誠實
強奸犯一樣激情
恐怖主義者一樣獻身

---

[128] 2016年8月8日星期一10.16am于金斯伯雷家中，此詩寫於10.12am。

販毒者一樣賣力
拿出所有最壞之中的最好

輪到你了
職員說[129]

　　到現在為止，十多小時過去了，只有三人點讚，分別是：西娃、青也、冰河入夢，一個人說話，問：舊詩？我沒理會。這不是脫了褲子放屁嗎？！我上面說得清清楚楚：「1998.3.31」。

　　決定：把這首詩從微信上撤掉。不讓任何人有再看或留存的機會了。

口號

　　說實話，真的不想分享，也不想看別人拿出來分享的東西。實際上，最近任何人的東西都不看，哪怕是朋友的。根本不看，絕對不看。

　　那麼，把自己的東西放上微信去後，自己看不看呢？看。只在有人點讚時看。

　　今天早上放了一首：

《我的口號》

後現代是什麼？
——後現代就是現在。
——堅持寫詩，不向小說低頭。
——堅持寫跟任何人都不一樣
的詩。不向詩歌獎低頭。
——堅持寫沒人寫過的題材。
不向發表標準低頭。
——堅持寫下去。活下去。
不向富有生命力的死亡

---

[129] 1998.3.31, revised 11.15pm Friday 12/8/16.

和死氣沉沉的生命低頭。

並沒指望有人點贊，但就有人點了，記錄在案：安琪、孫浩良、胡珂、趙四、白鶴林、李璐。第一位、第二位和第四位，是從來都不點贊的。這是第一次。

本想把本詩寫作日期放上去，但一產生念頭就立刻滅掉了。放在這裡拉倒。今後如有人買了此書，那還有點意思：是1998年7月6號寫的。好像沒寫地址，或者老婆幫我打字的時候漏掉了。

這段寫完，就把這首詩，連同點贊者一起，從微信上刪除了。很過癮的一種感覺，我是說刪除這件事。

兩小時

一首詩，才放上微信兩小時，配了一張我在墨爾本Yarra River上照的冬照，我就拿了下來。有兩個人點贊：曹建龍和李璐。

這首詩是今天中飯後寫的，如下：

《江大》

午飯吃的是綠餃子
據她說，是一位四川朋友做的
很好吃

同時看澳大利亞
打巴西，女足
看到一個女裁判

講解員介紹聲音說：
「The Canadian whistle-blower」
哦，原來是「江大」的

記憶瞬間回到1983年

也許是1984
那年來的一個加拿大代表團

翻譯是白人
口譯，特別是速記
技術好得驚人

無論誰發言，有多久
經他翻譯出來
基本上滴「字」不漏

我磨蹭、磨蹭
磨蹭到他身邊
想看看他在那個小本子上

寫了啥東西
兩指長的本子上
不是鉤子，就是款子

沒有幾個像樣的文字
就這樣的東西，他一頁頁翻著
像朗誦一本小說

現在（2016年8月的澳洲冬季）想起來
他那時唯有一個缺陷
總是把「拿」吞掉

把「加拿大」發成「江大」
我學藝心切，也從未跟他提起
這菜用記憶一醃，居然就是32年

現在正式拿下來，不分享耶，不想分享耶。

1 hour ago

　　上面說的也就是「一小時前」，現在，我把它拿下來，刪掉，就是這
首詩：

《四女》

四黑女
剛才就在我身邊
一黑女手機音樂大開
邊聽也邊唱開了
一黑女去對面窗邊
看我
樣子很醜，很別扭
又很酷，還有點刺激
我繼續看書
只聽唱歌的那黑妞說：
I don't read
reading doesn't mean
anything in my life
說完車到
煙，早已在一黑女嘴上叼
她們下車後
我從後把她們瞧
胖黑女披頭散髮
瘦黑女腿像麻杆
一黑女穿粉紅短褲
一黑女穿牛仔短褲
想起身邊那黑女漆黑的腿
我有一種未硬前
深度的顫慄[130]

---

[130] 2011.11.28下午回家電車途中寫。

無人點贊。今天我實驗的「詩歌微信」活動到此結束。

路、風

是下面這首詩的標題：

《路、風》

這條路，這條人不走、只走車
被風灌滿的路
陽光只照得到，陰影之外的地方
所有的屋子，都像墓地一樣安靜
花也是，只有風，從陽光中穿過
葉子也是，落下的
眼睛望著這條，傾斜向下的路，非道
所有活著的，都被刪去
不聽、不看、不說
天空出現一隻，巨大的，割掉的，舌頭
無數被挖掉的眼睛，成為星星
在陽光下失明
生命，亦即死亡[131]

放上微信後，有兩人點贊：陸群、漫塵。現在拿下來。

一年十六個月

諾班克（Nordbrandt）是丹麥的名詩人，常住土耳其的伊斯坦布爾。我
2004年4月在（應該是）哥本哈根跟他聊天，他說：那兒生活便宜。
也是那年，我跟Lars，一個丹麥學者，聊起天，問他：丹麥有什麼人的

---

[131] 2016年8月16日星期二1.22pm于金斯伯雷家中，隨即放上微信。

詩寫得好的，他說：沒什麼好東西，但他只記得一首比較好。說著，他居然把那一首整個兒背誦下來了。這就是諾班克那首《一年裡有十六個月》。因為已收入《乾貨：詩話》（上冊），此處就不放了，只說一句，丹麥這個國家，十一月份冷極，有一種漫長得沒有盡頭的感覺。

很遺憾的是，我把這首放到微信上，作為我的個人詩歌項目「詩歌無國界」的第三首詩，居然只有一個人點讚，是我從前教過的一個研究生。所有詩人，我是說中國詩人，均無點讚。大約是覺得太不美、太簡單、太無趣吧。

跟這樣的詩人，我幾乎無話可談。他們的那個世界，大得只剩下一個小小的中國。

小

今天跟老婆談起奧運會，再一次得出結論，每個國家的人長得不一樣，在奧運會出彩也出得不一樣。澳大利亞是玩水的（游泳總能拿獎），牙買加是玩短跑的，中國不要看它很大，其實是玩小的（乒乓球總能拿多少金牌什麼的）。

英國詩人，在我看來，是最會玩小的。他們的詩歌，不像中國詩人那樣，喜歡貪大，而是貪小，例如我最近放到「詩歌無國界」中的第二首：

《樹再矮，也有頂》

（英）愛德華・戴爾（1543-1607）著
（澳）歐陽昱　　　　　　　　　　譯

樹矮也有頂，蟻小會動怒，
蠅瘦脾胃齊，火星有熱力，
頭髮絲雖細，也有細微影。
蜜蜂雖無力，其刺也頗狠。
海水泉水均有源，
乞丐國王皆有情。

河水最緩處，淺灘流最深。

日晷雖在動，無人能看清。
信仰堅定日，言辭最少時。
烏龜不能唱，照樣愛如常。
心有眼耳無巧舌，
能聽能歎也能碎。

　　注意，這個詩人卒于400多年前。那時的中國詩人就不愛小，至少不像這位英國詩人那樣，不僅愛小，而且能從中體會出大意、大的意思。

　　反正中國詩人再愛大，最後到世界上玩體育，還是只能基本上玩小球，大一點的球，如足球、籃球什麼的，都玩不動、玩不轉。

邊扣

　　昨天晚上，在一場華人的詩歌美酒朗誦會上，應邀讀了兩首，其中一首選自我最兒童不宜，甚至成人不宜的《慢動作》。我的解釋是，這是其中兒童最宜的一首：

《春》

在解她粉紅乳罩的
第三顆邊扣
在燈光變幻的舞場
踢躂迪斯可的腳
路燈在小道邊勾劃出
相吻的兩個頭影
皮鞋的尖底又細了
高了幾分
通過毛毛小雨
完成了同大地的交媾

　　讀完後下來，他們就這個「邊扣」產生了疑問。於是我說：我可以跟大家分享秘密，但必須首先猜猜，大約寫作年代是何時？

有些年齡大點的，說是1980年代。有少數年輕的說，應該是1990年代。但基本上的共識都是：奶罩的扣子，不應該在側面，而應該在後面。

這時，主持人燕峰眼睛向上翻了一下，從中似乎看出他在體味摸扣子的感覺，然後「哦」了一聲，說：對，應該是在側面，而且只有三顆！

哈哈大笑之餘，大家又說起扣子位置的演進，不僅滯後，而且靠前，已經到前面來了。據他說：這是方便更容易「寬衣」。

今天跟老婆講起這事，她還說：現在不叫奶罩，而叫文胸。我說：文胸都老了，而叫「內衣」。從這個角度講，「寬衣」還真不錯，是寬內衣呀。

30年前的東西

最近做的諸事之一，是把歐陽昱三十年前寫的詩找出來，一首首地打字，輸入電腦。有一首詩是這樣寫的：

《沒有》

在沒有燈的
大腦尋找沒有黃葉的
秋沒有雨水的
歎息沒有臥室的
曠野

沒有我的
你沒有風的
低語沒有舵的
氣球沒有詩行的
天空

沒有鑰匙的是
鎖沒有門的
監獄沒有窗戶的
自由沒有燈的

煤油[132]

正要把原稿紙收起來，卻發現頂上左角有幾排小字，仔細一看，原來是這樣，抄錄如下：

幾個改革詩的問題：
1. 用不常用的形容詞，如「沒有鑰匙的微笑」，etc。
2. 用慣常用的形容詞，但改變其搭配關係：「繁茂的星星」，etc。
3. 用名詞做動詞：如「唇了一下葉子」，etc。[133]

雖然下面未寫地名，但我推算，應該是在武漢岱家山我住的地方寫的。距今應該是31年零5個月。[134]

濕意

1981年4月25日，我才31歲多一點。很多詩中有這一首，如下：

《黃昏》

萬點金光瀉進，
夕陽紅了小林。
青草上丁丁點響：
樹葉兒無風自殞。
晚步的人去了，
留給我一片蛙聲。

我在後面做了一個注解，是這麼說的：

---

[132] 1985年3月31日手寫於中國，2016年8月22日3.34pm錄音、打字、整理、錄入，home at Kingsbury。
[133] 1985年3月31日手寫於中國。
[134] 2016年8月22日星期一3.47pm于金斯伯雷家中。

1981年4月13日手寫，1983年6月21日修改，2016年8月31日星期三9.18pm錄音、整理、修訂于澳大利亞金斯勃雷家中。把「樹葉兒」改成「樹葉」，但還是把「兒」改回去了，不能扭得太幹，還是帶點兒「濕意」更好。

我這麼改時，已是快61歲的人了。趔幹。從這一點講，「濕意」也就是「詩意」。

垃圾

在垃圾越來越多的時代，如微信，等，人的話越來越少，幾乎都不打電話跟任何人說話了，過去一打電話就打至少半小時或一小時的現象（墨爾本市內如果打一整天，也就一毛八分錢），現在基本絕跡。耳朵已經沒太大用處，都用眼睛看。這是眼睛極度發達的時代，耳朵將像男人的乳頭一樣退化。

說多了。本來想說的是，中國後來出現的垃圾詩，我早在80年代就寫了。最近整理我的「歐陽昱全集」，發現了至少兩首垃圾詩，一首如下：

《打油詩一首》（仿體）

我愛龍頭河，
我愛垃圾山。
龍頭河河水流不斷，
垃圾山山峰永燥幹。
啊，我愛盥洗室的龍頭河，
我愛W.C的垃圾山。
你傳頌著多少懶漢的故事，
你日夜唱著骯髒者的歌。[135]

還有另一首：

---

[135] 1981年12月14號手寫。2016年9月2日星期五2.02pm錄音、整理、修訂于澳大利亞金斯勃雷家中。選自《無名集》，1981年3.18日至1982年7月30日。

《我發現自己成了近視眼》

寒冷深冬的一天，
我縮手拿著碗，
走向食堂，去吃中飯。
突然，眼前一閃，
哦喲，前邊遠遠一大簇梨花綻。
「待我前去采它一朵」
話沒說完，人到跟前，
原來是

　　　　　燒過的黑炭渣上，
　　　　　剛倒掉的白菜杆。[136]

　　我受這個幾乎無話可說的時代的影響，一句多話都不想講了。不解釋：這就是我最新的做人原則。

　　順便說一下，我馬上要去悉尼UNSW搞一個「大師班」，講詩歌創作，要講的話題是：現場寫作。原來，我早於1982年27歲時就在幹這種事。上面那首詩，就是在食堂排隊買飯時手寫的。

　　最近又找到一首，所用形象很垃圾，如下：

《「倘若晚霞就在我手邊」》

倘若晚霞就在我手邊
它一定像一團被人扔掉、揩過機油、洗過車胎
　　　　　五顏六色的爛布紗
或者像一團患黃疸肝炎病人和後期肺結核病人
吐在痰盂混在一起的光怪陸離的濃痰
啊，正因為它在西天　　　那可望而不可企及的西天
才顯得如此如此美豔！[137]

---

[136] 1982年1月12號「作於食堂飯隊中」，改於1月21日。2016年9月3日星期六10.44pm錄音、整理、修訂于澳大利亞金斯勃雷家中。選自《無名集》，1981年3.18日至1982年7月30日。

[137] 此詩1982年3月5日手寫。

現場寫作

說到現場寫作，我再給你看一首80年代的作品：

《模特兒和她》

商店櫥窗裡有一個模特兒，
全身上下是嶄新的時裝，
那一雙美目多像她的──
又不像她那雙熠熠放光。

如溪谷邊一朵婀娜的雛菊，
十八歲那年她從不梳妝。
夏晨的涼露做她的髮式，
晚霞映紅龐兒她自生幽香。

可現在，我再也分不出
是模特兒像她，還是她像
　　　　窗裡這摩登女郎？
但我知道那頂玲瓏的風雪帽下，
　　　　有一絲憔悴的秋霜。[138]

請看上面有個注解說：原注雲：「這一首是在車上隨著車的震動寫出來的。」

還有什麼多說的呢？沒有了。

非邏輯詩

我們的詩歌寫得太邏輯了。我今天寫完這首詩後，產生了一個新詞：

---

[138] 1982年1月10號手寫，改於1982年1月12日，1983年1月再改。原注雲：「這一首是在車上隨著車的震動寫出來的。」2016年9月2日星期五1.16pm錄音、整理、修訂于澳大利亞金斯勃雷家中。選自《無名集》，1981年3.18日至1982年7月30日。

《長》

豬長得肥頭大耳
人長得毛光水滑
樹長得尖嘴猴腮
房子長得心驚肉跳
魚長得千嬌百媚
雨長得像模像樣
春天長得花顏巧語
夜長得無可指責
牙長得一瀉千里
書長得好大喜功
青春長得十分憂鬱症
女詩人長得像曠世仇人
澳大利亞長得像冰川[139]

　　那個新詞就是：非邏輯詩。其他就不多講了，只記下這個細節，作為一個微歷史的開端。

第七條

　　我上大學期間（1979-1983），學生守則第七條是：不許談戀愛。
　　我自編的《歐陽昱詩歌全集》，今天編到的一首，就是針對這項規定的：

《她要是能來這兒該有多好》

她要是能來這兒該有多好！
我倆便可沿我常讀書的小道，
默默地、眼光互相擁抱著徜徉；
或者透過蕭疏的秋林，

---

[139] 2016年9月4日星期天10.02pm于金斯伯雷家中，根據9.36pm的手稿修改擴大。

遠眺湖水閃爍著藍光

她要是來了該有多好！
西天的火燒雲便不再是我獨賞。
春日漫天的柳花飛迷了眼，
我和她手拉手奔向春景最濃的地方。

她要是來了該多好，
那時我沙漠的書房便充滿花香。
若逢月桂開放，
她便將雪花膏棄在一旁。
用緋紅的春櫻和羞澀的秋櫻，
染染她蒼白的面龐。

她要是來了該有多好，
當夏桐的密葉篩下點點陽光，
湖面一陣陣輕颺送涼，
我們肩並肩、互枕你我的手臂，
並臥在翠綠的草簟上。

她要是來了該有多好，
我倆同看第一片秋葉的飄落，
瞧它怎樣去吻雪白的繁霜，
瞧秋風，吹它滴溜溜亂轉
在朝霞泛金的湖中央。

然而，這一切全是夢想。
這兒是大學，
不是談情說愛的地方！[140]

---

[140] 1981年12月27號手寫，改於1982年1月13日和2月4日。2016年9月5日星期一10.47am錄
　　音、整理、修訂于澳大利亞金斯勃雷家中。選自《無名集》，1980年12月至1982年7
　　月30日。

到此為止，一句不說。那個時代已經過去了，這個時代也不一定就那麼好！

女詩人

女詩人不是詩，女詩人是政治。

今天一個女詩人不停給我發微信，讓我看詩，一會兒是阿紫的詩，問我看過沒有。我說不知其人。一會兒又問我知不知道余秀華，我說：知道，但不想知道。最後有點煩了，我就說了下面這段話：

> 都是那種類型，中國女人，脫不了這種東西

她說了一句女人之所以是女人因為是女人這樣的話，我又跟了一句：

> 昨天來朗誦的一個澳大利亞女詩人，寫過兩首詩，一首是《愛情噁心》，另一首是《假如我有一桿槍》，我都翻譯過，網上也可以找到。這兩個國家的女人，是兩個星球上的，無法共存

她說她想看，我就不再接腔了。太累。

刺耳的音符

早年的詩是否因青春而太澀太苦而不好？不是這樣的，一個內心深處的聲音說。歐陽昱27歲時寫的一首詩，好像到了60歲，仍有意思，仍能說明問題，見下：

> 《即景》
>
> 螞蟻成群結隊行
> 船雖孤寂有人劃
> 汽車的轟響伴著擊岸的浪

樹葉的窸窣和著鳥唱
白蝴蝶落在白花上
白浪頭舔在白天上
魚有水的故鄉
草有大地的土壤
這世界是一個和諧的整體
一部和諧的交響曲
空多了我一個刺耳的音符
多了我一個廢棄的附件

（寫於1982年6月1日）

　　而最能說明問題的，就是那一行字：「空多了我一個刺耳的音符」。對於整個截至2016年的中國來說，他依然是一個「刺耳的音符」。

形容詞

　　我痛恨形容詞由來已久，從80年代就開始的，有當年一首小詩（寫於1982年3月28日）為證：

《「你說」》

你說
湖對面那株柳樹美嗎？
鵝黃、翠綠、柔嫩、嬌秀的——
怎麼不美！
別用形容詞！我說
是美的，在枯萎的梧桐的背景上
這綠柯象綠霧在生鏽的枝枒間繞
怎麼不美？

特此在離61歲還差二十一天之際記之。

錯誤即詩（1）

　　我曾經有過一個理論，叫「創造性的錯誤」。那年到西安時，跟伊沙他們聊過。英文中，我叫它「creative mistakes」，也被一個美國詩人注意到，在愛丁堡他主持的電臺播報過。

　　我現在編我的全集時才發現，我早年就對這個錯誤的東西感興趣，只要有可能，就會寫進詩，比如這首寫於1982年3月23日的詩：

《「櫻花開時是潔白的」》

　　櫻花開時是潔白的
　　我看見的卻是她身後那株
　　濃綠婆娑的老柏樹

　　她的頭髮真黑
　　我看見的卻是
　　那張潔白如玉的龐兒

　　喲，看錯，是潔白如雪的髮
　　配著那張
　　什麼？
　　黑──

以及這首寫於同日的詩，稍微含蓄一點：

《「冷氣侵骨」》

　　冷氣浸骨
　　三月底的深夜
　　「嗚嗚」風在窗縫中哭
　　聽，河邊的大樹在黑暗中搖
　　樹梢把地面掃
　　發出竦然的哀號

再聽，梧桐最後的落葉
「喀啦啦」在風乾的地上跑
細聽，喲，伴著喧囂的河濤
有無數的蛙在笑

最後那個「笑」字，把三十多年後的我也逗笑了。完全出乎我的意笑之外。

雙語詩（1）

這話說起來長，不說了。只說我的雙語詩，即中文雜以英文的詩，早在1982年就開始了。有詩為證：

《傷感》

一天到晚
埋頭讀書
死記硬背的
最懶！

無所事事
到處遊玩
with open eyes and ears
最勤快！

（此詩1982年4月19日寫于武漢武昌。）

貼近生活

現在的詩歌，離生活越來越遠。一些詩人在那兒互相念詩，遠遠的，有些掃街的、有些擺攤的，漠不關心地瞅著，不知道他們在幹什麼。這就是詩

歌的現狀。

　　80年代初，有個詩人寫了一首詩，直到現在都沒有發表，那詩人連投稿都沒有投稿，有詩為證：

《「學生宿舍走廊裡」》

學生宿舍走廊裡
來了一個渾身上下沾滿泥點的
年輕人
焦急地四下裡用眼
找尋著什麼
他有一頭亂糟糟的黑髮
一雙又粗又糙的黑手
破舊的鞋子露出黑黑的大腳趾頭
黑臉上流出一道道白色的汗漬
問他找什麼（我的心有些跳）
他說「我找自來水喝」
「跟我來，自來水不能喝」
我給他一大缸子白開水
他仰脖咕咚咕咚一口喝幹
他們奇怪地把我看
一個白皙的學生
和一個黑黝的大漢
（我心裡有些亂）
「他不是我的朋友，給他水喝是我心善」
我在心裡解釋
說出口我可不敢
他沖我憨厚地一笑（他是個鞋匠）
一口強健整齊雪白的牙
並不道謝（笑就是最好的道謝）
他大步走了
留下我紅著臉
看著他黑色的背影漸消

至少，這個詩人把那個時代的一個生活細節記錄下來了。他記錄的時間是1982年4月8號。詩人名叫Ouyang Yu。

新成語

　　必須不斷創新，以詩歌。成語被我稱之為「陳腐之語」，但同時也是我開發新詞源的一個source，特別是當我在做我目前這個雙語詩集專案時，就更其如此了，連拉屎的時候，詩也在產生，而詩歌的產生，能在那一瞬間，把多年的思考照亮並集合，如下面這首：

《New成語》

弱不禁風
Weaker than the wind

言不由衷
Words not from within

危言聳聽
Higher words, higher hearing

酒囊飯袋
Wine-sacks with rice-bags

小家碧玉
Tiny home with a piece of jade

窮則思變
Poverty breeds change

餐風露宿
Sleeping with dew, drunk with wind

大器晚成
The late bloomer of a pot

以老賣老
Age is as age does

古貌古心
Ancient features of an ancient heart

噴薄欲出
Desire ready to burst

光天化日
Bright day with a melting sun

雙宿雙飛
Double-fliers in a double-bed

心花怒放
Heart flowers angrily open

殘山剩水
Mountains and waters, still remaining, suffering from disabilities

人多嘴雜
Many people with a misallany of mouths

鬚眉交白
Converging whiteness of hairs

愁眉苦臉
A bitter face featuring sad brows

塗脂抹粉
Rouging and powdering

一身都是膽
All galls（e.g. I'm all galls）

賣劍買牛
Selling my sword to buy a buffalo

非驢非馬
Neither donkey nor horse

形單影隻
A single shadow, with a single body

從一而終
Following one to the end[141]

　　我有個毛病，不喜歡解釋。看得懂就看得懂，看不懂就拉倒。哪怕再過一百年才看懂，那就讓它一百年後被看懂。鑒於這個原因，此處恕我不解釋。

才出來

　　閱讀和寫作是兩碼事。說到底，就是三個字：才出來。就像拉shi，在肚子裡就在肚子裡，看不見的，只有拉出來才知道長啥樣子。說岔了。說岔了？沒說岔。下面這首shi，就是邊拉shi，邊寫出來的：

　　這是一個飛行的時代
　　互相進入失聯狀態

---

[141] 2016年9月11日星期天9.51am于金斯伯雷家中，根據早上二屎手寫，從wine-sacks這句開始擴展而終）(taken from 'wushiji', vol. 8) (revised 9.54am, same day, same place).

等到移居其他星球再說
那時，從前失聯的人
就會再度出現
不要問死人都去哪裡了
他們就在我們身邊
另一個星球我們的身邊

　　用手寫的，因此這兒只能看見印刷體，看不見手寫體。這是一。其次，這首詩並未寫完，誰也不知道接下去會寫什麼。我自己也不知道。連標題是什麼，我都不知道。但隔了一會兒，我把這首詩寫完，而且加了標題：

《飛》

這是一個飛行的時代
互相進入失聯狀態
等到移居其他星球再說
那時，從前失聯的人
就會再度出現
不要問死人都去哪裡了
他們就在我們身邊
另一個星球我們的身邊
不必再糾結于人世那點俗事俗詩了
想繼續寫八輩子詩的人
到詩星球去吧
坐自媒體的飛機去就行[142]

　　我看到最後一句，以及加的標題後，想：如果我不講，任何人都不知道這首shi是怎麼回shi。還以為從一開始就是一個整體。那就太沒勁了。

---

[142] 2016年9月11日星期天10.12am于金斯伯雷家中，根據早上二屎手寫，從「另一個星球我們的身邊」這句開始擴展而終。

隨筆

有人用《隨筆》這樣的標題寫過詩嗎？帶著這個簡單的問題，我到谷歌上查了一下。

一下子就找到了一首，是阿鋒寫的，網址在此：http://www.zgshige.com/c/2016-08-13/1638772.shtml

又找到一個，不知其名字，但是五首《隨筆》詩，都是舊體，網址在此：http://blog.people.com.cn/article/1318678370747.html

但新詩以《隨筆》作為標題的，一時半會找不到，記憶中似乎也沒有。

我之所以提起，是因為我早年（1980年代初）有以《隨筆》為題寫詩的習慣，但這個習慣後來就被我忘記，不再使用了，這是很大的遺憾，其實可以追隨這個小傳統，至少寫出一本詩集來的。下面就把當年寫的三首呈示如下，有沒有讀者都無所謂，而我早就假定並斷言，我是沒有讀者的，這樣反倒更好了。

《隨筆》

睡熟了，我的字典
它熟睡在地上
鋪滿乾枯松針的地上
在枯絲瓜藤纏繞的樹旁
春很忙
她忙著往四野散播甜的芬芳
和綠的光亮
顧不上
她顧不上看這本小小的字典
和它熟睡的模樣
她馭著風快活地到處奔跑
她忙得沒有功夫睡午覺
喲，你幹嗎？你這白翅兒黑肚皮的小蝴蝶
你幹嗎飛落在字典上？
這兒可不是你釀蜜的蜂房
別吵醒它美夢的甜香

「呔，我才瞧不起它那皺巴巴的書頁
田野哪兒采不到芬芳？」
她在空中蹦蹦跳跳
一下子飛得不知去向

睡熟了，我的字典
它熟睡在地上
鋪滿乾枯松針的地上
在枯絲瓜藤纏繞的樹旁

（1982年3月22號手寫）

《隨筆》

「討厭，真討厭」她說，
偎在身邊，笑了起來，
我知道，
她討厭地愛我，
心裡就怕她熱愛地討厭我，
她不做聲，
比柔波還靜，
可比柔波深。

（1982年3月28號手寫）

《隨筆》

「哎呀，太陽出來了，
真舒服真過癮呀」
她張開紅紅的小嘴唇兒
在清波之上
一排雪牙，什麼？雪牙？
多希望她把我咬一下！

這也是1982年3月28號手寫的。好了，就講這麼多，什麼都不想多講了。

笑

中國詩歌一向缺鹽，這是我對中國當代詩歌，乃至現代和古代詩歌的一大批評。我在澳大利亞朗誦英文詩，聽眾中經常爆發出大笑。我一直以為，這是我在澳洲學到的一個特質。

現在看來我錯了。為什麼？因為我在整理1980年代初的詩歌作品時，居然被一首詩弄得哈哈大笑了數次，那首詩寫於1982年11月11日，如下：

《巧合》

曠野裡有一所小屋
遠遠地傍著一株老樹
樹上有昏鴉在盤旋
啊，我們真想去傷今吊古！

愛它堂皇而雅的面目
我們肅然地向它走去
唉，這可怕的奚落！
原來是一座廁所

再越過幾條田埂
看見一個白髮老人
他獨對這秋景的凋殘
彷彿在吟詩坐禪

我們多想親聆
騷人妙語如神
唉，這可悲的諷刺
他光著屁股在拉屎！

特此記之。

滴

「是滴」、「就是滴」裡面的這個「滴」，不知是誰發明的，也不知起於何時，但我知道，至少在1980年代早期，我就這麼玩了，雖然沒有「滴」成，但至少接近了，有詩為證：

《「想你，我想你，含著我的舌，輕輕地」》

想你，我想你，含著我的舌，輕輕地
來呀
多白，你的牙，這麼紅，你的唇
來呀
嗯——透不過氣？
誰叫你一雙手這麼有力！把被頭掀一掀
涼不了，沒關係，有我火熱的身體
像小孩？
就是di，搔你的胳肢，我要！
癢嗎？癢嗎？癢嗎？
嘻——嘻，嘻嘻，嘻嘻嘻嘻嘻嘻

注意那個「就是di」。這首詩寫於1983年1月27日，我當時尚未滿28歲。

故事、方言、粗話

我總跟人講，現在流行的所謂口語詩，無非三大要點：直接性、故事性、幽默感。

現在想來，這我早在1980年代初就做到了，請先看下面這首今天剛剛找到的：

《爸爸和弟弟》

一

晚上，爸爸和弟弟去參加局辦的遊園會
媽媽一個人在廚房裡忙碌
我挨著茶几坐在沙發上看書
「明天十點鐘起床」媽扳著指頭算計
「簡單一餐，中午就不吃，晚上吃年飯
一共四人，加上小呂
有位子坐，不必大動干戈」
我不做聲，兀自看我的書
但，她的嘮叨卻句句聽在耳裡
日光燈很靜地嗡嗡響著
樓梯上有足聲，近了又遠了
停在別人門口
媽往口裡扒兩口飯，碗筷一放，進房灌開水
我不做聲，在沙發上看書

二

爸爸的笑燒著了沒有點爐子的堂屋
像個孩子
他述說著猜中的燈迷、得了幾張獎票
深奧的燈迷是如何猜中的
「三個蘋果，兩個盤子，一個祇裝一隻
有的抓耳，有的撓腮，有的朝天翻眼皮——咦？
我便抓過一個盤子，放上兩個大蘋果，把剩下的一隻
放進另一個盤子，他們還不解其意
嘻嘻嘻嘻」
他的笑像風中喧響著的老樹
「沒說『每隻』而說『一隻』，奧妙就在這裡，懂嗎？」
他今晚真是得意！

還笑那些市儈樣的人，在那兒絞盡腦汁，得了一副象棋
　　　　或幾顆糖粒
連忙藏起，溜了出去
「他們哪能體會到猜謎語真正的樂趣？」
父親哈哈大笑說
「要是我們早一腳去，准猜中所有的謎語！」

三

早晨，媽媽叫我擇蔥
那一大堆蔥好叫我擇！
先掐去蔥葉黃枯的尖尖
再掰開染著黑泥的蔥根
一根一根用手指（大拇指和食指）
將骯髒的表皮搓去
並合攏指甲斬斷紊亂的根須
這個工作花了我站著的三個小時！
這段時間裡媽在廚房忙不知忙什麼東西
大約不是煮飯、洗菜，就是薰魚、捅爐子
爸爸在我旁邊，菜刀一起一落、砰砰砰砰
剁著砧板上一大片肉泥
隔著一個房常聽到他倆的呼吼
爸爸在為弟弟填報志願不經家中同意而大發脾氣
「媽的，一點良心都冒得！想都不想兩個老人將來麼樣過
只顧自己！」
「哎喲！」媽媽的喊聲蓋過了一切，連放在有回音的盥洗室
裡的收音機也好像噤聲了片刻
「你緊說個麼尻！你自己又蠻懂事？出差在外三個月，你
有一分鐘想到屋裡？連信都不寫封回來，
一天到晚就看你媽個麼尻書！書！書！
天冷了回來拿件毛衣，天經地義，也要托人帶
你就忙得那樣透不過氣？」
哈哈哈哈，是爸爸一連串道歉的笑：「哎呀，再莫說了，再莫

說了，說得嚇死人的，哈哈哈哈」
這笑彷彿是被人呵著癢處時發出的笑聲
我牢騷滿腹，無心欣賞他們的鬧劇
「無聊，人類真是無聊，」我大聲說
「為擇小蔥人竟然花去這麼寶貴的時間
為什麼喲？還不是為了一張口，為一餐所謂的年飯
那與其是為自己的美食，不如說是跟鄰居比高低
免得人家說自己小氣，無聊，人類真無聊
要是我當國家主席，一定要把春節和所有的節日
取消
寧願每天都吃得好，一星期多兩天假，也不願平常勒
緊褲帶、把錢和假都攢到春節，不是喝得
爛醉如泥就是脹得肚子拉稀
而那可憐巴巴的幾天假日，不僅沒有半點空閒，反而忙
得暈頭轉響，且更把節日後的煩惱增添
無聊，人類真無聊，包括我這個擇著小蔥三個小時的人
也同樣乏味無聊
「唉，可誰又能超脫這眾生之道？」
「有個人」父親說。「是個教授，錢拿得挺多
他從不起伙，早中晚三餐，全開銷在飯館
反正他無牽無掛，沒孩子也沒老婆
一生就是吃飯、研究，那真叫快活！
其實，幹嗎攢那麼多錢？把自己扼得瘦骨嶙嶙
該享受時就不能錯過享受的時分」
「不哦，有的人寧願等，」我打斷爸爸。「像等商品跌價的時候
他說『這電視機暫不買，也許不久價就要矮』
可我的天！到價矮的時候他又不屑於買
因為價可能還會矮呀，而且還有更好的呢
最好是對他說：『夥計，乾脆什麼也別買
一直到共產主義的到來
那時候啥也不要錢，你也不用擔心怕買吃虧了』」
我歎著氣：「這種人，一生也難過半秒鐘舒心日子」
小蔥都擇好了，油綠的管狀葉兒，白嫩的根兒

眼眶裡蓄滿著被它們辣出的淚水
大拇指和食指頭黑黝黝的
唉，三個小時！（我也不敢想本來可寫幾多詩）[143]

還需要指出的是，我母親說的方言，是武漢話，我父親也是。

自殺

　　有一件事，對詩人的影響至為深刻。詩人讀大學的第四年上學期，學校
有一個男生跳樓自殺，他不僅為此寫了好幾首詩，記錄了那個時代人們對自
殺的看法（基本是詛咒），還在他第一部中文長篇小說《憤怒的吳自立》和
第三部英文長篇小說*The English Class*中提到，說明有多麼難以忘懷。他寫
於1983年1月16號凌晨的那首詩，今天追索出來，錄之於下：

　　《「對於自殺的年輕人」》

　　　　對於自殺的年輕人
　　　　大家議論紛紛
　　　　有的說死得奇怪
　　　　有的說死得活該

　　　　「這樣死毫無意義」他說
　　　　「活著就應該拼搏」
　　　　「你不該這樣對他詛咒」
　　　　他摯友說「他一定有苦衷在心頭」

　　　　「誰若厭生而自殺
　　　　就要不留情地對他痛罵！」
　　　　「那倘若有天我也這樣──」

---

[143] 寫於1983年2月11日凌晨。2012/4/17她打字。2016年9月11日6.14pm在金斯伯雷家中找
　　到錄入。

「遭到同樣的下場！」

我重重地歎息搖頭
難過得說不出話來
我彷彿看見自己的屍骸
在罵聲中扔進焚屍爐

　　這個詩人的名字叫Ouyang Yu，最好忘掉他。我寫進來，是為了記性本來就不好，永遠都不好的歷史。
　　有道是：誰記得誰啊？誰該記得誰啊？

交合

　　是的，人們都愛美。但是，我問你一句：當一個面貌極醜的人，卻把他的陽具插入一個面貌姣好的人體內，那是一種什麼情狀？是否值得一寫？
　　當然，我這樣的問題，立刻就會招來偽君子或非偽君子的抨擊。但我堅持問這樣一個問題，這也是因為，我當年有一個詩歌理論：美醜是合在一起的。為此，我請糞便入詩：

《糞便》

你
養活
稻穀、甘蔗、麵包、白糖
為什麼
要被我拋棄？
而今
作為生命的養料
請你
進入我詩
你必須如此！

這首1985年4月5號寫於中國，當然是不可能被那個國家發表的。

我還寫了一首《醜惡頌》，全文如下：

《醜惡頌》

我是醜惡的化身
我吃大便我喝尿我開出糞便之色的鮮花
我把鮮花揉碎與爛泥
我追求性追求藏在裙下的器官我撕碎一切華服
我醜我如鼻涕垂掛在太陽的陰莖上
我的頭髮不修剪亂如野草的海波在高壓線上滾
我渾身是膿包傷疤我發出魚腥和血騷
我把恨的空氣充滿每一個針眼和山尖
我拋棄理性我拋棄理性的愛情我把兩者碎屍
我把原始人的精液往文明臉上大捧塗抹
我把避開的面具一頂頂扯下我將邑邑住芳香的嘴裡塞
我肆無忌憚與人類為敵我是蚊蟲蒼蠅蝨子
我在蒼蠅紙滴滴畏殺蟲劑中死去又複生我包圍地球
我是毒蛇野狼螞蟻我是大團垃圾的綜合
我是顏料是藍天之色鑽進地獄在荷包燃燒
我是醜惡的化身
崇拜我世界將免於毀滅承認我生殖器將有繁衍
我把夢拴在車輪上進入亂倫的床笫互相告別
我醜惡
崇拜我！

這是1985年5月19日手寫於中國的，當然肯定是那個國家不會發表的。對那個國家來說，歷史算什麼？一個在歷史中寫作的人算什麼？

這方面的詩還有很多，這裡就不一一敘說了。只舉另一個例子，如下：

《聽貝多芬交響樂隨筆》

一

是誰把我呼喚，在那遙遠的海岸？
我看見雪白的浪濤，像長髮披掛在高山
藍霧中孤帆一片，雲雀似地鳴叫著飛遠
啊，是你在把我呼喚，呼喚向地球的哪邊？
「破布鞋子酒瓶換錢哪～～～～～」
現實的聲音把我驚醒
頓消了展翅的帆影
但我的心兒啊像山谷，久久蕩著憂鬱的回音

二

無邊的荒野，小溪明亮，春風耀著綠光
飛雪的櫻花，飛舞的紅桃，飛鳴著的青鳥
荒涼的沙灘，黃沙漫漫
一隻小船在濤聲中解纜

啊，藍色的大海波濤起伏
雪白的海鷗高飛引路
快快乘風破浪啊
駛向那迷人的遠方
快快乘風破浪啊
駛向那銷魂的夢鄉

　　該詩於1983年1月16日和1月17日兩天內手寫成。它說明什麼？看了這一句就明白或就更不明白了：「破布鞋子酒瓶換錢哪～～～～～」。
　　它要說明的是，即使再美好的東西，包括詩中描寫的東西，我也要摻入不和諧的現實。就這麼簡單，就這麼不簡單。

詩胡同

下面這段是我今天寫的，引自《無事記》（第8卷）：

剛翻譯的這句話，值得記取：

設計CT終端產品，需要那種多學科的團隊，而要創生這種團隊，我們的教育制度就必須調整方向，不再極端專業化，而是走向跨學科教育。考慮到全球化經濟的強大競爭壓力，我們越早改革我們的教育制度就越好。（譯自Eve Herod, *Beyond Human*. New York: St. Martin's Press, 2016, p. 248，歐陽昱譯。）

詩歌也是這樣，過於專業化就是鑽死胡同、詩胡同。必須跳出來，走向跨學科。

鞋

今天早上鞋子出了問題，就寫了一首詩，如下：

《鞋》

下面是今天《無事記》中的一段摘抄：

早上到郵局去寄
朋友買我的四本書
（《植物灣的鞭子手》）
卻見Peter大門鎖起
上面一句：Due to unforeseen circumstances......
要到9.30分才開門
便去買了一份*The Age*
忽然發現腳下軟膩
低頭一看，哎呀：

鞋子的下半段
與上半段身首分家了！

早上大便時想寫的那首
有關此鞋的詩
只能這麼充數了

後記：

這雙鞋鞋面呈鐵鏽色
巨頭、無跟
2002年購於三藩市
價格100美金
今次開底，上下分開
原來裡面墊著幾層海綿
用膠水糊起
並無納鞋的硬線
再看標籤
果然又是一雙
「Made in China」的劣質貨

跟她說她還不相信，說：
你不是在美國買的這雙
萬古長青鞋嗎？

（2016年9月17日週六10.53am于金斯勃雷家中）

　　當時就決定，連同三張鞋子的照片，放到微信上，但一個小時後撤下，不想讓它永久。於是就這麼做了。中間有兩個人看了並評了。一個女的說：哈哈。一個男的說：破鞋、搞破鞋。我什麼都沒回復。撤了。

自己

誰能找回年輕時的自己？除了詩。我從前是什麼樣子，我現在哪記得，如果不是還寫了一首詩的話，如下：

《疑團》

「我是懷疑者，同時是那疑團」（Emerson語）
我經常把書倒著看
我聽好話聽一半
我猜測盛裝下面的意義
我嗅著廁所的香氣
我透過黑暗質問光明
我在昨天尋找明今
我推翻教科書的標準答案
我往現實的石縫裡鑽
我用享樂的天平稱量空洞的理想
我試驗地築起、推倒之間的高牆
我像一團迷霧
一處飛到一處，虛無飄忽
「我是懷疑者，同時是那疑團」

這首詩手寫於1983年1月27日，我才27歲，找到並錄入我的全集，已經是2016年9月份的事了。

「無意識詩」

有個研究生為我打字，整理我80年代初的詩歌。一般打完字後，她會提出要求，把她覺得不錯的詩，讓我整理好後發給她。但這天，她有一首居然沒要，就是下面這一首，因此我問她是否想看這首。她說想看，我就發過去了：

《「陽光懶懶地傾聽我粗重的鼻息」》

陽光懶懶地傾聽我粗重的鼻息
草根、一枝枝，黃黃地顫動著細長的腰肢
在我眼前嬉戲，雨、遠處乾燥地下著、淅淅瀝瀝
鳥、水靈靈地鳴啼，在高樹
一隻腳壓在膝下，另一隻，臥著草
渾然一色，天、藍藍藍藍
課本扔在一邊，傍著熟睡的鞋子
懶得睜眼，意識朦朧，眼皮紅紅的
藍藍水靈靈的藍藍藍藍鳴叫
草根乾燥地發出粗重的鼻息
陽光一枝枝朦朧地壓在膝下
嬉戲一邊細長的熟睡
臥著遠處的黃黃
高樹腰肢下著鞋子淅淅瀝瀝
紅紅的雨傾聽懶懶的渾然一色
鳥的眼皮扔在課本
懶得一隻腳
臥著意識……

　　我之所以提請她注意這首詩，是因為我自己也奇怪，當年怎麼會寫了一首連我現在都看不大懂的詩。我的提法當然是：這是一首先鋒詩。就像我起先跟她說的那樣：「什麼是『先鋒』？我能想到，別人想不到，這就是『先鋒』」。隨後我又說：「把一切都寫得人懂？都寫得人見人愛？My God！So boring。」來來回回了幾次之後，我又說：「有一點是肯定的，凡是當世不為人接受的，都有先鋒的可能，除了守舊的之外。」
　　接著整理時，我又發現了一首，是這樣的：

《「森林中珠子的叫」》

森林中珠子的叫
浪花上柔軟的跳

明亮玻璃了草地
毛孔花了笑

叫珠子的森林
跳柔軟的浪花
草地玻璃地亮明
笑花了孔毛

　　在這首詩（寫於1983年1月27日）的手稿上，我還發現了一行小字，說：「此種詩叫無意識詩」。

　　我現在（2016年9月17日在澳大利亞金斯伯雷家中）想起來，當年寫前面那首「懶懶」的詩，感覺還是記得的，應該是在半睡半醒之間寫的。

　　遺憾的是，這種「無意識」詩後來好像沒有繼續下去，只有這首：

《「搖、搖、搖、小火苗」》

搖、搖、搖、小火苗
燒、燒、燒、黃枯草
枯草摟起了小火苗
小火苗在枯草上跑

消失了，搖、搖、搖
靜止了，燒、燒、燒
她晃了一晃白火苗
他顫了一顫藍枯草

　　這首詩也是手寫於1983年1月27日。

故事性

　　1980年代，當朦朧詩甚囂塵上的時候，現在還有點記憶的人應該還記得，那個年月的詩是有詩而無故事的，但是我，居然在用詩寫故事，看下面

這首：

《在親戚家》

　　他在堆滿什物的巷中徘徊
　　花白的頭髮的上方、一盞昏黃的燈
　　照著他佝僂得像「7」的身影
　　手裡端著一枝煙、吭、吭、吭地咳嗽
　　桌上的剩飯粒彷彿吃驚得在跳
　　掛在灶牆上的一串串臘肉勾著頭朝他俯瞰
　　他的眼睛透過繚繞向上的煙縷
　　越過一大堆橫七豎八的劈柴、蜂窩煤、板炭、火爐、
　　剩飯剩菜、掉了一角的八二年年曆、蜘蛛網、稿紙、
　　筆、見了底的墨水瓶、蒙灰的門、女兒在龍頭下蹲著
　　洗衣的身影——他的眼睛越過這些東西
　　視而不見地注視著遠方灰色的天空
　　一動不動
　　這是誰？我好奇地問姨媽
　　「我們的鄰居，一個職業作家」

　　我把她叫到身邊，給她一個人念了這首詩。她說：我還是喜歡你那時寫的詩。我說：反正我覺得那時寫的東西挺好玩，才27歲呀！
　　順便說一下，詩歌最怕的就是日常，裝逼的詩尤怕。80年代中國的詩就更怕了。怕出來的結果，就是裝逼的詩，包括北島那種。

勞動人民

　　曾有一段時間，中國文學史判斷一個文人的東西好不好，要看他的文中、詩中是否寫了勞動人民。工農兵？勞動人民？包不包括乞丐呢？
　　歐陽昱的詩中，一直都有這種人，包括賓館的服務員、大街上狩獵的摩的駕駛員，以及乞丐。看下面這首：

《流浪者》

一

我從湖邊跑過
他在石階上獨坐
黑鬍子黑臉蓬亂的黑髮
黑眼在湖面上閃爍

身邊緊挨黑布小包裹
竹棍那頭壓著黑鍋
嘴上半根悠閒的捲煙
手裡一隻破舊的鐵缽

等我轉頭跑回來
那人他早已不在
兩塊磚頭像等號
夾著一堆燒過的灰埃

我看一看碧藍的湖面
剛還閃著他黑色的眼
再看看伸向遠方的大道
不禁浮想聯翩：

挎一個簡單的包袱
帶上心愛的盧梭和梭羅
拄一根結實的栗樹
踏上流浪的路途

不進繁華的都市
不就車船的擁擠
走向大自然的山山水水
尋求人生的奧秘

渴飲清碧的湖水
饑餐桃源的美味
想喊可以放聲大喊
想睡也可以隨便地就睡

跟黧黑的乳娘親吻（注：大地）
跟林中的百鳥談心
或者進深山古廟
交遊一個飄逸的道人……

可以提千道問題
不用害怕被籠頭把嘴罩起
看不見刀槍、金錢、鮮血
只有天長地久、美好的回憶

唉，我重重地歎了口氣
等著我的是無知的複習
堆滿了書的宿舍
和四堵白牆一面黑板的教室

二

過了大約十天
我又碰到了那張黑臉
他笑眯眯地幸福地微笑
伸舌舔淨那只舊碗

他彎腰舀起一碗湖水
怕冷地用指頭擦洗
他把洗剩下的混水
「嘩」地潑回到湖裡

他又舀一碗清碧

擱在冒煙的磚上
塞一把落葉枯枝
忽地便冒出紅火

這時北風早已停息
碧波兒輕輕地蕩漾
一隻小鳥快活地唧唧
飛落到他的身旁

他從那小布袋裡
抓出一把白花花的大米
咧開憨厚的大嘴
他友好地把手伸出

小鳥兒並不害怕
它蹦著跳著來啄食
小腦袋一伸一伸
滾動著靈活的圓眼珠

「乞丐！看呀！乞丐！」
猛然聽到這喊叫的聲音
一群活潑的小孩
睜大著好奇的眼睛

「撲啦」展開翅膀
小鳥兒騰空飛去
堅硬冰涼的石階上
亂滾著一些雪白的米粒

我看見他轉過臉
湖上一個微駝的剪影
熊熊燃燒的火焰
正把清碧煮得沸騰

此詩寫得也早：1983年2月3號。

我還寫過一個鞋匠，即《「學生宿舍走廊裡」》，前已提到，此處不表。

生活

1980年代初，我寫了很多生活詩，其中一首如下：

《無題》

「彬，你瞧，這新茶杯多漂亮！」
她的眼，像新瓷，閃著灼灼的光
「嗯」
大腿迭在大腿、一手托著葉賽寧
一手托著後腦、床褥寬寬的托著
低低哼著的答錄機
我沉浸在「下過崽的天空」中，說
「彬，雞蛋是炒，還是油煎？嘗塊蛋糕好嗎？喏，
只吃一片，才買的白酥糖；喏，只啃半根，廣東
的大紅甘蔗，又脆又甜，汁水可多吶」
「嗯」
漫不經心的聲音從書的鼻子裡徐徐地呼出、貪婪的
眼睛正品嘗著黑夜的煤煙、吃著新鮮的玫
瑰、啃著白樺上的冰雪⋯⋯
現在，她沉默了，當我的筆跑起步來，她的鍋鏟奏響
了輕快的打擊樂。把芬芳傾瀉進我飢餓的
　　　胸膛

此詩寫於1983年手寫於2月6號。當年肯定不可能發表，現在也肯定有人
說：這哪是詩？

那不就行了嗎？正好放在這兒，有詩為證。

「通向絕頂的小徑」

人年輕的志向，應該就在詩裡，必須就在詩裡，如我下面這首：

《「親愛的朋友，在這新年之夜」》

親愛的朋友，在這新年之夜
當城市進入甜美的夢鄉
當鞭炮零落地在空中震響
我守在空空的床邊，徹夜難眠
你也許會想，莫非他為了新春的到來而激動？
莫非他決心痛改前非，計畫著一個將來的新的宏偉？
或者他靠在床頭泣不成聲，悲悼著一去不再的青春？
哀歎著那失去的、那湮沒的、那沒長植物的沃土，
　　　　那沒結果子的茂樹、那混濁了的清水？
莫非他奮筆疾書，在日記本上鐫刻誓詞：一條道走到黑
　　　　一定要迎頭趕上去！？
或許喝醉了酒，此刻，正蜷縮在被窩裡呼呼大
　　　　睡？
或者伴著幾個朋友守年夜，在炭盆的紅火邊，邊嗑瓜子邊抽
　　　　煙，談論著誰生了孩子、誰要辦喜事、誰
　　　　的朋友又垮了，等等等等？
朋友呵，我睡夢中的朋友，你的朋友他──我
此刻什麼也沒做，也沒想，只是靜靜地倚著床頭欄杆
上半身穿著毛衣在外邊，一顆梨子似的燈泡就掛在
　　　　右耳上面
他時而停筆，時而寫下幾個字，時而用左手抓抓腿上
頸上、背上、頭皮上的癢──總之
他不願鑽進被裡，像鑽洞的老鼠，哪怕已到雞叫
　　　　頭遍的時候，他難以成眠
卻並非為將來而激動更非為過去而痛悔
當演員用噹噹的粗木棍把大鐘擂響，
洪亮而沉鬱的鐘聲在他的耳中太粗糲難聽──

——他早已毀滅了對一切事物的興趣
　　　和對一切信仰的熱情
他在荊棘叢生的荒山迷路了，臉被抓出道道血痕
衣服被扯破、鞋早爛穿、裂口的腳板淌著
　　　鮮血、烈日在頭頂暴曬、口無比乾渴
但這一切對於他都不算什麼，只要能找到哪怕象繩
　　　子一樣細的道路，在這莽莽的荒山中
　　　找到那通向絕頂的小徑，哪怕它象雲彩掛
在懸崖峭壁
他知道腳下有一望無際、翻著金浪的平原，而且
　　　那些寬闊的大道、喧騰的河流、都直著喉
　　　嚨唱著歡歌把他呼喚
但他已厭倦，他明白秋天一過，平原就會荒
蕪，像荒蕪的凝固的大海
而那柏油大道會毀圮、坑坑四四、最終被人
　　　遺棄、那沸騰的河流早已改變河道奔向
　　　　　遙遠的他鄉……
他喘息著，每走一步都要付出極大的代價，他的痰
　　　是紅的，雙腳血肉模糊，頭髮經了汗水、
濕漉漉地蓬亂在額際
他忘記了夜鶯甜蜜的歌唱，牧童淳樸的贊歌、
　　　他詛咒著、詛咒著、詛咒著
用生命從尖利的石塊上爬過，留下實實在在的血
　　　和歪歪曲曲一行血寫的路
但他喘息，他停歇，他幾乎斷氣，他開始茫然
　　　不知所措
啊，可憐的人，要學尤利西斯啊！[144]

---

[144] 此詩1983年手寫於2月13號凌晨的黃州。

自嘲

　　最近朋友來微信告知，說我有首詩，被選進一個選集中，我一看，原來是這個。現在放在下面：

《獎》

這個月才過15天
我已經寫了77首詩
還沒算用英文寫的
還沒算夢中寫的起來後忘記的
還沒算沒寫的
我是否應該為自己頒一個獎
我想是的
就像松江那收垃圾的老頭
一輩子都得不到任何人的獎
有一天在死前
異想天開地對自己說：
在這個自戀得無以復加的時代
我何不也自戀一把
給自己頒一個諾貝爾垃圾獎
我想
我也不妨在這個月的第16天
以本第78首詩
給自己頒一個小得不能再小的詩歌
勞動人民
獎

（2014年7月16日9.19am寫于金斯勃雷家中）

　　不說這首詩好還是不好，我對這個話題不感興趣。只說這首詩的一個特點，那就是自嘲。說到自嘲，我原來還以為，這是我到澳大利亞後才學會的一個特點，但其實，我在編輯《歐陽昱全集》時才發現，我80年代就寫過這

樣的詩，看來是一個骨血中早就存在的東西。有詩為證：

《自嘲》

讀了無數書
不懂一個理
幹嗎活下去？
只有墓才知

這首詩寫於1982年8月4號。

先鋒

先鋒這個詞說起來好聽，做起來實在不易。這其中的困難，我早就預見到了。有詩為證：

《「我沿大道飛奔」》

我沿大道飛奔
兩旁高聳的群山
前方幽深的藍天
時時有奇譎的彩雲變幻
我駕著輕便的摩托
馳聲轟響在天邊……
有一天
我厭倦厭倦了大道的平淡
把摩托扔進了山澗
我爬上高山
一下一下沿著峭岩攀登
荊棘掛滿血珠
岩石浸透著熱汗
我的頭和心啊那時一齊轉回

留戀地將大道遙看：
成千上萬的人被馱著飛去了
飛進了幽深的藍天
而我的上頭
閃著無數野狼的綠眼
吼著成群猛虎的巨口
一層一層的亂石一重一重的山頭
一片一片的荊棘、一叢一叢的樹藪
層層重重片片叢叢
哪兒是路啊哪兒是路啊？

這首詩寫於1982年12月12號。

醒夢

　　整理我的「全集」時，發現了這首詩，寫於1982年11月26日，放在下面，有詩為證：

《幻覺》

我散步在黑夜的地球上
頭頂
是銀色的月亮
我散步在銀色的黑夜的地球上
我散步在銀色的地球上
我散步在黑夜的地球上
我散步在地球上
地球上　地球上　地球上　月球上　地球上　月球上
我散步在銀色的──月球上──啊！
頭頂
是銀色的地球！
我散步在黑夜的月球上

冰涼　冰涼　冰涼　哦，這冰冷刺骨的月亮

沒有一絲熱氣

儘管遍地是行走的人影──石影？

處處是荒涼

儘管滿眼是盛裝的樓林──骷髏林？

我要去──去那銀色的地球

它在頭頂發著誘人的幽光

我，托著我──你濃如墨汁的黑光

浮起來　浮起來　浮起來

一直浮動

銀色的月亮的地球和地球的銀色的月亮

　　當年的手稿上，還注明「幻覺詩」三個字的字樣。這首詩整理完後，覺得跟我後來（20多年後）在澳大利亞寫的一首中文詩很像，但怎麼也想不起那首詩標題是啥，到我的詩集《二度漂流》中找也找不到，然後又試圖去《自譯集》去找，一下子找到了，原來就是你：《醒夢》！

《醒夢》

我想和另一個星球上的人對話

這黑夜似墳墓一樣廣大無邊

我的床像一葉扁舟飄浮在地球邊緣

不知道那兒是否以年代劃分

不知道那兒是否有遠古和現代的界限

也許我靈魂中的某一片花瓣

會隨春水的飄逝而流星般隕落

在鋼鐵的黑暗中閃一道飛電

它或許會以別樣的眼睛

別樣的情緒別樣的語言

忽略宇宙中浩瀚的電波

和我這電波般游離的生命

莫非這支筆是另一人在舞動

莫非我的大腦已如太空般無限

眼睛不過是兩顆想像的星子
看著自己的肉體
與俗世一起死去
可分明詩歌在執拗地寫著
晦澀難懂的語言

在另一個星球上
我映襯著閃爍的微光
看見我的扁舟載著我的殘骸
在宇宙塵埃的大河中
被世紀的漩渦吞沒
所謂的海市蜃樓
是一張不明真相的笑容？

這首詩應該是1990年代後期寫於澳大利亞的，2003年我把它自譯成了
英文。

一詩二寫

吃飯能一雞二吃、一蟹二吃，為什麼寫詩就不能一詩二寫呢？我就這麼
做了，有詩為證：

《紅瓦》

昨夜紅瓦發白
滴答有聲窗外

今夜發白紅瓦
靜穆無聲千家

這首手寫於1982年8月1號，2016年9月25日星期天4.51pm，於松江suibe
的湖濱樓308房對照原稿校訂。卻發現同題又手寫了一首，如下：

《紅瓦》

昨夜紅瓦亮
滴答雨敲窗
今宵紅瓦白
靜穆月上階

這首1982年手寫於8月1號，8月15號修改。修訂時間地點如上。
過了幾天，我又找到一個當年一詩二寫的例子，如下：

《「都說我低著頭走路」》

都說我低著頭走路
別怪我呀，我愛
盯著你看你總不回頭
我是盼著猛地抬頭
恰碰你那偷送過來的一眸[145]

又：

《「都說我愛低著頭」》

都說我愛低著頭
別怪我呀，我愛
盯著你你總不回頭
只好低著，為的是
猛抬起碰你偷送的一眸[146]

---

[145] 1982年9月9號手寫，2016年9月28日星期三7.23pm修訂於松江。
[146] 1982年9月9號手寫，2016年9月28日星期三7.25pm修訂於松江。

待續

　　最近在悉尼的UNSW（新南威爾士州立大學）做一個masterclass（大師課），有一個叫James的白人學生問我：怎麼知道詩該何時結束？

　　「Good question（問得好），」我對他說。然後我跟他說了一些我的想法，大致不過是沒有一定之規，感覺該收就收，不要過多考慮別人感受。

　　如果我看了今天（2016年9月25日星期日）整理的當年寫的詩，我就有了更多可談的證據了。有詩為證：

《小提琴》

清澈的泉水在山岩中流淌
哦，清澈的泉水
激濺起千萬粒珍珠
一朵野菊　　兩朵野菊
漫山遍野　　漫山遍野
金紅的彩霞……（待續）

（此詩1982年8月2號手寫）

我找到的另一首如下：

《我厭倦了那些話》

成功的人對失敗的人說
「努力吧！像我這樣！」
可成功的人哪知失敗人的痛苦
有過純潔愛情的人對
多次失戀的人說
「愛吧！」
可他並不能使他信服
（待續）

都是一些非完整詩。而詩意，就是這麼產生的。待續。

我以為到此結束了，卻不料還有一首待續的：

《無題》

嘿，我的太陽
make me robust and strong
……（待續）

（寫於1982年9月12號）

待續。

小便

中國的文學，包括詩歌，一向就是以刪除器官和與器官相關的一切為己任，以濃妝豔抹為榮。因此，你不可能把「小便」，無論是器官的指代，還是該器官的排泄物，寫進詩裡。中國那些太監編輯，肯定是必刪無疑。

1980年代初，我寫了一首詩，從未投稿，最近「重新」發現，拿來放在這兒：

《當我寫到尿急》

當我寫到尿急
讀者你也許會生氣
請你稍稍息怒
耐心聽我講下去

有一天我走在熱鬧的城市
當春光明媚之時
我渴望那迷人的春景
心兒長出了雙翅

忽然我全身不適
想跳想叫想跑
我意識到這是尿急
必須把W.C找到

可在這熱鬧的城市
況又是春光明媚之時
我羞愧得不敢走快
我羞愧得頭抬不起

我找遍了整座城市
我用掉了無數小時
當我找到W.C
我已被尿憋死

追求光明無可非議
這其中能不能解決尿急？
毛廁雖是骯髒
究竟還有用時？

（此詩手寫於1982年9月6號）

　　正巧，今天我讀夏志清和夏濟安兄弟的通信，發現原來當年的美國也是如此。據夏濟安1955年11月15日寫給夏志清的信中抱怨說，美國雜誌*PR*發表了他的一篇英文小說，但「小便一句給劃掉了：你在上海同我討論杜思妥以夫斯基時，你說杜甕裡的人物一天忙二十四小時，怎麼不見大小便的？我現在把『小便』寫進去了，better judgment還是認為小便不妥。」[147]

　　他雖有意見，但還是把美國編輯稱為「better judgment」，其實是「worse judgment」，一點也不「better」。天天小便的美國編輯，居然不能容忍寫人的小說中有人小便。真是一個連小便都便秘的編輯！

---

[147] 引自《「小私語」與「大時代」——夏氏兄弟書信選刊》，《華文文學》，2016年第4期，p. 22。

意識流

意識流是小說手段，詩歌能用麼？答曰：能。有詩為證：

《秋桂下的意識流》

金黃的珠玉垂滿了枝頭，
狗尾巴草在秋風中纖纖顫抖。
那一聲鳥唱嚶嚶清亮，
忽飛走留下一地蟲音稠稠……

一個小山頭，一片青草綠如油
鶉衣蔽體，他去放牛。
誰看著他笑，誰看著他笑，
只有心中的小我，在黑暗中把淚流。

風悄息，有暗香流，
撫摸他的臉如溫柔的手。
眼盯著面前的筆記本，
身下墊塊小石頭。

石頭重疊起萬丈的峭岩，
峰島在洶湧的雲海中沉浮。
崎嶇的小徑爬了多少條，
心還把那不可企及的天涯地角渴求。

面前攤開筆記本
身下墊一塊小石頭。

汙濁的小水溝在毒日下蒸騰冒汽，
他伏下身去飲水如牛。
一個人負重艱難的跋涉，
眼前的路彷彿長得無盡頭。

多少個黑夜給他染上失望的玄色，
多少個清晨用光明給他洗浴。
希望猶如這遲開的桂花，
還未開放卻已經是秋。[148]

同年，我還寫過另一首意識流的詩：

《意識流》（一篇）

清冷的大道上，夜幕在落，
一個騎自行車的男子身影
一閃而過，
我瞥見拖在車後長長的兩根紅甘蔗
——地中央剛豎穩一根，
唰地劈下一刀
小孩在哭在鬧。
妻子擁抱丈夫，吻熱了他的臉，
廚房裡叮叮噹噹，碗碰著鍋。
——冷風在枯枝中悉索，
湖岸邊有無數的白浪撞破。
夜驅趕著寒雀
寂寞地回到冷窩。[149]

我不知道中國當代詩歌中，那個年代是否有這樣的詩。希望能看到。

錯誤即詩（2）

前面舉了兩個錯誤入詩的例子，此處再舉一個：

---

[148] 本詩寫於1981年9月19日，2016年8月31日星期三10.02pm錄音、整理、修訂于澳大利亞金斯勃雷家中。

[149] 1981年12月18號手寫，2016年9月3日星期六11.03pm錄音、整理、修訂于澳大利亞金斯勃雷家中。

《錯》

滿以為明淨的湖水
能洗去我塵俗的惡濁
不該輕信呀！
去時只有一己的煩憂
回時載著滿湖憂愁[150]

我喜歡錯誤，錯誤即詩。

當然，錯覺也是錯誤，這，也是詩歌的一個源泉，如前面提到的那首《我發現自己成了近視眼》。順便說一下，這也是我當年「現場寫作」的一個罪證、最詩證。

創造性

我一直推崇創造性。詩歌中也是如此。讀大學就痛恨傳統的教育，如前面提到的那首《傷感》。

創，就是玩。

雙語詩（2）

1980年代，寫了很多可算前期的雙語詩，如標題或文本雜有個別英文的中文詩，有詩為證：

《Noon即景》

砰、咣噹──門
嗖嗖嗖──懶懶的口

---

[150] 此詩1982年手寫，2016年9月12日星期一整理、修訂于澳大利亞金斯勃雷家中。選自《藍封皮集》。

咚咚　咚咚　咚咚——鼓

嗤嚓——嗤嚓－嚓－嚓——腳在樓板上擦

呸！——叭：釀痰

乒哩叭啦——圓白的小球

滾動在中午的乒乓臺上

吱呀呀——肥胖的肉體在木板床上翻身

刷刷刷　筆尖　白紙

啪！好脆響　大拇指　中指

「啪！」

一個無意義的世界

充滿了裝著笑臉的死亡的音響[151]

另外還有一首是這樣的：

《「它來了」》

它來了

愛情它來了

愛情的end它來了

無聲地無形地無情地它來了

我苦笑了一下

無聲地無形地無情地苦笑了一下

接受吧

在心的深處

（1982年7月10號手寫）

還有一首未完成詩，1982年9月12號寫，是這樣的：

---

[151] 此詩於1982年4月27號手寫。2016年9月6日 星期二8.22pm整理、修訂于澳大利亞金斯勃雷家中。選自《無名集》，1980年12月至1982年7月30日。

《無題》

嘿，我的太陽
make me robust and strong
……（待續）

趁著剛找到另一首的機會，又來一首：

《春遊》

春遊的人走了塞滿大麵包按規定
凡春遊者一人一瓶汽水兩塊蛋糕免費
供應
　　　　　Grass on the next hill is greener

我一人踩11號趁濃煙駕被的初揭
沿著臭氣熏天的污水河沿著污水滋潤的嫩草
徜徉
　　　　　Grass on the next hill is greener？

黑水腰帶軟軟地纏住花野的綠腰
雲雀在空中叫牛低頭吃草遠柳迷濛我
相信
　　　　　Grass on this hill is greener

只有我自己偶爾的雲千萬顆露珠太陽
徐徐的風思汽化的情草間擺動的心
長滿
　　　　　Grass on this hill is greener

春遊的人歸來了塞滿大麵包塞滿了蛋糕
大群大群累得要死人看人真不過癮下回不去了

見鬼

    Grass on the next hill is greener！[152]

其實最厲害，而我又一直沒找到的是這首：

《「月moon浴夜的深靜」》

月moon浴夜的深靜
Dripping
Drip
嘩嘩的flow清幽

Scent馨隱約soon vanishing
Sweetening
Sweet
葉下gather醉影

忽斷忽起sudden smooth
Coocooing
Coocoo
Crystal bird可意呀忽隱

月moon夜的深靜
Sleeping
Sleep
緩緩波動著broken銀[153]

截止此時，我已從大學畢業了兩年。

---

[152] 1985年4月21日手寫於中國，2016年8月22日3.28pm錄音、打字、整理、錄入，home at Kingsbury。

[153] 1985年6月25日手寫於武漢，2016年8月21日1.44pm錄入本集，home at Kingsbury。

孤獨

從前有首歌，叫《孤獨是可恥的》，我一聽就不同意。當年我就認為，孤獨是生命的需要，有詩為證：

《「孤獨，這是生命的要求」》

孤獨，這是生命的要求
是美，是愛，是性靈，是自由
是超然出世的一片閒雲
是更深人靜的一隻布穀
是激向天際的一朵浪頭
是靈魂要掙脫軀殼的怒吼
孤獨，這是生命的要求[154]

與眾人紮堆才是可恥的。

舊體詩

據我所知，90後的翻譯研究生，對古典英文詩歌有牴觸，感到難懂更難譯，尤其難於用古體詩韻來譯。而我這個50後，小時候因受家父影響，對古詩比較暸解，閒來寫詩，也寫了不少舊體詩，有詩為證：

《無題》

獨立落花中，
悄然臨曉風。
曉風攜香去，
還留一肩紅。[155]

---

[154] 1982年6月23號手寫，同年7月15號修改。2016年9月6日星期二8.17pm整理、修訂于澳大利亞金斯勃雷家中。選自《無名集》，1980年12月至1982年7月30日。

[155] 1982年6月24號手寫，6月26號修改，7月31日再改。2016年9月12日星期一3.55pm整

我去澳大利亞後，還把這首詩自譯成英文發表過。據當時的英文編輯
John Knight說，他很喜歡。

還有數首，也順便錄在此處：

《偶作》

桐林高高朗月照，
夏風泠泠蟲聲小，
珞珈山下東湖邊，
兩個閒人臥一宵。

（1982年7月5號夜手寫）

還有一首如下：

《偶作》

風從無邊響湖來，
月上中天獨徘徊。
野草幽處有人吟，
一縷清輝照敞懷。

（1982年7月5號夜手寫）

批評詩

詩歌的銳利是什麼？詩歌的銳利，就是其批評性。如果只是粉飾、只是
歌頌、只是讚美，那寧可不要詩歌。80年代我寫過一首，有詩為證：

理、修訂于澳大利亞金斯勃雷家中。選自《藍封皮集》，1982年7月31日啟用，1988
年2月8日結束。

《瞎想》

他一個
你們幾億個
可你們由著他折
任著他磨
這怎麼說？
這就是中國？[156]

讀大學，最痛恨的莫過於政治考試。這種東西，花去大量時間複習，一考完就忘記，完全是浪費時間和生命。有感於此，有詩為證：

《考政治有感》

憔悴的人憔悴的書，
憔悴夜夜心；
憔悴的大臉憔悴的眼，
憔悴日日「吟」。
還有一枝憔悴的筆，
憔悴得寫不出半點東西。
全身憔悴又枯乾，
為的是把那幾個分子賺。

（1982年7月8號－7月13號手寫）

受過文化大革命摧殘的，是我們這一代。除非麻木不仁，否則，就連晚霞也能引起痛苦的回憶，我有首詩，寫的就是這：

《「血紅的夕陽滴落在殘破剝落的赤漆上」》

血紅的夕陽滴落在殘破剝落的赤漆上

---

[156] 此詩1982年6月30號手寫。不求發表，也不可能發表。

映出幾個依稀可辨的大紅字：
「最高指示」
血紅的夕陽在眼前瘋狂地旋轉
通紅的大字在眼前暴怒地亂跳——
千萬人在吶喊
千萬張合成的血盆大嘴
無數朵春花
眨眼殞消——

我恨——
在它上面我辨認出
我青春的殘照

要我假裝愛嗎？不可能！我只有恨。而對黨，80年代初的歐陽昱也是有清醒認識的，他這麼說：

《「在這個時代，黨是什麼？」》

「在這個時代，黨是什麼？」
他問，又自己對自己說
「是權力、是地位、是金錢——
是一切
如果沒有這些
誰要入黨？
就連主席耀邦
也不會！」

這個「黨」現在變好了嗎？我不知道。
這些詩都從未示人，否則肯定坐牢，但已經示人的詩，如下面這首，加上本書某一段提到的《一瞥》那首，則導致本人大學畢業時被流放雲南，有詩為證：

《速寫：當今世界》

地軸業已折斷
萬物各自旋轉
猶如宇宙的星群
雖密毫不相干

強者發號施令
弱者可以不聽
人人都有權力
尋求自己的福星[157]

當時學校政治輔導員說：你這首詩影射什麼？我們的黨和國家嗎？！

性愛詩（1）

80年代中國有性愛詩嗎？答曰：有。我寫過不少，有詩為證：

《無題》

她胸脯柔酥的兩顆乳頭
富有彈性的欲綻春苞

（此詩寫於1982年3月20號）

當年不提「性愛」二字，凡與性愛話題沾邊者，都被人目為「變態」。因此，我編了一個《變態集》，寫性並不露骨，但不時偶露「崢嶸」，如下面這首：

---

[157] 寫於1983年1月17日凌晨。2012/3/20她打字。2016年9月11日8.14pm找到並錄入于金斯伯雷家中。

《無題》

有一天我狂奔出快窒息我的書房
跌跌撞撞磕磕絆絆
穿過城市刺耳的噪音
穿過冷漠如潮的人流
無望、激動、歇斯底里
猛然間我的眼被一片白光照亮
白光暫態變成綠光
一堵高聳的綠牆
牆邊倚著一個赤身露體的漂亮姑娘——
哦，不，
一棵棵梧桐脫光了衣裳
驕傲地在秋風中一絲不掛
互相分開
綠唇兒在空中接吻
一片細碎的咂咂聲
綠色的手臂
在空中纏綿地摟抱
我不顧一切地沖上去
將光光的身體摟住……

綠色的吻發出甜綠的低語
繁柯更緊地擁抱在一起[158]

此時是清晨，10月2號的，有蟬叫，有大太陽。當年寫的一首，也是清晨，還有性，如下：

---

[158] 1982年10月19日手寫於中國武漢，1983年6月25日改，2016年9月6日1.07pm對照原稿錄音、打字並訂正于金斯伯雷家中。本詩取自歐陽昱的《變態集》。

《即景》

清晨
我初婚的美人
讓我解開你的霧的胸衣
摸你欲滴的豐乳
吸你火熱的漿汁
輕快地旋舞摟住你青春的腰肢

清晨
我恬靜的陌生少女
讓我不斷嗅你的髮香
伴你滑進溫柔之鄉
把人世間一切遺忘[159]

1983年我大學畢業，因詩而受牽連，無非是寫了一首讓人想入非非的詩，遭到批判，遭到「流放」，我跟班上另一位學生（他信基督教，因此也遭到懲罰），被分到了雲南羅平的一個小水電站。我從未去過羅平，但據說那地方離昆明有三百多公里的車程，在大山溝裡。那首詩是這樣的：

《一瞥》

秋水碧藍無際
裸出鐵黑的礁石
在落葉紛紛的雨中
我見到一位少女

她悄然佇立于黑石
緊裹雪白的毛衣
揚起一隻嬌嫩的手臂

---

[159] 1982年10月22日凌晨手寫於中國武漢，1983年6月25日改，2016年9月6日1.11pm對照原稿錄音、打字並訂正于金斯伯雷家中。本詩取自歐陽昱的《變態集》。

把飄飛的秀髮弄撫

碧藍的波濤湧起
透明地碰碎在礁石
彷彿大朵潔白的荷花
怒放在她豔紅的裙裾

她豐腴雙腿的間隙
是碧湖藍天無際
風兒頑強地鑽過
想揭起她柔軟的毛衣

我不由自主地回首
已不知有多少次
直到那黑白混合
溶進了碧藍的湖裡[160]

　　據當時的「舉報」，看過此詩的人，有一種穿過人家胯下看風景的感覺，頓生淫邪之感，因此這是一首誨淫的詩。
　　準備結束這個，突然冒出一首，其中有「性交」二字。這在80年代用漢語中文國文國語寫的詩中，可是十分罕見的呀，錄下再說：

《愛情》

她在我就不來，你說
我不相信，她在就在，你來你的，有什麼關係
你忽地不見了，不留一絲蹤影
她就是你，我想，你的活體
我擁抱她，吻她，和她性交

---

[160] 1982年11月19日寫，後修改於1983年1月10號、1月11號、2.10號，6.14號，7.19號，1985年3月5號，1990年1.11號定稿，2016年7月17日星期天6.02pm修訂于澳大利亞金斯勃雷家中。選自《野花集》第一集。2016年9月10日星期六8.05pm根據無名的藍封皮手抄本稍微修改日期，其餘未動。

我很滿足，一天又一天，重複這些
總覺得少了誰，她沒有變，她還是她
溫柔可愛，但為何會有更溫柔可愛
在春天盛開？終於有一天
我離家遠行，在一個小車站
遇到了你，仍舊那樣神祕
那樣撩人，把你無形的意象
充滿了夜，我就是她，你說[161]

哲學詩

　　歐陽昱忽然發現，他喜歡哲思。讀大學時一次開班務會，有個女生發言說，她發現歐陽昱同學說話總帶有哲理性。工作後，有一個外地來的女翻譯，也評論說：歐陽昱說話好像總帶有結論性。這方面，他早年有詩為證：

《「對於……」》

對於失去視力的人，愛是什麼？
是音樂
對於失去聽力的人，美是什麼？
是圖畫
對於失去二者的人，美是什麼？
是心聲
對於失去三者的人，美是什麼？
什麼也不是

對於失去性欲的人，愛是什麼？
什麼也不是

---

[161] 1985年6月28日手寫於中國，2016年8月19日4.05pm打字並錄入本集，home at Kingsbury。

愛的力量再強大
面對失去性欲的人也束手無策[162]

　　現在他編選自己多年的詩，其中有個類別，就是「哲學詩」。又發現一首，如下：

《無題》

為什麼心兒這般沉重？
因為思想裝得太多太多呀[163]

　　另外又找到一個明證，如下：

《「我們住在湖的西岸」》

我們住在湖的西岸
看慣了梧桐春綠秋黃
看慣了湖水夏熱冬涼
看慣了這兒的一帶群山
我們已經把西岸的景色看厭

我們嚮往著湖的東岸
那兒有一座秀麗的孤山
清晨總戴頂紅紅的冕冠
雨裡總羞著掩住臉面
我們對它總也看不厭

有一天我們出發到東邊
想在那兒和朝陽見面
揭開白紗看山的嬌顏

---

[162] 此詩1982年手寫於8月10號。
[163] 此詩1982年手寫於9月2號。

然而路是如此漫長而遙遠
我們到時太陽已掛在西天

我們終於看到了它的嬌顏：
一排排春綠秋黃的梧桐
一大片夏熱冬涼的湖水
莫非我們受了欺騙？
轉著圈子又來到西岸？[164]

夢

　　我喜歡寫夢。在澳大利亞曾經寫過一本英文詩集，題為 *Reality Dreams*
（《真實夢》）。早年一首在此：

《夢》

一片平坦的雪原
沒有樹木、沒有房屋、沒有人煙
溫暖的、柔軟的、芬芳的、富有彈性的
隆起來了、隆起來了
阻住這逍遙自在的遨遊
紅紅的火焰
打開魅人的窗戶
紅紅的火焰
吐出燃燒的長舌
一個黑點、兩個黑點
一座深深的峽谷
躺在兩山之間
血紅的兩瓣玫瑰
緊緊閉合在一起

---

[164] 此詩寫於1982年9月7號。

任蜜蜂爬、任蝴蝶追
就是不開
一匹大毛蟲
肥滿、光滑、柔韌
躺下來
懶懶地翻身、翻身、翻身
轉眼浸漬在一潭清亮的香液中
滑進一眼神祕的黑井裡
紅焰燃得熾烈
白窗漾出柔光
……
一片平坦的雪原
光強得刺眼
大毛蟲、蝴蝶、蜂
旋轉在空中狂舞
猛地掉下
「轟」——
原來是個夢！[165]

還有一首關於夢的詩，是這樣寫的：

《夢》

黑洞洞的夜舉起千萬條雪亮的手臂
倏地插進更深黑的天底[166]

如果說我現在寫夢跟過去有什麼不同，那就是寫夢絕不用「夢」這個
字，而是直接讓詩讀得像夢。

---

[165] 此詩寫於1982年8月11號。
[166] 應該寫於1982年8月31號。

詩話

　　不用散文體來談詩話，而用詩來談詩話？這可以嗎？我說：當然可以。
我1982年8月31日寫了一首，有詩為證：

　　《無題》

　　　我只愛兩種詩：
　　　一種如撬棍
　　　撥得動我的心石；
　　　一種如裸體
　　　惹得起我的情思

　　裸體，一向就是繪畫、尤其中國繪畫中的大忌，好像中國人做愛都穿棉
襖似的。這個虛偽的國民！詩歌、尤其是中國詩歌，就更忌諱裸體了。我早
年的詩中寫裸體的多了，僅舉一例，有詩為證：

　　《「詩中出現了裸體」》

　　　詩中出現了裸體
　　　立即招來沸沸的攻擊
　　　「藝術的腐敗墮落
　　　不折不扣的色詩！」

　　　留長髮的小夥子
　　　淡淡地下了他的評語
　　　「在流氓和藝術家的眼中
　　　裸體是兩碼事。」[167]

---

[167] 寫於1983年1月26號，2016年9月16日星期五5.33pm，根據打字稿修訂並錄入于澳大
利亞金斯勃雷家中。

想像詩

　　尚未發生的事，已提前在想像中發生了，這樣的詩，我稱之為「想像詩」。我有一首早年寫作的詩，日期只有「9月2日」，混在1982年的那一批詩裡，寫的是關於大學畢業的事情。根據記憶，我是1983年7月畢業的，詩中寫的事根本從未發生。由此判斷，是提前想像的境況，全詩如下：

《「最後一次聚餐」》

最後一次聚餐
我們都哭了
為了紀念這最後一次的相見
舉行了最後一次晚會
最後一次足球賽
照了最後一次相
打點了最後一次行裝
做了最後一次夢
也第一次打了最後一次撲克牌
第一次沒有看最後一次書
第一次忘記了這還不是最後一次畢業

　　編完後，我記了一筆，說：「從這首詩的內容分析，應該寫於1983年，因為我是1983年7月份畢業的，但9月份我在哪裡？我已經記不得了。」
　　這類詩我還寫得很多，甚至寫到8888年去了。以後再說吧。正這麼想著，就又找到了一首例證，即那首以《「許多年後，在碌碌的人海中」》為題的詩（見本書317頁）。
　　這個「她」，我已不記得是誰了。但我對她未來樣子的想像，符合我在這兒寫的內容。因此錄入。

腦空

　　昨天晚上跟她聊成功，說：這個時代有一個人成功，就有無數人成為losers（失敗者）。人們生活的唯一目的，似乎就是成功。不成功者不想成仁也自動成仁。這個時代，有那麼多人得憂鬱症，與這不無關係。

　　我繼續跟她說：就像天空布滿霧霾，我們的腦空也布滿思霾、我們的心空也布滿情霾。這霾越積越厚、越積越重，最後便形成病變。

　　今早起來整理舊稿，發現，居然30多年前，我就產生過類似的詩思，有詩為證：

《無題》

上帝
我要把你砍死
把你的屍體火化
不存一個原子粒
我要把我的腦子
用洗淨劑
澈底沖洗
洗淨你的全部雜質和
渣滓
我要把你生下的大大小小的兒女
一個個活活
掐死
我要把你亂交的蕩婦
送進勞改衣場
為社會服務
我要永遠既不恨也不愛
你
將你澈底忘記[168]

---

[168] 1982年10月16日手寫於中國武漢，1983年6月25日修改，2016年9月6日12.49pm對照原稿錄音、打字並訂正于金斯伯雷家中。本詩取自歐陽昱的《變態集》。

大概是因為當年寫了這樣的詩，我一直歸於失敗吧。很好。

西方

　　人是一個奇怪的綜合體。學英文的卻不一定崇拜西方。記得早年我看了有關澳大利亞作家Patrick White的報導，說他在英國卻不願意待在英國，回到澳大利亞寫作的事情，我就對自己發誓：我也要待在中國，別的國家都不去。有詩為證：

《「我不羨慕西方的生活」》

我不羨慕西方的生活
不想使自己躺在機器人的搖窩
不想讓自己被沉甸甸的錢袋壓得透不過氣
不想讓小汽車歐掉自己一雙腳
啊，我多想一切都由自己來做：學習、創造、工作
多想用從自己的錢袋裡掏出誠實的錢
　　　　　買飛機、輪船、火車票
或者，我多想徒步旅行出國去登Pisa斜塔、
　　攀阿爾卑斯山、行撒哈拉大沙漠——
且慢，一切都辦不到，因為這是中國[169]

　　可我出國已經25年了，而且丟了中國國籍。人，就是這麼一個奇怪的綜合體。

---

[169] 寫於1983. 1.21。2012/4/1她打字。2012.6.13歐陽小修改。2016年9月12日5.49pm在金斯伯雷家中找到錄入。

性愛詩（2）

當年具體寫性愛的，歐陽昱有一首，提到了「舌」，如《「想你，我想你，含著我的舌，輕輕地」》的這首詩。[170]見本書381頁。

還有一首，提到了乳房：

《無題》

你柔嫩的乳房
像兩朵波浪
我粗粗的手兒
像楓葉隨波飄蕩[171]

短詩

80年代我寫過很多短制，好不好由讀者自己鑒定，我就不管了，直接呈示如下：

《無題》

我拚命搓手在早晨
把手中的寒冷搓死[172]

這首：

---

[170] 寫於1983年1月27日。2012/4/2呂打字。2016年9月12日5.37pm在金斯伯雷家中找到並錄入。

[171] 此詩雖無標題，但寫在稿紙136頁，在1983年2月6號和2月8號之間，至少應該是2月7日寫的，但這頁稿紙很奇怪，只有半張紙，下半張被撕掉了。2016年9月19日星期一9.22am，根據打字稿修訂、加標題並錄入于澳大利亞金斯勃雷家中並加注釋。

[172] 寫于1983年手寫於2月4號，2016年9月17日星期六6.18pm，根據打字稿修訂、加標題並錄入于澳大利亞金斯勃雷家中。

《無題》

歡樂時喝酒
而憂傷時惟有寡淡的詩[173]

這首：

《深夜雨霽》

雨，不知何時，已停；
夜，仍在耳中喧響；
我的心，像簷下的階石，映著濕潤的燈光。[174]

這首：

《彼岸》

我們嚮往彼岸
我們在彼岸
又嚮往曾嚮往彼岸的彼岸[175]

這首：

《「你責備我……」》

你責備我像個孩子，在你面前轉動著身體
一個勁兒纏你，求得一抱和一吻

---

[173] 1983年手寫於2月8號，2016年9月19日星期一9.23am，根據打字稿修訂並錄入于澳大利亞金斯勃雷家中。這首詩的上面，手寫了一個「有的人」，但顯然不是標題，因為下面有一首用了這個做標題，說明當時寫下來，是作為以後待寫的詩歌標題。

[174] 寫於1983年2月至6月，1985年4月5日改定，2016年8月20日星期六3.41pm發現並抄錄，于澳大利亞金斯勃雷家中。

[175] 寫於1983年5月，2016年9月10日星期六8.14pm發現于無名的藍封皮手抄本並錄于澳大利亞金斯勃雷家中。

那麼是不是要我，在你面前象個正經的大人
文質彬彬、正襟危坐而且還目不斜視？[176]

還有這首：

《冷漠》

對我好的人，我不會忘記
對我壞的人，我不會忘記[177]

不要以為我是在自炫而感到難受。我只是呈示，讓你們看到早已不存在的那個「歐陽昱」當年寫的、以後也從來都沒有發表的東西而已。感覺好受很多了吧？不嫉妒了吧？

詩自拍

現在都自拍，在這個自拍的時代。昨天去食堂吃飯，看見幾個女生頭擠在一起，中間那個雙手伸出，握著相機，沖著自己的臉、擠在一起的幾張臉，自拍！

當年沒有自拍，但詩人還是可以自拍的，用詩歌自拍，故名「詩自拍」或「自拍詩」，有詩為證：

《有個人》

我在深夜的昏燈下苦苦思索絞盡腦汁
在寫詩
並把寫好的詩全部鎖進箱底

---

[176] 1983年手寫於2月14號，2016年9月19日星期一1.32pm，根據打字稿修訂並錄入于澳大利亞金斯勃雷家中，把標點符號做了修改。

[177] 1983年8月手寫於武漢，在旁邊不知何年何月標了一個「不打字」，2016年8月21日2.26pm收錄，並把原來劃掉的標題「冷漠」，重新改為「冷漠」，at home in Kingsbury。

有個人
他悄悄地看不見地附著我的耳朵根：
別人都熟睡了，你何必熬得頭昏眼花
寫這種毫無意義毫無價值的東西？
明天就要考試，難道你不想考高分？
高分，懂嗎？高升高分高升高升，懂嗎？
寫詩有什麼意義？

我學習英語、又學習德語、法語、俄語、西班牙語
僅用來看書
在閒暇之時聊以自娛
有個人
他響著傲慢的鼻息看不見地哈哈笑著：
又不當翻譯、又不寫書、又不搞科研
學這麼多語，有什麼益處？

我在夏天最炎熱的時候頂著烈日騎一輛自行車
背心短褲
泥裡水裡坎坷裡
周遊全國
有個人
張開碗口大的驚訝的眼睛：
這人是神經？是瘋子？還是沒錢？
花兩個錢坐車坐船又快又簡便
而且還舒舒服服，這樣折磨自己有什麼意義？

我在門前種了一株梧桐把梨樹蘋果樹和其他果樹
一律送人
並告誡：吾遠去勿砍、吾未死勿砍、吾死後亦勿砍

有個人
輕蔑地撇撇嘴半是懷疑半是厭惡：
哼，假充好人——不過，幹嗎不種果樹

兩三年後就有鮮果吃、桃、杏、梅、梨
即使是梧桐也可伐來或做大樑或賣錢
幹嗎留在那裡？真是毫無意義！

我正要出大門到林子邊上看夕陽
有個人
說：
放著電影、戲不看——而且，還可以打球走棋
卻去看什麼夕陽
有什麼好看！就要落了，明天又要落di
幹嗎不玩玩新鮮玩藝？真是毫無意義！

我幾乎氣瘋了，手在空中亂抓亂撓
充滿了殺氣——但他已消失了蹤跡

我狂呼著奔進一座村莊
引動全村的狗也一齊狂吠
身後——一群眼的驚懼
一個鏡頭：春：插秧；夏：收割；秋：收割；冬：做水利。
白花花的錢——
一閃而過，跟著又是一個鏡頭，還是一樣的

我找不著他，又吐著白沫飛進工廠
立時淹沒在喧噪的機器聲中
機器、人、機器、人、機器人、人機器

我咚咚地擂辦公室的門
一張臃腫的臉像盛滿黃尿的夜壺
擱置在懷孕似的男人肚子上
慢慢地晃出
我猛搖著電視機前那些
半睡半醒的頭
我狠命地踢那些在財神爺面前

撅起的屁股

憤怒的人群抓住我撕碎了我上下的衣
剜去我的眼鼻、生殖器、車裂了我的屍體
然後拋棄了我的屍體

我醒來時，透過眼的空洞
看見自己躺在兩座廟宇前
然後又睡去

一張匾額說：
知其不可為而為之

一張昏昏欲睡，睜了睜睡眼：
清靜無為
然後又睡去

我也一頭倒下，永久地睡去[178]

好的，就這麼著。自拍得好不好，幹你什麼事？

自傳

詩歌除了別的意義之外，還有一個意義：它是自傳。如果不是當年寫了
《爸爸和弟弟》這首詩（前面已有，此處不另），我早已亡故的父親、母親
和弟弟，就輕而易舉地從記憶中抹去了。

自己的生活，自己記錄，用不著等著別人去褒去貶，說些不著邊際的話。

---

[178] 1983年手寫於2月18號，2016年9月19日星期一1.57pm，根據打字稿修訂並錄入于澳
大利亞金斯勃雷家中。

髒話

《爸爸和弟弟》這首詩中，已經出現髒話，但它是有來歷的，出現在80年代初，有詩為證：

《「我把」》

我把
牛背上
駕駛樓裡
英語現代小說中
學來的
五顏六色的髒話
銘記不忘
為的是
把不守時的公共汽車
無所作為的大腹便便
窒息靈魂的厚灰濃煙
狠狠地痛罵！[179]

有位朋友告訴我，他有首詩曾被《詩刊》錄用，但其中用了一句老農罵人的話，而導致該詩句被刪。

我們的詩歌實在太乾淨了，難以卒讀。

標題（4）

早年的詩，基本沒有標題，因此，我的處理方法是：要麼「無題」，要麼把第一行拿過來，加引號，作為該詩標題，更有一種情況，不屬於這兩種，先看了下面這首再說吧：

---

[179] 手寫於1983年12.20日，2011年12月26日星期一上午10點35分打字並修改于金斯伯雷。2016年9月12日星期一5.50pm找到並錄入。

《不打字》

縱欲若無度
心靈空有虛
從此對一切
冷漠且厭惡

倘若又禁欲
鎖它進牢獄
情欲之越獄
無往而不利

整理完該詩後，我做了如下解釋：

此詩1984年2月19日寫，1984年9.30日補上最後兩句，2016年8月21日
2.15pm打字並收錄于金斯伯雷家中並把該詩旁邊手寫的「不打字」直
接拿來，作為原本沒有的標題。

詩人

我對「詩人」二字，從來不抱任何幻想。有詩為證：

《詩人》

路燈
穿過墨汁的夜
斜照在偏僻的小徑
是你的眼睛

水波
充滿生命之漿
連天接地

是你的心

鐵窗背後
絞刑架上
永遠是你
被人唾棄的屍身！[180]

現在情況有轉變嗎？問你自己吧。我懶得回答。

失敗者

我對失敗情有獨鍾。今天寫了兩句：

我不想成功
我只熱愛失敗

而當年，我就曾這樣歌頌過失敗：

《失敗者》

你好像永遠在小路上攀登
那小路陡峭、沒有盡頭
認得你的只有利石和雜草
留下你的血跡和你沉重的歎息

你除了勇氣和不屈的精神
再沒有什麼可供憑藉
上升的階石、通天雲梯
或鼓勵的眼光、援助的手

---

[180] 1985年3月3日手寫，2016年8月22日8.44pm根據錄音打字、修改、整理、收錄于金斯伯雷家中。

你的頭低垂、烏雲在你頭上低垂
你頂著烏雲上升，大山跟著你上升
千百次你的身影被幽壑深谷吞沒
千百次你又在懸崖峭壁上登攀！

終有一天你爬到絕頂的峰巔
天幕上出現你失敗者的骷髏
桂冠與玫瑰花在你腳下腐爛
而星月和陽光日夜與你交輝！[181]

你有完沒完呀，歐陽昱？有完、有完，就此結束。

關於創新

30歲那年，我寫了一首關於創新的詩，如下：

《可能》

太陽可能從西方出
海洋淹進沙漠裡
人可能變獸獸變人
將來可能歸原始

親友可能成仇敵
敵人也會化知己
愛可能恨恨可能愛
墳墓可能復活屍體

月亮可能落到地球上來

---

[181] 1985年3月23日手寫，2016年8月22日8.38pm根據錄音打字、修改、整理、收錄于金斯伯雷家中。

人可能走到太陽上去
美可能奇醜醜可能美
心可能長在胸脯外

女人能舉重兼拳擊
男人可能在家生孩子
岩石化成水水凝成石
上帝變成人自己

國家可能成為世界
世界成為星球
這一切的一切都可能發生
只要你敢想、敢於創新[182]

這其中有多少已經發生，大家問問自己就行了。

轉行

詩只是敲回車鍵的活計嗎？那要看怎麼敲，在哪兒轉行、斷行。這個工作，我早在80年代就開始做了，如前面提到的《沒有》那首（本書356頁）。

你有什麼了不起啊，歐！這還不會做！我聽見有人說。我問：那你80年代做了嗎？

解碼

有沒有自己寫的詩，自己怎麼也讀不懂的？有，請看：

---

[182] 1985年3月24日手寫，2016年8月21日7.24pm打字並收錄，先手機錄音，再發電郵自己，最後整理，at home in Kingsbury。

《「一個PY也沒有」》

一個PY也沒有
一個NR也沒有
一個ZR也沒有
一個YG也沒有
DMGD
DMGD

D

M

G

D

此詩錄下來後，我加了一個注釋：

1985年4月17日手寫於中國，2016年8月25日8.28pm打字並錄入，home at Kingsbury。注：我把第二行的「LR」，改成了「NR」，其他沒改，因為現在已經看不懂了。

我只看得懂PY（朋友）和NR（女人），但其他的我怎麼也讀不懂。只好作罷，由讀者去識別了。

順便說一下，這也是一首拼音詩，即以拼音或拼音縮略語入詩。這一年多來，在微信群（先是口炮群，接著是「Otherland原鄉砸詩群」），我一連創造了好幾個這樣的縮略語，如BZD（不知道）、DBQ（對不起）、BGSN（不告訴你）、WKFG（無可奉告），等。想來其根源就在80年代初。

愛情

傳統浪漫詩人和先鋒後現代詩人的重大分野，其實就是對一個小詞的態度，那就是愛情，這個把無數人弄得口吐白沫、死去活來的東西。澳大利亞女詩人Gig Ryan有一首詩叫「Love Sucks」（《愛情噁心》）。我在根本還不知道她，也沒讀過她詩的30歲時，就寫過一首愛情詩，把愛情噁心了一把：

《愛情》

鵝挨泥
庸怨和利債依期
敗兔血牢
剩死魚拱

餓矮你
泳遠喝梨一氣
百頭泄惱
生屍於公

屙艾瀝
用緣禍李再意氣
拜偷邪鬧
身屎迂工

……
……
……
……[183]

　　這首詩不像那首，至少我看懂了，不知道需不需要跟讀者解釋？

　　反正我也沒有讀者，那就自己跟自己解釋吧。那無非是「永遠和你在一起」、「白頭偕老」和「生死與共」的多次諧音、多重諧音而已。其實也是一首拼音詩。

　　後來又看到一首我寫的，以《愛情》為題的詩，也順便放在這兒吧：

---

[183] 1985年6月25日手寫於武漢，2016年8月21日1.50pm打字並錄入本集，home at Kingsbury。

《「愛情」》

愛情
這個世界上沒有愛情
只有一雙貪婪的眼睛
一顆
欲壑難填的心
一張
永無饜足的嘴
一堆
需要刺激、刺激、刺激的木乃伊

愛情
當我看慣了你嬌羞作態的面孔
你欲藏還露的假音
你的奉獻
無恥的出賣
你的追求
乞丐的飢餓

我想嘔吐而嘔吐不出
手淫
也比瘋子無情的蹂躪更為崇高美麗

愛情
你是一個空心人！[184]

寫這首詩時，我已經32歲了。早該死了。實際上也已經死了。

---

[184] 1987年5月20日手寫於上海，2016年8月18日9.36pm錄入，home at Kingsbury。

標題（5）

中國的詩歌，有沒有標題放在最下面的？有請舉手。

罵聲滾滾而來：有把帽子戴在足上、褲子穿在頭上的嗎？

且慢，有啊。顧城戴的那頂帽子，就是用剪下的牛仔褲褲腿做的。

不管那些了，要看看，不看拉倒，我這兒就有一粒，我是說一例：

　　春天時我見到你你手拿一束小詩
　　我問你寫的什麼你含羞帶笑不語
　　我揉揉眼睛怕是做夢便去搶你手中
　　花落紛紛紛紛花落你化作一片雪羽

　　而今春天又到我獨自坐在窗前
　　園中那株櫻花重又迷住我眼
　　我問她為何笑我她默默無語
　　湖波漣漣漣漣湖波湧到我的睫尖

　　　　《小詩：雪羽飄飛在窗前睫尖》[185]

二度漂流

　　《二度漂流》是我的一本中文詩集，2005年在中國出版。現在我編自己全集時才發現，其中有很多詩都出現缺行、缺字等問題。我是整理下面這首詩時發現的：

　　《扼殺》

　　電視機迫害我一直到夜深
　　逼得我和煙在牆根的月影下久久徘徊

---

[185] 1985年7月17日手寫於中國，2016年8月20日8.10pm打字並錄入本集，home at Kingsbury。注：這首詩原稿是寫在紅筆作的曲上，而且標題在最下面。

為了躲避都市的絞索和活埋坑
我匿身小鎮，不料落入市民的腰帶

受不了雞籠的騷臭、人欲的橫流
我的心參加了奧林匹克，以100m／1 sec奔逃

青峰撞倒在我胸口
湧出綠色的血液，蒼天俯在我耳邊藍色地呼號

我浮著滔滔黃浪追逐我的想像
月光將我凝固，一堆永動的冰渣

在杳無人煙的荒灘，讓我從墳裡抱起你；希望
儘管你一千次被扼殺

整理好後，我做了一個注釋：

該詩1985年7月27日手寫於岱家山，2016年8月28日10.54am從《二度漂流》中錄入，該書發表文本有誤，對照手稿進行了修改，此後所有版本，都必須以此為准，home at Kingsbury。

亻女也

中國文字中的「ta」這個字是很討厭的。男女獸如果不寫出來，發音都是一個樣。在法庭做翻譯，這是一個很大的問題。此處按下不表。

當年，我為瞭解決這個問題，採取了上面題頭那個寫法，但無法打進電腦，請一個學生幫助才解決，這首詩如下：

《別》

我對亻女也們說：「別結婚、別結婚！」
亻女也們不聽，硬在Chuang上把兩個喜往一堆兒捆

那好，到此為止，別再生了！

還是不聽，把雙喜撐開、撐得更開、直到撐破
生出一團肉乎乎的東西

於是—下面可想而知
早知如此，真不該、真不該、真不該……

可我早就說過：「別婚！別生！」
有誰聽呢？[186]

上海

　　我不大寫以城市名字為題的詩。因此剛才整理全集時，找到一首《上海》，眼睛一亮，跟著又黯淡下來，因為這首詩，拿到哪兒都發表不了，那就放在這兒吧，讀者就我一個，這樣也不錯：

《上海》

上海，擁擠、骯髒、陰冷、灰色的城市
到哪兒去找莎士比亞、哪兒去找喬伊斯
哪兒去找強烈的節奏、火焰的旋律、愛得瘋狂的詩
哪兒去找巴黎的浪漫、紐約的輝煌、維也納的甜蜜
有的只是惡狠狠的吵架、對外地人的白眼、錙銖必較的小器
有的只是商品的人、人的商品、商品和人的混合物
有的只是憔悴的思想、蒼白的藝術、陽痿的思想和藝術

上海，低矮、窒息、庸俗、臭哄哄的城市

---

[186] 1985年7月30日手寫於中國，2016年8月20日8.20pm打字並錄入本集，home at Kingsbury，但用手寫的那個他她一字，是個合成字，左邊偏旁是單人旁在上，女字旁在下，可惜電腦做不了，只能如此將就。（後來做到了，with thanks to Li Lu, a student）。

到哪兒去找米開朗琪羅、哪兒去找畢卡索
哪兒去找鮮豔的色彩、跳躍的線條、不朽的景致
哪兒去找奇詭的山峰、瑰麗的雲霞、清澈的小溪
有的只是一條腐爛的黃浦江、幾座破爛的公園
有的只是一城喧囂的汽車、一城無聊的電視
有的只是僵死的塑像、僵死的教條、僵死的報紙

上海、上海、上海
喪失生命力的空心人的大海
喪失民主的鐵緊的大海
喪失自由的封閉的大海[187]

　　這是我當年的想法，當年的詩思，現在再寫這個城市，恐怕感覺會稍微不一樣了，但有一點是確定的，即這個城市的人心，真的是冰做的。

朗誦（2）

　　校對本書時，因為刪去了三十多頁，正好手中也積累了一些相關的乾貨詩材，趁便把這些東詩一一加入吧。

　　最近因為對中國普遍朗誦詩的狀況不滿，寫了一首詩，放在我在微信上建立的「Otherland原鄉砸詩群」上，如下：

《朗》

一個詩人
的詩
被很多人朗著

朗著的時候

---

[187] 1987年1月9日手寫，2016年8月27日6.16pm打字並收錄，先手機錄音，再發電郵自己，最後整理，at home in Kingsbury。

還放著
音響

放著的時候
詩人還
坐著

眼睛還閉著
欣賞著
人家對他詩的朗著

「他以為這是對他
最大的
讚美」

另一個詩人
看到這種
什麼著、什麼著、什麼著的狀態時說

「在我們那兒
詩人活著時
只朗誦自己的詩

只有在他死了後
才被人朗著
還把音響放著」[188]

群裡六人滿評之後揭底，我把自評上上來，如下：

歐陽關於《朗》的自評：我到松江來後，每逢朋友聚會，要朗誦詩時，總看到一種很奇怪的現象，讓我覺得挺不舒服，那就是居然旁邊

---

[188] 9.18pm, Friday, 22/9/17, at room xxx, suibe) (from the 'wushiji', vol. 13).

一個詩人，拿起本該念詩的詩人的稿子，十分矯揉造作地代替她或他念了起來。我還記得有一次，應該是2012年，我應邀參加每年三月在北京舉行的澳大利亞作家週，朗誦了幾首我自己的詩，下來後，一個女的跟我說：你要是請我朗誦就好了，我很會朗誦的，聲音也比你的好聽得多。我對她說：等我死後你再很會朗誦地朗誦吧，在我們那兒，人活得好好的，用不著別人朗誦。自己的聲音再差，也是自己的聲音，用不著一個專業人士在那兒配著樂朗誦。是的，大家如果有興趣，不妨到Youtube上聽聽，沒有一個活著的詩人在朗誦時，會請人越俎代庖、越俎代朗的。所以，這次當我聽說這種事又在某地發生，我就又起了一種很不快的感覺，隨後寫了這首詩。謝謝砸。

自評

從2016年10月，楊邪組建「求證不知道口炮群」開始，這個群以砸詩為主，自評為輔，提倡批評，而不點贊。我現在不知道"自評"是誰最先提起，但我覺得應該是我，因為我對一向以來中國詩歌雜誌發一首詩，就要請一個所謂名家點評的作法極為反感。那無非是把被點評的詩捧到天上去，同時點評者也可得到一筆稿費的一舉兩得，但讀者一無所獲的作法，除了被點評者之外。

我後來越來越強調作者自評，還有一個理由。作者活著時，自己所寫作品，都是有出處的，這個出處全在他自己的腦中或心裡，一般評者，很少能參透這一層。其次，由作者現身說法談自己的作品，也是對歷史、特別是微歷史的一種交代。這在過去，幾乎沒有，要想有也不再可能，因為作者早已不在人世，只能由別人見仁見智見詩地去評說了。

呼吸（2）

前面提到的那位美國80後女詩人，名叫Kaitlin Rees，她長期住在越南的胡志明市，編輯《空間》雙語雜誌，曾發過我譯成英文的中國詩人楊邪和楊渡的詩，發表時是越南文和英文對應。

她到上海松江來後，我們一起飲酒誦詩，我發現，她酒量極大，白酒一

杯杯喝下，就像喝白開水，別人已經醉意醺然，她卻毫無感覺。我同時向她
瞭解了越南語，發現與中文有很多相似之處。特別給我留下深刻印象的是，
越南語中，詩歌和呼吸是同一個字，這就讓我來了感覺。當晚寫了一首雙語
短長詩，題為《Tho在Tho》：

《Tho在Tho》

來自紐約
轉道河內的美國
詩人Kaitlin
來到松江
大家一起坐在雨中
的傘下
跟她學習
越南話

漢語說「花」
越南話也是「南話也是
漢語說「臉」
越南話說「南話也是在
漢語說「茶」
越南話也說「Cha」
漢語說「豆」
越南話也說「Dou」
漢語說「頭」
越南話開始說松江話：「Dou」
漢語說「酒」
越南話也說「Jiu」
但發音還要 轉一個小彎
不過
越南話更牛
不說「喝酒」
而說「Wen Jiu」（吻酒）

為此，我們吻了很多酒

後來有人注意到
兩國文字本是同根生
相煎卻不急
相煎不太急的結果
是根部仍一樣
頭部卻長了兩張「Mian」（面）
我們說「湯」
他們說「Kang」
我們說「飯」
他們說「Geng」（羹）
周因此而結論：
他們當年肯定是
吃稀飯的出身

談話繼續，雨繼續
歐陽發現，越南話可能是一種
形象的語言
凡是哲學一點的東西
都得從中文中藉取
周結論說：他們形而下
我們形而上
要想形而上
就得找漢語相幫
於是我們問起：
「哲學」怎麼說
Kaitlin一時語塞
想不起越南話
「哲學」怎麼說

但她告訴我們
越南話的「空間」

發音是「Kong jian」
越南話的「文學」
發音是「Wen」
越南話的「定義」
發音是「Ding yi」
越南話的「知識」
發音更過癮
是「Sibian」（思辨）

至於越南話如何說不
那就更有意思
「不」的發音是「Kong」
酒杯空了 指著它說：Kong
漢語即是說：不行！
你得給我「吻」更多
何又為這場談話
補充了一個道家
的闡釋：
空空道人
歐立刻說：翻成英文便是
「No no monk」
大家呵呵呵呵
連Kaitlin也忍不住呵呵

最好的還不在這些
最好的是tho和tho
「Tho」如果發音是「拖」
就是「詩」的意思
「Tho」如果發音是「駝」
就是「呼吸」的意思
也就是說
「詩」即「呼吸」
「呼吸」即「詩」

媽的，越南話真牛逼
吾寫詩一輩子
從未把詩和呼吸
這麼越南話地粘連上去
而此時，我在「tho」（詩）
同時我也在「tho」（呼吸）

哦，順便說一下
Kaitlin在河內
與Nha Thuyen一起
合編Ajar雜誌
所謂「Ajar」，就是《虛掩》
的意思
專發雙語詩
左頁英文
右頁越南文
歐陽英譯的楊
邪和樹
才已從虛掩的門中
進去
下一個想從
虛掩的門
進去的「tho」人
很可能會是你[189]

此詩剛剛發給值班人，準備明天放群，我同時寫好了自評，如下：

歐陽關於《Tho在Tho》的自評：此詩寫於2016年4月3日，與來自越
南河內的美國女詩人Kaitlin Rees和諸松江詩人，在松江飲酒談詩之後
的第二天所寫，算是一首文化交流和語言交流的雙語紀實詩。謝謝。

---

[189] 2016年4月3日星期日10am，room xxx, hubinlou, suibe. (taken from wushiji vol. 7) (revised
10.09am)。

現場寫作（2）

關於現場寫作，前面已援引過一個80年代我寫詩的例子。這三十多年來，我一直在走這條路，把隨時隨地，變作隨時隨詩，具體細節就不贅言了，祇援引一個近例如下：

《還是無題拉倒吧》

有穿綠短褲的
有穿黃球鞋的
有穿江魂衫的
有穿大擺褲的
有偷偷放屁的
有騎黑圈自行車的
有穿赭色裙的
有穿灰短褲的
有穿粉色高跟鞋的
有穿金色平跟鞋的
有拿紅手機貼耳的
有穿後跟是紅的球鞋的
有挎白包的
有打綠傘的
有坐窗前不動的
有頭髮還是黑的
有頭髮已經黃了的
有背黑包的
有穿棕色邊扣涼鞋的
有坐開門車裡的
有走路甩手手心朝後的
有在什麼地方都不出現的

都低著頭在看手

機[190]

此詩放群後，大家砸得很歡，滿評揭底後，我自評道：

> 校園一景，捕捉一瞬，眨眼之間，已過數日。雖然無題，還是無題，
> 乾脆一直，無題到底。謝謝砸詩，到詩為止。

名詞動詞化

記得看法國詩人Yves Jean Bonnefoy的詩集，印象最深的是，他把英文的「night」變成了動詞。我卻不知道，自己早在八十年代初，就寫過這樣的詩，那時並不知道，Bonnefoy是何許人也。全詩自呈如下：

《動》

> 她輕輕地指甲我的鬍子
> 唇我的睫毛
> 舌我的雙頰
> 我則熱烈地膀她的腰
> 腿她的腿
> 我我了她
> 她也她了我[191]

這樣的名詞動詞化，個人覺得特別有味，因為它能出新，使用得過舊的詞語，展現出新的意義。因此，在一向的詩歌創作中，只要有機會，我就要把名詞動詞化一下，如下面這首《狷夏》：

---

[190] 2017年9月13號下午5:35手機寫於上海對外經貿大學校園裡。2017年10月3號在溫嶺松門鎮洞下沙灘想好標題，晚上7:33分。

[191] 寫於1983年4月20日。最原來倒數第二行的第二個「我」和倒數第一行第二個「她」的加重符號在該字下面，現在卻到了上面，我無法像手稿那樣處理，只能由它去了。

《猾夏》

曾國藩的一句話
「蠻夷猾夏則憂之」（p. 28）[192]
讓我想起很多事

美國有個華人教授也叫Ouyang的
曾這樣分析說
中國古代鄙視少數民族

不是罵他們蠻：「亦蟲」
就是罵他們夷：「大弓」
再不就罵他們狄：「烤火的野獸」

後來我在雲南
碰到一個少數民族作家
哪族人我忘了

跟我講他的故事說
他本來考上北京一大學
同學一見他就罵：蠻子！

他一磚頭拍過去
那人當場腦震盪
他自己也被罰到下面學校讀書

不過，他倒說了一句有意思的話
當我問他誰是中國最好的小說家時
他說：當然肯定是莫言

那是2002年

---

[192] 曾國藩，《冰鑒》。企業管理出版社，2013年出版。

至於說到「蠻夷猾夏則憂之」
怎麼解釋

該書是這麼說滴：
「憂慮外敵侵擾國家」（p. 29）
我憂慮的是

如果那位作家看到這句
會不會也一磚頭拍來
腦震盪這本書？[193]

結語

　　從2011年夏天開始，寫《乾貨：詩話》這本書，到今天2017年10月17日，已經寫了六年多。其實還有十萬多字，因為太多，不得不出上下兩冊，因為太多，不得不拿掉那十多萬字。跟著還有更多的需要寫，就只能留待以後了。寫，還是不寫，這跟哈姆萊特的「To be or not to be, that is the question」一樣，也是一個問題。

---

[193] 2017年3月25日星期六4.25pm于湖濱樓xxx，suibe, taken from the 'wushiji', vol. 11。

國家圖書館出版品預行編目

乾貨：詩話 / 歐陽昱著. -- 臺北市：獵海人,
　2017.10-2017.11
　　冊；　公分
　　ISBN 978-986-94766-9-0(上冊：平裝). --
　ISBN 978-986-95559-1-3(下冊：平裝)

887.151　　　　　　　　106017659

乾貨：詩話（下）

作　　者　歐陽昱
出版策劃　獵海人
製作銷售　秀威資訊科技股份有限公司
　　　　　114 台北市內湖區瑞光路76巷69號2樓
　　　　　電話：+886-2-2796-3638
　　　　　傳真：+886-2-2796-1377
網路訂購　秀威書店：http://store.showwe.tw
　　　　　博客來網路書店：http://www.books.com.tw
　　　　　三民網路書店：http://www.m.sanmin.com.tw
　　　　　金石堂網路書店：http://www.kingstone.com.tw
　　　　　讀冊生活：http://www.taaze.tw

出版日期：2017年11月
定　　價：420元
【全球限量100冊】